KB063613

짐승 같은 뉴비 1

2022년 2월 8일 초판 1쇄 인쇄
2022년 2월 11일 초판 1쇄 발행

지은이 예정후
발행인 김정수 강준규

기획 이기헌 왕소현 박경무 강민구
책임편집 천기덕
마케팅지원 배진경 임혜솔 송지유 이영선

발행처 (주)로크미디어
출판등록 2003년 3월 24일
주소 서울시 마포구 성암로 330 DMC첨단산업센터 318호
Tel (02)3273-5135 **편집** 070-7863-0307 **Fax** (02)3273-5134
홈페이지 rokmedia.com **E-mail** rokmedia@empas.com

ⓒ 예정후, 2022

값 8,000원

ISBN 979-11-354-7459-0 (1권)
ISBN 979-11-354-7458-3 04810 (세트)

짐승 같은 뉴비

1

예정후 퓨전 판타지 장편소설

Contents

돌아온 뉴비

난 개털 알레르기가 있다.

하지만 옆집의 영하 누나는 개를 참 좋아했다.

견종은 잘 모르겠지만, '김종구'라는 이름의 하얀 강아지를 데려다가 키웠었다.

'강아지 이름이 왜 김종구지?'

누나네의 작명 센스는 지금도 모를 일이었다.

뭐, 어쨌거나.

그때 나는 지르탁이라는 항히스타민제를 달고 살면서 개털 알레르기가 없는 척을 했다.

이유야 뻔했다.

'종구랑 산책을 하면서 누나랑 시간을 보내고 싶었으니까.'

누나가 헌터 자격증을 따고, 대한민국 차원통제청 소속 공무원이 되어 세종시로 떠나던 그때까지도.

나는 그 빌어먹을 지르탁을 무슨 비타민제처럼 먹어 대고 있었다.

김종구는 옆집 개가 아니라 우리 집 개처럼 느껴질 정도였다.

하지만 그것도 딱 그날까지였다.

2016년 12월 31일.

EX급 게이트, '치천사 미카엘의 처형장'이 일으킨 사상 최악의 차원 역류.

파주역 부근에서 벌어진 그 사건은 게이트에 진입했던 레이드 클랜들은 물론이고, 정부가 파견한 통제관들마저 닥치는 대로 집어삼켜 버렸다.

영하 누나는 그날 실종되었다.

'하필 거기에 출장을 나갔다니.'

그녀를 알고 있던 모든 이의 비극이었다.

막 고등학교를 졸업하고 헌터 자격증을 준비하고 있던 나는 무슨 짓을 해서라도 영하 누나를 되찾아오고 싶었다.

하지만 역류가 끝난 뒤, 게이트는 스스로 닫히고 말았다.

한번 닫힌 게이트는 절대로 다시 열리지 않는다.

그것이 신의 섭리라고 했다.

'정말 개떡 같은 섭리야.'

어쨌거나 나는 그때부터 지르탁을 먹는 것을 그만뒀다.

종구는 영하 누나가 실종된 뒤로 시름시름 앓다가 무지개 다리를 건넜고…….

내가 네 발 달린 털북숭이 깜찍이와 같은 공간에 있을 일은 두 번 다시 없을 거라고 생각했기 때문이다.

하지만.

"에이이잇춰!"

지금 나는 콧물을 줄줄 흘리며 그 약을 한껏 그리워하는 중이었다.

아오, 미치겠네.

"지르탁, 나라가 허락한 유일한 마약."

내 책상 서랍에 너덧 박스는 놓고 있었을 텐데.

44년 전의 일이지만, 그걸 두고 온 것이 사무치게 아까웠다.

"워뇨, 또 감기에 걸린 것이냐?"

등 뒤에서 들려온 목소리에 나는 코를 팽 풀며 대꾸했다.

"감기 아니라니까, 인마."

"그렇다면 왜 또 콜록거리는 것이냐? 넌 내가 볼 때면 늘 그러던데."

"그야 당연히……!"

에이, 말을 말자.

나는 등 뒤로 휘휘 손을 내저었다.

"됐고, 가서 레이드 준비나 해. 이게 마지막이야."

"나도 알고 있다."

"엣취! 알고 있으면 단단히 준비하란 말이야. 최종 등급 게이트가 물로 보여?"

"그럴 리가. 나에게는 불 속성의 게이트로 보인다. 혹시 네게는 물의 기운이 느껴지는 것인가?"

"응? 아니, 그게 아니고……. 아니다. 됐다. 됐어."

나는 피식 웃었다.

40년 넘게 시달렸지만, 인간의 대화 방식이 제대로 작동하지 않는다는 것은 늘 당황스러운 일이었다.

특히 언어 기능보다 집단 사냥 기능이 발달한 종족일수록 특히 더 그랬다.

'사실 뾰족한 형태의 주둥이부터가 그렇잖아?'

인간과는 전혀 다른 그들의 신체 구조를 보고 있자면, 일단 나와 의사소통이 된다는 사실 자체가 기적이라는 생각이 든다.

"이봐, 케이샤."

"왜 그러느냐? 워뇨?"

"난 워뇨가 아니라, '원호'야. 따라해 봐. 원. 호."

"워뇨!"

"푸하하하! 귀여운 녀석."

나는 조용히 웃으며 뒤로 돌아섰고, 비로소 그 녀석의 모습을 제대로 바라볼 수 있었다.

케이샤.

내 이름을 제대로 발음하지 못하는 녀석은 바로 늑대인간이었다.

나보다 머리 두 개는 더 붙여 놓은 듯한 거구의 늑대인간.

흉악한 송곳니를 드러내고, 붉은 염료를 입가에 잔뜩 칠한 녀석은 어떻게 봐도 귀엽다고 말해 줄 수 없는 생김새였지만……

"흐음, 오늘은 치장이 과하네?"

나는 케이샤가 평소와 조금 다르다는 것까지 알아챌 수 있었다.

이 세계에서 44년쯤 구르다 보면 댕댕이들의 겉모습에도 척하면 척이 되기 마련이다.

케이샤는 고개를 끄덕였다.

"네 말대로 이곳이 마지막 게이트니까. 우리 늑대 일족 모두가 죽음을 각오한다는 의미다."

녀석은 가만히 뒤를 돌아보며 늑대의 푸른 눈을 번쩍였고, 수십의 늑대인간족 전사들은 일제히 호응했다.

아우우우우우-!

지축을 뒤흔드는 하울링으로 필사즉생의 의지를 표현하는 것이었다.

그때 다른 목소리가 끼어들었다.

"전쟁은 즐거운 축제가 아니란다, 늑대들아."

"늦었군, 하라칼."

"어쩌겠어? 워뇨와 함께라면 죽어도 좋다는 호랑이들이 너무 많아서 말이야. 나도 추려 내기가 쉽지 않았거든."

그르르르르르-!

케이샤보다 더욱 거대한 덩치를 자랑하는 호랑이 인간들.

암호랑이 하라칼은 그들 호인족의 족장이었다.

이곳에 나타난 종족은 호랑이들뿐만이 아니었다.

"원호! 모든 준비는 끝났다. 이제 게이트로 들어가자!"

비교적 정확한 발음을 구사하는 고릴라들은 거대한 검과 방패로 무장하고 있었고.

"우리에게 하늘을 맡겨 주시오."

비행 준비를 마치고 날개를 접은 송골매들은 고글 뒤에서 황금빛의 눈동자를 반짝거리고 있었다.

"늘 그렇듯이 후방 지원은 내가 맡도록 하지……."

그림자 속에서 혓바닥을 날름거리는 흰 뱀까지.

온갖 종류의 수인들이 모습을 드러낸 것이었다.

늘 보던 광경이었지만 나는 속으로 피식 웃었다.

'언제 봐도 브레멘 음악대 같은 짜식들.'

각자 역할을 나누어 가진 이 수인 집단은 마치 동화 속에 나오는 음악대처럼 보이기도 했다.

사정을 전혀 모르는 인간이 본다면 동물원에 비교할지도 모르겠다.

하지만 이들은 음악대 따위가 아니었고, 동물원의 포로들은 더더욱 아니었다.

'……이 세계에서 가장 뛰어난 전사들이지.'

자신들의 세계와 운명을 어깨에 짊어진 고도의 지성체이자, 육체와 정신 모두를 무기로 삼아 게이트를 공략하는 헌터들이었던 것이다.

인간종이 존재하지 않는 또 하나의 지구.

내가 있는 이곳은 '야수계'였다.

44년 전, 또 하나의 차원 역류에 휘말려 이 세계에 떨어진 나는 한동안 동족을 찾아 헤맸다.

이계라는 것은 알고 있었지만, 생태계가 그리 다르지 않았기에 자연스레 인간이 있을 것이라고 생각했던 것이다.

'하다못해 엘프나 오크라도 있을 줄 알았는데.'

이곳에 인간은 없었다.

오히려 이 세계 또한 지구와 마찬가지로 게이트 현상에 시달리고 있다는 것을 알고는 크게 절망하고 말았다.

'그때 나는 막 프로 클랜에 입단한 N3급 헌터였으니까.'

뉴비를 의미하는 N등급 중에서도 가장 낮은 N3급.

이건 사실상 헌터가 아니었다.

상급자가 없으면 게이트에 들어갈 수도 없는 견습생에 불과했다.

그만큼 약한 존재였으니, 동료가 아니라 동족조차 없는 이계에서 살아남기는 절대 불가능할 것이라고 예측했다.

하지만 나는 살아남았다.

'게이트 사태를 해결하기 위해서라면 견원지간이라도 손잡는 수인들의 문화 덕분에.'

오히려 새로운 기회를 거머쥘 수 있었던 것이다.

놀랍게도 수인들은 다른 종족과 어울려 사는 것에 익숙했다.

개와 고양이가 서로를 보호하고.

사자와 하이에나가 함께 공격대를 꾸렸다.

오로지 게이트를 공략하고 폐쇄하기 위해서.

지구의 인간들과는 다르게, 이 재앙을 극복하겠다는 뜻으로 모든 수인종이 똘똘 뭉쳐져 있었던 것이다.

약간의 이견이 있긴 했지만 그들은 이계에서 뚝 떨어진 나마저도 기꺼이 받아 주었다.

지금 생각해도 놀라운 일이었다.

'인간과는 확실히 다른 점이야.'

나는 그렇게 이들과 어울려 살았고, 나아가 힘을 전수받았다.

그렇게 만들어진 새로운 힘.

특성 '야성(野性)'.

이것은 각 수인종이 가진 야수의 본능과 권능을 집대성하여 만들어 낸 나만의 유일 특성이었다.

그리고 내가 헌터로서 맞이한 진정한 시작점이기도 했다.

'야성을 익힌 뒤로는 지구에 있을 때와 비교할 수 없는 수준이 됐으니까.'

최종 단계에 도달한 야성은 각 수인종의 최강자들을 하나로 합친 것과 다름없는 초월적인 힘이었다.

물론 인간으로서 야수의 힘을 체득하는 것이 쉽지는 않았다.

하지만 나는 44년의 세월 동안 셀 수 없이 많은 게이트 공략전을 치르며 이 힘을 갈고닦았다.

그렇게 모든 수인들의 형제이며, 전우이자, 제왕의 자리에 오른 것이다.

"에잇취!"

……안타깝게도 개과 수인종들을 만나기만 하면 재채기가 나오는 것은 도저히 피할 수 없었지만.

[정보 : END급 게이트 '멸망을 부르는 신룡의 전쟁터'가 개방되어 있습니다.]

이름 모를 초원의 끝자락에 이 세계의 마지막 게이트가 서 있었다.

"……."

나는 말없이 그것을 노려보았다.

붉은 빛으로 번쩍이는 거대한 관문은 보는 것만으로도 증오스러웠다.

[안내 : 제한 시간 내에 게이트를 공략하십시오.]

[경고 : 공략되지 않은 게이트는 역류할 수 있습니다.]

[안내 : 남은 시간은 57일 11시간 35분…….]

영하 누나를 앗아 간 게이트 현상은 지구와 야수계를 공평하게 괴롭히고 있었다.

헌터 시스템의 혜택 역시 마찬가지.

덕분에 나는 이 재앙의 끝자락에 무엇이 있는지 잘 알고 있었다.

새삼 마음속에서 망설임이 일어났다.

'그걸 정말 내가 가져도 괜찮은 걸까?'

[정보 : 존재하는 모든 게이트를 공략한 세계에는 특전 '거신의 조각'이 주어집니다.]

거신(巨神)의 조각.

게이트 안에서 발견되는 단서들에 의하면, 그것은 이 세계를 변혁시킬 수 있을 만큼 강력한 힘이었다.

반복되는 전쟁으로 인해 엉망이 된 야수계를 한 단계 진보시킬 수 있는 권리였던 것이다.

애초에 난 그것을 탐내지 않았다.

이곳은 수인들의 세상이고, 그 힘은 수인들이 원하는 대로 사용하는 것이 당연했다.

하지만 뜻밖에도 이들은 나에게 거신의 조각을 양보하겠다고 뜻을 모았다.

"워뇨, 우린 게이트 현상을 끝내는 것만으로 충분하다."

"넌 네 근원이 있는 곳으로 돌아가. 네놈이 늙지 않는 꼴을 보고 있으려니 내가 배알이 꼴리거든."

"우리 뱀들의 주술 계산에 의하면, 차원의 틈을 여는 것은 충분히 가능할 것으로 보이는군."

도리어 그들은 내가 지구의 체계적인 게이트 공략법을 제공한 것에 감사를 표하기까지 했다.

그날 나는 눈물을 조금 흘렸던 것 같다.

이 털북숭이 천사 놈들 덕분에 희망이란 것을 느꼈다.

'지구로 돌아갈 수 있다.'

그리고 또 하나의 가능성.

'영하 누나도 나처럼 어디엔가 살아 있고, 다시 만날 수 있을지도 모른다.'

아주 실낱같은 희망에 불과했다.

하지만 나는 아주 오랜만에 가슴이 뛰는 것을 느낄 수 있었다.

숨을 쉬는 이유를 비로소 되찾은 기분.

그렇게 여기까지 온 것이다.

야수계의 마지막 게이트, 멸망을 부르는 신룡의 전쟁터로.

"선봉은 호인족에게 맡기겠어. 그러나 양익에서 정찰을 수행하는 늑대인간족을 앞지르지는 마. 최대한 많은 정보를 수집하며 나아간다."

"왕의 뜻대로."

"모두 게이트 진입을 준비해라!"

이곳은 야수계의 마지막 게이트였다.

나와 수인들은 이곳을 공략하기 위해서 만반의 준비를 해 왔고, 어떤 희생이든 치를 준비가 되어 있었다.

'여기서 끝낸다.'

차례차례 게이트로 진입하는 수인 헌터들을 바라보며 나는 그렇게 다짐했다.

그리고 열흘이 흘렀다.

※

[알림 : END급 게이트 '멸망을 부르는 신룡의 전쟁터'의 공략이 완료되었습니다!]

나는 지평선을 바라보며 입술을 꾹 깨물고 있었다.

쿠우우우우웅―!

대지 위의 폐허가 되어 무너져 내리는 붉은 드래곤.

그래, 그랬다.

'결국 해냈어.'

드디어 돌아가는 거야.

'지구로! 집으로!'

눈앞에 떠오르는 메시지들이 그것을 증명하고 있었다.

[업적 : 이 세계에 존재하는 모든 게이트를 공략했습니다!]

[보상 : 새로운 칭호 '전쟁의 종결자'가 주어집니다!]

[알림 : 게이트를 모두 공략한 세계에 특전으로 '거신의 조각'이
주어집니다!]

나는 천천히 고개를 들어 올렸다.

드래곤이 쓰러진 그곳에, 마치 천사가 강림한 것처럼 찬란
한 빛의 무리가 떨어져 내리고 있었다.

저게 바로…….

"거신의 조각이로구나."

"때가 되었다, 워뇨."

내 어깨에 팔을 올린 피투성이 털북숭이들이 아련한 눈빛
을 보내오고 있었다.

해야 할 일은 정해져 있었다.

요청하는 것이다, 저 조각에게.

나는 떨리는 목소리로 입을 열었다.

"……날 지구로 돌려보내 줘."

그러자 거신의 조각은 메시지를 통해 응답했다.

[알림 : 차원 역류에 의한 차원 유영을 무효화합니다.]

[경고 : 규칙에 어긋나는 명령입니다. 명령권자가 위험할 수 있습니다. 계속합니까?]

무슨 규칙? 난 그런 거 모른다.

다만 방법이 이것밖에 없다는 것만큼은 알고 있었다.

그러니 선택지는 하나밖에 없다.

"계속해."

그러자 시스템 메시지는 알았다는 듯이 한차례 깜빡였고.

[알림 : 지금부터 '거신의 조각'을 흡수합니다.]

[안내 : 흡수의 반작용으로 인해 레벨을 비롯한 업적이 롤백됩니다.]

[안내 : 어지러움에 주의하십시오.]

거신의 조각을 흡수한다고?

'게다가 반작용으로 업적까지 롤백된다니? 부작용 같은 건가?'

하지만 생각할 시간은 주어지지 않았다.

기묘한 현기증과 함께 천천히 몸이 떠올랐다.

귀환이 시작된 것이다.

쿠구구구구구구!

공간을 찢고 몰어 닥치는 굉음 속에서 나는 손을 들었다.

수인들을 향해 보내는 메시지였다.

'모두 고마웠다.'

그러자 그들도 손을 들었다.

'잘 가라. 하나뿐인 인간.'

그렇게 나는 돌아왔다.

[안내 : 지구―677 '야수계'에서 이탈합니다.]

[알림 : 지구―1 '순수 인간계'에 입장했습니다.]

오빠가 실종된 지 벌써 4년이라는 시간이 흘렀다.

하지만 최신우는 7월 26일이 오면 클랜 하우스의 식탁에 앉아 초를 피우곤 했다.

"……."

7월 26일은 기일이 아니었고, 초는 추모의 의미가 아니었다.

그날은 최원호의 생일.

그녀는 죽은 것이나 다름없는 오빠의 생일을 매년 혼자서 축하하고 있었던 것이다.

'오빠는 반드시 돌아올 테니까.'

다른 누구도 그렇게 생각하지 않았지만, 유일한 혈육인 그녀만큼은 믿었다.

그러지 않으면 무너져 버릴 것 같았다.

오빠의 생일은 그만큼 소중하고 중요한 날이었다.

하지만 오늘만큼은 불청객들에게 둘러싸여 있었다.

"신우 씨, 저도 인내심에 한계가 있습니다. 뒷일을 너무 생각하지 않으시는 것 아닙니까? 아시잖아요? 저, 꽤 무서운 사람이라는 거."

"신우야, 이제 자형 선배 마음 좀 받아 줘. 그럼 너도 편해질 텐데 왜 그래? 산 사람은 살아야지."

태연한 미소를 띤 두 남녀였다.

그들을 향해 최신우는 경고했다.

"다 나가요. 안 나가면 경찰 부를 거니까."

그러자 남녀의 얼굴이 구겨지기 시작했다.

특히 애써 사람 좋은 미소를 가장하고 있던 남자의 표정이 악귀처럼 일그러졌다.

"경찰? 지금 경찰이라고 했어요? 그거 재밌네. 신우 씨,

나 김자형이야. 아이언팩토리의 후계자 김자형이라고! 내가 고작 경찰을 무서워할 것 같아?"

머리를 단정하게 쓸어 넘긴 남자, 김자형은 서늘한 안광을 번쩍이며 그녀를 향해 다가섰다.

최신우는 긴장감을 느꼈다.

'미친. 눈알이 뒤집혔잖아?'

그것은 패기 계열의 특성을 가진 헌터가 흥분 상태에 접어들었다는 징후였다.

헌터가 게이트 바깥에서 무력을 사용하는 것은 엄연한 불법이었지만, 지금 그 법은 너무나 먼 곳에 있었다.

"물러서요! 분명히 경고했어!"

최신우는 품속의 무기를 붙잡으며 거실 쪽으로 뒷걸음질 쳤다.

하지만.

"씨×, 다 망가진 F3급 주제에 대체 뭘 믿고 깝치는 거야? 얼굴만 반반하면 다야?"

탓─!

김자형은 눈 깜짝할 사이에 그녀의 손목을 움켜잡았다.

완전히 돌아간 눈동자가 위험을 경고하고 있었다.

"야! 오수민! 네 선배 좀 어떻게 해 봐! 얼른!"

오수민은 이곳으로 김자형을 데리고 온 장본인이자, 김자형의 오른팔 격인 헌터였다.

그녀는 최신우의 친구로서 잠깐 얘기만 나누고 돌아갈 것이라며 김자형을 집안까지 데리고 들어온 참이었다.

그러니 두 사람 사이에 문제가 생긴다면 응당 최신우를 도와야만 했다.

하지만 수민은 오히려 날카로운 웃음을 짓는 것이었다.

"야, 네가 자형 선배한테 잘못한 거야. 얼른 죄송하다고 말씀드려. 주제를 알아야지, 신우야."

"뭐, 뭐라고?"

이 미친 새끼들이 벌써 작당을 했구나.

최신우는 어금니를 부드득 갈며 마력을 끌어 올리기 시작했다.

한때는 타고난 마법 재능을 보여 주며 오빠와 마찬가지로 초대형 유망주로 평가받았던 그녀였다.

날카로운 공격 기술 하나쯤은 지금도 여전히 가지고 있던 것이다.

하지만 김자형과 오수민은 그녀를 비웃었다.

"신우 씨는 아직도 현실을 모르네. 너희 오빠는 4년 전에 죽었어. 그 차원 역류에 휘말려 뒈져 버렸다고. 모르시겠어요?"

"친구야, 너 이제 헌터 아니야. 자격증에 찍혀 있는 'F3급' 안 보이니? 나비가 날개가 잘렸으면 송충이보다 못한 거지. 이제 그만 현실을 받아들이고 땅바닥에 적응해."

"……."

날개가 잘린 나비.

지금 최신우의 처지를 잔인하고도 정확하게 빗대는 말이었다.

4년 전, 오빠가 차원 역류에 휘말린 뒤.

그녀는 다른 누구보다 부단히 노력했다.

하루 빨리 강해져 그 빌어먹을 역류 현상에 대한 조사를 시작하고 싶었다.

하지만 상황은 거꾸로 흘렀다.

2년 전, 최신우는 오히려 피를 토하며 쓰러지고 말았다.

[알림 : 섭취한 내단 '리자드킹의 불꽃 물약'이 흡수되지 못했습니다.]

[경고 : 힘이 날뛰고 있습니다! 안정시키지 못하는 경우, 마력 체계에 치명적인 손상을 입을 수 있습니다!]

[경고 : 마력 체계가 붕괴되고 있습니다!]

[경고 : 마력 체계가 붕괴되고 있습니다!]

[……]

영구적인 마력 체계의 손상이 생기고 말았다.

무리하게 성장에 집중하다가 거꾸로 힘을 잃어버리고 만 것이다.

'내가 이렇게 될 줄이야.'

그녀처럼 심각한 부상을 입은 헌터는 최하위 등급인 F3등급으로 재평가되어 잉여 전력으로 분류된다.

한데 그런 최신우에게 호감을 보인 남자가 있었다.

김자형은 대한민국 7위 클랜 '아이언팩토리'의 후계자이며, 최근 젊은 헌터들 가운데 가장 유명세를 떨치고 있는 인물이었다.

그는 자신의 팀으로 들어오라는 제의와 함께 구애를 시작했다.

하지만 놈은 쓰레기였다.

"팔자 고쳐 준다고 하는데 왜 이렇게 뻣뻣할까? 자존심이 밥이라도 먹여 줘?"

일방적이고 뒤틀린 애정 공세.

"내가 전부 다 해 준다잖아! 넌 얌전히 엎드려 있기만 하란 말이야!"

그 태도에서 이상함을 느낀 최신우가 거리를 두자, 김자형은 도를 넘어서까지 집착했다.

"내가 어디 가서 이런 푸대접 받는 인간이 아닌데 왜 너만 날 병신 취급하냐? 쓸 만한 건 와꾸밖에 없는 년이!"

이 상황은 그 결과였다.

거절당한 욕망이 추악함의 영역으로 넘어서는 순간이었다.

"……왜 병신 취급하냐고?"

최신우는 원래 입이 고운 편이 아니었다.

그러니 여기서 좋은 말이 나가는 것은 불가능했다.

"병신 같은 제안을 하니까 병신 취급하지! 이 병신만도 못한 새끼야!"

김자형은 웃음을 터트렸다.

"푸하하하하! 아, 내가 병신이야?"

순간 팔목이 거칠게 붙잡혔다.

"그럼 병신한테 한번 당해 봐."

일순 낯빛을 바꾼 남자가 서늘한 미소와 함께 손아귀에 힘을 주기 시작했다.

"이 미친 새끼가! 이거 놔!"

그녀는 가진 힘을 모두 짜내며 저항하려 했다.

하지만.

[알림 : 현재 마력 체계의 손상으로 인해 특성 '마도'가 제대로 기능할 수 없습니다.]

[알림 : 적의 영향력이 너무 강합니다. 스킬 '싸이킥 익스클루전'이 작동할 수 없습니다.]

[경고 : 중지하십시오! 무리하게 마력을 운용하는 경우, 손상이 심해질 수 있습니다!]

힘이 전혀 모이지 않았다.

'아, 안 돼! 제발!'

마력 체계 문제에 김자형이 가진 '패기' 특성의 영향력이 더해지며, 최신우는 마력을 전혀 움직일 수가 없는 상태가 되고 말았다.

힘의 대결은 허무하게 끝나 버렸다.

[안내 : 마력 탈진 상태입니다. 마력을 이용할 수 없습니다.]

"……!"

"오늘이 오빠 생일이라고 케이크에다 미역국까지 끓였구먼? 남매간에 아주 애달픈 사랑이네."

김자형은 입술을 꾸욱 깨물며 질투심을 드러냈다.

"그래, 너희 오빠는 역대 최고의 유망주로 소문이 자자했었다지?"

"놔! 놓으라고!"

"하지만 그래 봤자야. 죽었잖아. 절대로 돌아올 수 없다고."

"닥쳐! 네가 뭘 알아! 오빠 안 죽었어!"

"아니, 뒈졌어. 그 말은 널 지켜 줄 사람은 없다는 뜻이지. 그러니까 넌 날 무시하지 말았어야 했어, 최신우."

김자형은 서늘하게 웃으며 최신우의 목을 움켜잡았다.

"자, 한번 벌어진 일은 돌이킬 수 없다는 것. 내가 오늘 그걸 알려 줄게."

"컥!"

순식간에 목이 조여진다.

아무리 발버둥 쳐도 밀어낼 수가 없었다.

"큭큭큭, 버둥거리는 것도 귀엽네."

"끄으으으……."

평범한 인간의 한계에 도달했다는 N1급 헌터답게 김자형은 최신우를 완벽하게 제압했다.

숨이 막히자 의식은 빠르게 흐려지기 시작했다.

시야의 사각에서 시작된 어둠이 스멀스멀 다가오고 있었다.

'이렇게 죽는 건가?'

그 순간, 문득 떠오른 것은 엉뚱한 생각이었다.

'오빠.'

이상하게도 살고 싶다는 마음보다는 기이한 후회만 몰려왔다.

오빠한테 조금만 더 잘해 줄걸.

라면 끓여 달라고 땡깡 부릴 때 그냥 끓여 줬으면 좋아했을 텐데.

그날 게이트 공략에 가지 말라고 했어야 했는데.

'인사라도 했어야 했는데.'

후회할 것이 너무도 많았다.

"오, 빠……."

최신우는 움직이지 않는 입술을 달싹이며 천천히 눈을 감았다.

하지만 뜻밖의 전개가 시작된 것은 바로 그 순간이었다.

끼이익-.

창고로 쓰이던 '그 방'의 문이 가만히 열렸다.

마치 4년 전, 오빠가 지내던 그때처럼 말이다.

'뭐지?'

힘겹게 눈을 뜬 최신우의 흐릿한 시야 안으로 들어온 광경은 기이했다.

저벅저벅.

난데없이 어둠 속에서 걸어 나온 남자가 있었다.

"오늘이 하필 7월 26일이란 말이지?"

그는 알 수 없는 말을 중얼거리며 저벅저벅 발걸음을 옮겼고……

"뭐, 뭐야? 사람이 있었어? 아깐 기척이 없었는데?"

"뭐야? 오수민! 너 일처리 똑바로 안 해? 야, 넌 누구냐? 설마 이년 남친이냐?"

낯선 이의 갑작스러운 등장에 오수민과 김자형은 나란히 당황했다.

하지만 돌아온 대답은 언어가 아니었다.

[정보 : 권능 '처형자 재규어의 발톱'은 순수한 육체 강화 기술이므로 마력 통제 구역에 영향을 받지 않습니다.]

"근데 스탯이 왜 이 모양이야?"

남자는 그렇게 중얼거리는 것과 함께.

콰직!

진로를 막고 있던 오수민의 얼굴에 육중한 하이킥부터 꽂아 버린 것이다.

"아악!"

방어와 견제 마법을 특기로 삼는 그녀였지만, 격이 다른 일격에 손도 쓰지 못하고 나가떨어질 수밖에 없었다.

"끄흐으으윽……."

오수민의 코와 입에서 터져 나온 피가 순식간에 사방을 적셨다.

'뭐야? 헌터? 무투 계열인가?'

당황한 김자형은 최신우를 붙잡은 채로 뒤로 물러섰다.

동시에 머릿속이 팽팽 돌았다.

'젠장. 내가 마력을 사용하는 장면을 봤겠지? 어떻게든 입막음을 해야겠군.'

날카로운 일격에 오수민이 당하는 것을 봤지만 김자형은 자신이 밀릴 것이라고는 추호도 생각하지 않았다.

방금 그것은 어디까지나 습격이었기 때문에 일어난 일이었다.

더 중요한 것.

'저놈의 소속을 알아내자. 아니면 이름이라도! 그러면 수

습할 수 있어!'

김자형은 정말로 그렇게 믿었다.

"이봐, 어디 소속이야? 제법 하는데? 붙을 땐 붙더라도 통성명 정도는 해 두자고."

하지만 남자는 전혀 다른 말을 시작했다.

"내가 중간부터 들었는데 말이야."

그는 맹수의 것처럼 길고 날카롭게 변한 손끝을 눈높이로 들어 올리며 새로운 주제를 꺼내 들었다.

"아까 네가 '한번 벌어진 일은 돌이킬 수 없다'라고 했지?"

"……어?"

"나도 동의해."

다음 순간, 남자는 한 줄기의 바람이 되어 달려들었다.

먹잇감을 노리는 재규어의 몸놀림으로 두 사람 사이의 공간을 파고드는 것과 함께.

스걱!

목표했던 그 부분을 정확하게 올려친 것이다.

굵은 손목이 팝콘처럼 허공으로 튀어 올랐다.

"……?"

예리하게 잘려 나간 육체의 단면이 너무나 비현실적으로 보였다.

"어? 끄아아악!"

뒤늦게 아픔을 깨달은 김자형으로부터 한 박자 느린 비명이 터져 나왔다.

하지만 끝이 아니었다.

'하나는 정 없지.'

그는 재차 몸을 빙글 돌리며 다음 목표를 노렸다.

이번에는 왼쪽 손목.

쉭!

날카로운 손끝이 한 치의 오차도 없이 정확하게 두 손목을 모두 잘라 버렸다.

"아아악!"

"자, 자형 선배!"

"끄아아악! 이런 씹……! 소, 손목이! 너 뭐야! 누구야! 뭐냐고오!"

앞니가 박살 나고 입술이 터진데다 코가 주저앉은 여자.

그리고 양 손목이 잘린 채 덜덜 떨고 있는 남자.

피를 줄줄 흘리는 두 사람 사이에서 당황한 눈빛들이 핑퐁처럼 오가고 있었다.

"봐. 그런 식으로 한 번 잘린 손목은 말이지."

귀환자는 길쭉한 손가락에 묻은 피를 탁 털어 내며 불청객에게 설명했다.

"아무리 잘 붙여도 그전이랑은 다르거든. 그거야말로 진짜 돌이킬 수 없지. 확실하게 알아 둬."

"끄으윽……."

"아, 그리고 남의 집에서 집주인한테 개기면 이렇게 피 본다는 것도 같이 알아 두고. 생일인데 뒈지긴 누가 뒈졌다는 거야? 재수 없게……."

이 작은 아파트의 소유자이자, 오늘 생일을 맞은 남자.

그리고 4년 전 차원 역류에 휘말려 실종되었던 신입 헌터.

최원호.

"오, 오빠?"

그는 멍하니 주저앉은 여동생과 눈앞에서 반짝이는 시스템 메시지들을 바라보며 자신이 고향에 돌아왔다는 것을 확실하게 실감하고 있었다.

[알림 : 지구─1 '순수 인간계'에 입장했습니다.]

[안내 : 이전의 업적이 복구될 예정입니다. 잠시만 기다려 주십시오.]

내가 겪은 차원 이동은 길었다.

'처음엔 지루했지.'

하지만 곧 온몸이 으깨지는 듯한 고통이 찾아왔다.

이건 좀 이상했다.

'지구에서 야수계로 튕겨 나갔을 때는 딱히 아프지 않았는

데?'

그땐 지금처럼 의식이 선명하지 않았기에 미처 몰랐던 것일까?

쿠구구구구구─!

내 몸을 휘감은 차원의 폭풍은 점점 더 압력을 높였고.

나는 이를 악물며 견뎠다.

그러다가 어느 순간부터는 희열을 느낄 수 있었다.

츠스스스스…….

'어? 이건?'

압력이 서서히 약해지는 것과 함께, 몸을 휘감는 마력으로부터 느껴지는 뭔가가 있었으니까.

'익숙해. 지구의 냄새야.'

냄새라고 하니까 좀 웃기긴 한데, 나는 그걸 정말로 느낄 수 있었다.

정확하게 말하자면 마력의 향기였다.

야수계와는 다른 마력이 내뿜는 미묘한 느낌.

'피비린내 같아.'

이계의 경험이 없었다면 절대로 알지 못했을 깨달음이었다.

그리고 빛이 보였다.

[알림 : 지구─1 '순수 인간계'에 입장했습니다.]

야수계가 아닌 '인간계'다.

내가 살았던 나의 고향!

'정말 돌아왔구나.'

폭풍이 끝나고, 나를 감싸 안은 어둠은 묘하게 따스했다.

왠지 모르게 익숙한 그 감촉에 난 천천히 눈을 감았다.

지독한 피로와 안도감에 정신 줄이 저 먼 곳으로 훨훨 날아가는 듯한 느낌이었다.

하지만 머릿속에선 새로운 질문들이 꿈틀거리고 있었다.

지구에선 얼마나 시간이 흘렀을까?

그 뒤로 또 몇 번의 차원 역류가 있었을까?

혹시 모두가 죽은 건 아닐까?

애써 미뤄 왔던 생각이었다.

44년 전, 지구에 살았던 나에게는 무엇보다 소중한 가족들이 있었다.

'동생은? 친구들은?'

떠오른 생각에 나는 곧바로 몸을 일으켰다.

지구에서 야수계로 튕겨 나갔던 때와 마찬가지로, 먼저 상황부터 파악해야 했다.

지금 내가 떨어진 이곳이 정확히 어디인지.

그리고 지구의 시간이 얼마나 흘렀는지 알아내야만 했다.

하지만 잠시 뒤, 난 내가 아주 익숙한 곳에 있다는 것을 깨달았다.

'여긴 내 방이잖아?'

어머니, 아버지와의 추억이 남아 있는 집.

불 꺼진 방 안을 더듬다가 그 사실을 깨달은 나는 허탈함과 안도감을 느끼고 있었다.

그리고 저 어둠 너머.

―신우 씨. 나 김자형이야. 아이언팩토리의 후계자 김자형이라고! 내가 고작 경찰을 무서워할 것 같아?

―물러서요! 분명히 경고했어!

―야. 네가 자형 선배한테 잘못한 거야. 얼른 죄송하다고 말씀드려. 주제를 알아야지, 신우야.

잔뜩 날이 선 목소리들이 두런두런 들려오고 있었다.

너무나 오랜만에 듣는 인간의 음성이었다.

하지만 나는 감흥 따위를 느낄 수가 없었다.

오가는 대화가 심상치 않았으니까.

―신우 씨는 아직도 현실을 모르네. 너희 오빠는 4년 전에 죽었어. 그 차원 역류에 휘말려 뒈져 버렸다고. 모르시겠어요?

―친구야. 너 이제 헌터 아니야. 자격증에 찍혀 있는 'F3급' 안 보이니? 나비가 날개가 잘렸으면 송충이보다 못한

거지. 이제 그만 현실을 받아들이고 땅바닥에 적응해.

남녀의 비웃음을 들으며 나는 침묵하고 있었다.

엿들은 대화는 아주 짧았고, 나는 이제 막 지구로 돌아온 참이었지만.

"그렇군."

그것만으로도 바깥의 상황을 어렵지 않게 파악할 수 있었던 것이다.

내가 죽었다고?

그러니까 절대 돌아오지 못할 거라고?

오빠를 잃어버린 동생은 마음도 없는 사람에게 자신을 맡겨야 한다고?

'맞아, 인간은 이런 존재였지.'

오랜만에 실소가 나왔다.

츠츠츠츠츠─!

그리고 가라앉아 있던 에너지가 스멀스멀 올라오는 것이 느껴졌다.

나는 이것이 무엇인지 잘 알고 있었다.

특성 '야성'을 움직이게 하는 두 가지의 동력 중 하나.

바로 분노였다.

시스템 메시지가 번쩍였다.

[알림 : 특성 '야성'이 반응하고 있습니다.]

[알림 : 격렬한 분노에 의해 퓨리에너지가 충전되고 있습니다!]

[권능 : '처형자 재규어의 발톱'.]

손끝이 날카롭게 변하는 동시에 몸이 가벼워졌다.

특성 '야성'이 깨어나며 귀속된 권능 하나가 발동한 덕분이었다.

〈처형자 재규어의 발톱〉

[권능] 마나 또는 퓨리 에너지를 헌터의 육체 강화에 사용한다. 손과 발의 형태를 일부 변이할 수 있다.

내가 레벨 30 무렵에 얻은 비교적 초급적인 권능 중 하나였다.

그마저도 완전히 작동하지 않는 상태.

[안내 : 현재 경지가 부족하여 권능을 온전히 사용할 수 없습니다.]

지구로 돌아오며 업적이 초기화된 탓이었다.

'하지만 지금은 이기면 충분해.'

저벅저벅.

나는 문틈 사이로 흘러나오는 빛을 향해 천천히 다가섰다.
나를 지구로 돌아오게 만든 것…….

　－닥쳐! 네가 뭘 알아! 오빤 안 죽었어!

그건 어쩌면 저 녀석의 절박한 외침일지도 모르겠다는 생
각이 들었다.

～

"너, 내가 누군지는 알고 이러는 거냐?"
두 손목이 잘린 놈은 고통으로 얼굴을 일그러뜨리면서도
눈을 부라리고 있었다.
여자 쪽도 태도는 비슷했다.
"아, 아이언팩토리를 적으로 돌릴 생각인가요?"
두 사람은 뒤늦게 배경이라도 내세우면서 나를 위협해 보
려 했지만.
"주둥이들만 살아서는."
퍽! 퍼억!
나는 놈들의 안면을 사정없이 걷어찼다.
"아악!"
"끄허어억!"

"누군지도 관심 없고, 적으로 돌려도 별일 없을 것 같은데?"

그러자 공포에 질린 두 남녀는 피를 한 움큼 쏟아 내며 나에게서 물러섰다.

"이 개자식이!"

"너, 너희가 이러고도 무사할 것 같아?"

"……."

내가 가진 '야성' 특성은 마력 이외에도 분노라는 감정을 에너지원으로 삼아서 작동할 수 있다.

빠악!

"끄허어억."

그 말은 날 빡치게 하면 할수록 점점 더 아파질 거란 뜻이었다.

나는 빙긋 웃었다.

"어디 계속 씨부려 봐. 너희 턱주가리가 강한지, 아니면 이 주먹이 강한지 한번 해 보자."

일단 야성에 제대로 발동이 걸리면 상식이나 정도 같은 것에는 별로 관심이 없어지게 된다.

'그저 때려 부수면서 적을 굴복시키는 것에만 집중하게 될 뿐.'

분노에 의해 깨어난 특성은 당장 놈들을 찢어발기라고 외치고 있었다.

하지만 나는 천천히 그것을 가라앉히고 있었다.

우리 집까지 쳐들어와서 동생을 위협한 이것들을 당장 핏물로 만들고 싶긴 했지만…….

'야수계와는 다르게 지구에는 법이 있고 살인죄가 있잖아?'

특히 한국의 법률은 정당방위에 대해 인색했다.

44년이나 지났지만 나는 그것을 기억하고 있었다.

그러니 다짜고짜 이것들을 죽여 버리는 것은 하책에 속했다.

'오히려 그보다 더 좋은 방법이 있지.'

[알림 : '처형자 재규어의 발톱'이 종료됩니다.]
[정보 : 환원된 퓨리 에너지를 재활용할 수 있습니다.]
[권능 : '흡혈뱀의 기생충'.]

나는 새로운 권능을 곧바로 전개했다.

순간적으로 퓨리 에너지가 모두 소모되면서 손끝에서 기어 나오는 길쭉한 그림자들.

슈르륵-!

두 마리의 시커먼 뱀이 흥건한 핏물 위를 내달렸다.

"뭐, 뭐야!"

"꺄아아악!"

뱀들이 꿈틀거리며 달려오는 모습에 김자형과 오수민은 황급히 뒷걸음질 쳤다.

하지만 피하는 것은 불가능했다.

바닥에 흩뿌려진 피의 맛을 본 뱀의 움직임이 어마어마하게 빨라졌으니까.

"끄아아악!"

"꺄아악!"

　달려든 흡혈뱀들은 김자형의 종아리와 오수민의 팔뚝에다 이빨을 박아 넣더니 연기처럼 사라졌다.

　이것으로 권능은 발동되었다.

　〈흡혈뱀의 기생충〉

　[권능] 마나 또는 퓨리 에너지를 기생충 형태로 적에게 심어서 감시하고 공격할 수 있다.

　대상이 출혈 상태일 때는 암시를 통해 특정한 명령을 심을 수 있다.

　'됐네.'

　흡혈뱀의 권능들 중에서도 이 권능은 상대의 행동을 제약할 수 있다는 점에서 특별했다.

　물린 순간 그 부분을 도려내어 기생충을 제거하지 않는 한.

　나는 권능의 주인으로서 이들의 대략적인 움직임을 느낄 수 있었다. 만약 다시 신우에게 접근한다면 그땐 기생충들을 터트려서 타격을 줄 수도 있었다.

　그리고 방금처럼 상대가 출혈이 있는 상태였다면…….

〈최신우 앞에 나타나지 마.〉

〈너희는 내가 누군지 모른다.〉

이렇게 간단한 암시를 통해 나에 대해 발설하지 못하도록 명령하는 것도 가능했다.

이 흡혈뱀의 권능은 발동이 어렵고 퓨리 에너지의 소모도 크지만 그만큼 위력은 어마어마했다.

"바, 방금 뭐였죠?"

"우욱, 피를 너무 많이 흘렸어."

무슨 일이 벌어졌는지 모르는 표정들을 향해 나는 축객령을 내렸다.

"이제 꺼져. 더 깝치면 발목도 잘라 버릴 테니까 그때는 기어서 나가야 할 거야."

그러자 오수민은 덜덜거리면서도 김자형의 잘린 양손을 챙겼고.

손목을 모두 잃은 머저리는 현관문 앞에서 나에게 소리쳤다.

"너, 누군지는 모르겠지만 내가 그냥 두진 않을 거야. 내 말 명심해라! 알겠냐?"

나는 피식 웃었다.

"끝까지 주둥이만 잘 터네."

"저 새끼가……!"

"자형 선배, 얼른 가요. 응급실부터 가야 돼요!"

"내가 무기만 가지고 왔어도!"

그랬다고 뭐가 달라졌을까.

쿵!

현관문이 닫혔다.

어쨌든 저들도 신우에게 한 짓이 있으니까 손목이 잘린 것을 걸고넘어지진 못할 거다.

예방 조치도 충분히 취해 뒀고.

'저런 놈들이 헌터랍시고 설치고 있다니, 지구는 변한 게 하나도 없구나.'

하지만 나는 그 사실에서 지구로 돌아왔다는 것을 새삼 실감할 수 있었다.

거울에 비친 내가 아닌, 다른 인간이 존재하는 세상.

내가 원래 살았던 세계.

순진한 수인들이 아닌, 비열하고도 치열한 인간들의 지구.

"오, 오빠? 정말 오빠야?"

이곳이 내 가족과 친구들이 있는 고향이었다.

"꿈인가? 혹시 귀신? 유령……?"

멍하니 주저앉아 있는 신우.

나는 여동생의 머리 위에 손을 올리며 싱긋 웃었다.

"야, 라면 좀 끓여 줘."

"……응? 라면?"

"그래, 달걀은 풀지 말고. 고춧가루 좀 뿌려서."

그게 진짜 먹고 싶었다.

후루루룩!

"캬아, 이 맛이지! 역시 라면은 동생이 끓인 라면이거든!"

"지금 내가 꿈을 꾸는 건가? 내 앞에서 오빠가 라면을 먹고 있어……. 그것도 겁나 맛있게……."

이 맛이 너무나 그리웠다.

그리고 조금도 변하지 않은 맛에서 나는 확신할 수 있었다.

인류 문명이 망하지 않았다는 것을.

MSG는 여전히 옳다는 것을!

'진짜 다행이야.'

사실 난 지구의 인간들이 모조리 죽었을 수도 있다고 생각했었다.

야수계에서 44년이 흐르는 사이, 지구에서는 4,444년이 흘렀다고 해도 별로 이상한 일은 아니었으니까.

차원 간의 시차는 비전투 마법에 대해 가장 해박한 오랑우탄들마저도 전혀 실마리가 없었던 부분이었다.

─……저희가 타계의 시간에 대해서 어떻게 예측하겠습니까? 또 다른 세계가 있다는 것도 원호 님 덕분에 안 사실

인데 말입니다.

전투 마법에 능숙한 뱀들도 마찬가지였다.

수인들 모두가 이 문제에 대해서는 극도로 말을 아꼈다.

내가 괜한 희망을 품었다가 실망하지 않았으면 하는 뜻이
었을 거다.

하지만 뚜껑을 열어 보니 전혀 예상 밖의 결과가 기다리고
있었다.

'고작 4년이 흘렀단 말이지.'

내가 차원 역류에 휘말렸던 것이 2019년이었다.

그런데 돌아와 보니 겨우 4년이 지난 2023년.

누군가에겐 긴 시간이었을 것이다.

하지만 야수계에서 44년을 보내고 돌아온 나에겐 솔직히
그리 긴 시간이 아니었다.

아무것도 바뀌지 않았겠구나 생각했을 만큼 짧은 시간이
었다.

그러나 이 녀석에게는 전혀 그렇지 않았던 모양이다.

"오빠! 오빠아아아!"

"야, 야! 국물 흘러! 떨어져, 이 자식아!"

"끄허어어엉!"

라면을 먹는 내 얼굴을 멍하니 바라보던 신우는 갑자기 나
를 껴안고 대성통곡을 하기 시작했다.

울부짖는 소리가 가관이었다.

"으흑흑흑! 이거 꿈이겠지? 역시 귀신인가?"

"둘 다 아닌데."

"아무래도 상관없어. 왜 이제 나타난 거야!"

"그렇게 보고 싶었냐?"

"내가 오빠 생일 때마다 얼마나 보고 싶다고 그랬는데! 왜 이제야 왔어! 왜! 왜애!"

"……."

"아, 아니야! 지금이라도 나타나 줘서 고마워. 그러니까, 그러니까……!"

다시 사라지지 말라고?

"미안하다, 너무 늦게 와서."

나는 가만히 녀석을 토닥여 주었고.

다음으로는 내가 살아 있는 인간이라는 사실을 다양한 방식으로 증명했다.

"봐, 보다시피 라면도 잘 먹고, 거울에도 멀쩡하게 비치지? 십자가 앞에서도 아무렇지 않아. 마늘도 먹어 볼까?"

"정말 퇴마사 안 불러도 되는 거지?"

"불러 봤자 소용없다고. 그리고 기다렸던 오빠한테 퇴마를 하면 안 되는 거 아니냐?"

"믿을 수가 없어서 그래. 차원 역류에 휘말렸던 사람이 돌아오다니……."

그래, 그렇겠지.

아까 그놈들도 똑같은 이야기를 했었다.

　　—차원 역류에 휘말린 헌터는 절대로 다시 돌아올 수 없
다.

야수계의 수인 헌터들 또한 그렇게 믿고 있었다.

하지만 내가 그것을 뒤집었다.

보란 듯이 지구로 돌아온 것이다.

"……야수계라고? 인간이 없는 세상? 그럼 오빠는 거기서
어떻게 살아남은 건데?"

"흠, 그건…….“

"그리고 44년? 이상한데. 오빠 얼굴은 하나도 안 늙었는
데?"

내 설명을 듣고도 신우는 궁금한 것이 많은 기색이었다.

나는 빙긋 웃었다.

"천천히 말해 줄게. 진짜 어디 안 가니까 걱정하지 말고.
그나저나 너야말로 얘기 좀 해 봐."

젓가락을 라면 냄비 위에다 내려놓고, 나는 궁금했던 것을
질문했다.

"내가 없는 동안에 어떻게 산 거야? 왜 저딴 놈들에게 휘
둘리고 있었던 건데?"

그리고 또 하나.

"다른 애들은 어디 있어? 설마 다들 독립한 거야?"

우리 남매는 오래 전 사고로 아버지와 어머니를 여의었다.

기억조차 하고 싶지 않은 사건이었다.

성인이 된 뒤로는 비슷한 처지의 친구들과 함께 생활하기 시작했다.

'구준백, 장세현, 도윤수.'

하나의 목표를 가진 풋내기 마력 각성자들.

세 사람은 우리 남매와 함께 '클로저스'라는 아마추어 클랜을 만들어 헌터로서 경력을 시작한 친구들이었다.

그 이름에는 세상의 모든 게이트들을 닫아 버리겠다는 야심찬 포부가 담겨 있었다.

게이트 때문에 부모님을 잃은 공통점을 가진 우리들은 모두 가족과도 같은 사이였다.

그런데 그들의 흔적 자체가 전혀 보이지 않았다.

'혹시 내가 없는 동안 사이가 틀어지기라도 한 것일까?'

하지만 나는 동생의 굳은 표정에서 뭔가 잘못됐다는 것을 알 수 있었다.

"오빠, 그게 말이지……."

"뭔데?"

"충격받지 말고 내 이야기 잘 들어."

내가 없던 4년 동안의 이야기.

나를 잃은 사람들의 지난한 역사가 천천히 펼쳐지기 시작했다.

마침내 그 이야기가 끝났을 때.

"……이런."

나는 깊은 한숨을 내쉴 수밖에 없었다.

죽거나 미쳤거나 실종되었다.

구준백, 장세현, 도윤수.

'세 사람 전부……'

내가 사라진 이후, 모두 비극적인 최후를 맞았던 것이다.

나 때문에 벌어진 일이었다.

구준백.

나와 동갑내기였던 녀석은 웃음소리가 호탕한 근육맨이었다.

'단순하지만 속이 깊은 자식이었어.'

체술에 일가견이 있었던 녀석은 나에게 몸을 제대로 움직이는 방법을 알려 준 스승이기도 했다.

'그만큼 뛰어난 헌터였지. 우리 중에 가장 먼저 헌터 라이선스를 따기도 했고.'

하지만 죽었다.

내가 휘말린 게이트와 같은 종류를 공략하러 나섰다가 결국 돌아오지 못했다고 했다.

장세현.

우리 중에서 가장 어렸던 세현은 뛰어난 마법사였다.

비록 클랜들이 우대하는 정통파 마법사는 아니었으나.

'미개척 영역인 정신 계통의 마법을 독자적으로 연구하는 천재 소녀로 이름을 떨쳤지.'

세현이 헌터 라이선스를 따자, 해외의 클랜들이 녀석을 스카우트하기 위해 물밑에서 움직일 정도였다.

그러나 지금 그 천재 소녀는 종적을 감춘 상태였다.

'세현이가 행방불명이라니…….'

그녀는 내가 몸담았던 거대 레이드 클랜 '이스케이프'를 조사하던 중에 홀연히 사라졌고.

지금까지도 행방을 알 수 없는 상태였다.

마지막으로 도윤수.

신우와 동갑이었던 윤수는 독실한 카톨릭 신자이며 회복술사였다.

'그 녀석, 내색하진 않았지만 신우를 좋아하는 눈치였는데.'

그만큼 윤수는 나에게 깍듯했다.

형님, 형님 하는 것이 괜한 소리로 들리지 않을 정도였다.

그래서였을까?

윤수는 차원 역류 현상을 다른 누구보다 깊게 파고들었다.

마치 내가 영하 누나를 잃고 나서 그랬던 것처럼 말이다.

그리고 놀랍게도 정말 뭔가를 알아낸 듯이 점점 더 깊게 몰두했다고 한다.

하지만 녀석은 어느 날 쓰러진 채로 발견되었고 다시는 입을 열지 않았다.

그리고 아무도 알아보지 못했다.

"의사들 말로는 원인 불명의 뇌 손상이래. 눈은 멀뚱멀뚱 뜨고 방긋방긋 웃으면서 날 쳐다보는데……."

"그런데?"

"그냥 그것뿐이야. 말을 전혀 못해. 벌써 2년도 넘었네."

신우는 한숨을 푹 내쉬었고, 나는 할 말을 잊었다.

그러다가 간신히 떠오른 말.

"정말 고생이 많았겠구나. 고생했다."

동생은 쓸쓸하게 웃었다.

"나한텐 다른 선택지가 없었어. 운수까지 잃을 수는 없었으니까."

그래, 그랬겠지.

우리 다섯은 가족과도 같았다.

그렇기에 하나가 사라지면 휘청거리게 되고, 둘을 잃었을 때부터는 급격히 붕괴될 수밖에 없었던 것이다.

새삼 내 자신이 원망스러웠다.

"내가 역류에 휘말리지 않았다면 모두 무탈했을 텐데. 나 때문인 것 같아."

"무슨 엉뚱한 소리야? 쓸데없이 자책하지 마. 자연재해 같은 거잖아."

"……."

"그리고 이렇게 기적이 일어났잖아? 난 오늘 오빠를 다시 본 것만으로도 여한이 없어."

속 깊은 녀석.

나는 신우의 어깨를 가만히 두드려 주었다.

"그래. 고맙다. 그리고 아주 대견해. 잘 버텨 줘서."

"이제라도 알아주니 고맙네."

신우는 아무렇지 않다는 듯 싱긋 웃었다.

하지만 그 웃음에는 숨길 수 없는 씁쓸함이 묻어나고 있었다.

아마 자신의 처지를 생각하고 있는 것이겠지.

'마력 체계가 망가졌다고? 그래서 F3급으로 떨어졌어?'

죽거나 사라지나 정신이 나간 세 사람에 비하면 그나마 나았지만, 동생 역시 아주 심각한 상태였다.

하나 다른 점이 있다면 이 경우는 자업자득이라는 것이었다.

"……마도 특성을 개화시키려고 '리자드킹의 불꽃 물약'을 마시다니. 인마, 너무 무모했던 거 아니냐?"

"하이 리스크, 하이 리턴. 헌터들의 숙명이잖아?"

"두 번만 숙명 찾으면 진짜 귀신 되겠다, 이 기집애야."

"드라마 주인공처럼 불치병 하나 얻었다고 생각하지, 뭐. 혹시 알아? 어떤 재벌 3세가 나한테 푹 빠질지?"

응, 허튼소리.

"요즘 재벌 3세들은 다들 마법 수술 받아서 시력이 좋을 텐데? 네 미모로는 불가능하다고 본다."

"……망할 오빠, 명치가 비었어!"

녀석은 애써 낄낄거리고 있었다.

웃으면서도 망가진 마력 체계를 고칠 수 없을 것이라고 생각하는 것이 분명했다.

그러나 내 생각은 달랐다.

'불치병은 무슨……'

치료제를 구하는 과정이 약간 복잡하긴 하지만, 뒤엉킨 마력 체계를 복구하는 것은 불가능한 일이 아니었다.

야수계에서 몇 번 해 본 일이기도 했다.

"나중에 고쳐 줄게."

"응? 뭘?"

"네 마력 체계."

"오빠가 무슨 수로? 이거 의사들도 못 고친댔어."

"다 방법이 있지."

"으이구, 말만이라도 고맙네. 그렇게 오빠 노릇이 하고 싶었쪄용?"

"내가 고쳐 준다니까, 이 시키야!"

"그러니까 고맙다니까!"

믿기 싫으면 말든가.

야수계에서 쌓은 지식과 경험을 고스란히 가지고 돌아온

나는 망가진 마력 체계를 고칠 방법을 알고 있었다.

그리 오래 걸리진 않을 것이다.

지구에서는 알려지지 않은 듯했지만, 마력 체계는 요건만 충족되면 완전히 새로 만드는 것도 가능했다.

하지만.

'뇌 손상은 훨씬 어려운 문제야.'

야수계에서 산전수전을 다 겪은 나로서도 윤수의 뇌 손상을 치료하는 방법은 알지 못했다.

어쩌면 불가능할지도 모른다.

하지만 나는 포기할 생각이 없었다.

'그 녀석은 나 때문에 저렇게 된 거나 다름없어.'

내가 책임지고 되돌려 놔야만 했다.

치료가 아닌 다른 방법.

"흐음, EX급 게이트에서 '시간 도둑 코볼트의 응집석'을 구한다면 가능할 수도……."

"응? 뭐라고? 오빠?"

"아무것도 아냐."

그럭저럭 괜찮은 가능성 하나가 떠올랐지만 일단 신우에게는 비밀로 해 두기로 했다.

저 무모한 녀석이라면 앞뒤 안 가리고 달려들 것이 뻔했으니까.

'어디 보자. 그러려면 필요한 것들이…….'

나는 머릿속으로 계획을 차곡차곡 정리했고.

"오빠, 그럼 윤수한테 가 볼 거야? 내일 같이 병원 갈까?"

"아니. 나중에."

"……?"

녀석의 얼굴을 보고 싶은 마음은 굴뚝같았지만 나는 그것을 조금 미뤄 두기로 결정했다.

병상에 누워 있는 윤수를 보더라도 미안함과 죄책감만 일어날 뿐, 지금은 해 줄 수 있는 것이 하나도 없었다.

'만나러 가는 건 치료 방법을 찾아낸 뒤라도 전혀 늦지 않아.'

감상에 빠져 있을 때가 아니다.

그보다 내가 없는 사이에 흘러간 세상을 따라잡고, 강자의 위치에 오를 준비를 해야 한다.

궁극적으로 내가 해야 할 일은 이 세상을 바꿀 힘을 손에 얻는 것.

그리고 야수계와 마찬가지로 모든 게이트를 닫아서 게이트 현상 자체를 종결시키는 것이었다.

'그럼 또 다른 거신의 조각을 얻게 되겠지.'

야수계에서 날 도와준 그 강력한 힘을 다시 한번 이용한다면…….

'어쩌면 영하 누나를 되찾을 수 있을지도 몰라.'

나는 희망의 끈을 놓지 않았다.

내가 지구로 돌아왔다는 것은 다른 사람들 역시 가능성이 있다는 말이었다.

그러니까 가장 먼저 해야 할 일은 정해져 있었다.

쓸 만한 무장을 갖추는 것.

나는 곧바로 적당한 방법을 떠올렸다.

"우리가 숨겨 뒀던 '비밀 창고'는 그대로 있지?"

"아, 비밀 창고? 그대로 있지. 뭐 꺼내서 쓰려고?"

"응. 무기가 필요해서."

"엥? 무기? 그 창고에 쓸 만한 무기가 있을까? 다들 프로데뷔한 뒤로는 거들떠보지도 않았잖아?"

비밀 창고.

그곳은 우리 클로저스가 프로 헌터가 되기 위해 수련하며 마련해 두었던 아지트 공간이었다.

'사실 말이 비밀창고지…….'

실은 아마추어들에게 공개되어 있는 E등급 게이트들에서 얻은 조악한 무기와 잡동사니 아이템들을 쌓아 둔 폐품 창고에 가까웠다.

'하지만 지금의 나에게는 꽤 괜찮은 보물창고야.'

야수계에서 44년을 구른 나는 그 잡템들이 사실 잡템이 아니었다는 것을 알게 되었다.

재료가 되어 한 차원 높은 아이템이 되어 줄 수 있는 가능성.

약간의 노력만 기울이면 시중에서 유통되는 기성품을 압도하는 무기를 얻게 될 것이다.

짐승같은 누렁비

"궁금하면 따라와서 보고 배워. 아주 귀한 구경을 하게 될 테니까."

"대체 뭘 하려고?"

내 호언장담의 정체가 궁금했는지 신우는 내일 휴가를 내고 나와 함께 창고에 가 보기로 했다.

너무나 오랜만에 침대에 누운 나는 눈을 감았다.

익숙하고도 낯선 감촉.

'정말 지구로 돌아오다니.'

뒤척거리다가 잠에 든 나는 꿈을 꾸었다.

─원호야. 내가 편식하지 말라고 했지?

환하게 웃는 영하 누나에게 잔소리를 듣는 꿈이었다.

⋎

다음 날. 나는 신우와 함께 버스에 올랐다.

"서울이구나……."

무려 44년 만에 탄 버스였다.

차창 밖으로 스쳐 가는 대도시의 풍경을 보고 있자니 기분은 점점 더 묘해졌다.

대학로와 종로.

동대문과 광화문.

'기분 진짜 이상하네.'

오랜만에 보는 서울의 풍경 속에서 가장 눈에 띄는 것은 화려한 광고판들이었다.

각종 무기와 마법 효과로 무장한 모델들은 컴퓨터 게임을 홍보하는 것이 아니었다.

그들이 포장하고 있는 것은 게이트를 공략하는 레이드 클랜들이었다.

"클랜들이 광고를 무지하게 때리는군."

내가 중얼거리자 신우가 대꾸했다.

"어쩔 수 없잖아. 사람들에게 호감을 사야 게이트 입찰에서 유리하니까. 고등급 게이트는 경쟁이 진짜 치열해."

그래, 그랬었지.

야수계와는 달리 지구에서는 게이트를 끝까지 공략하고도 그냥 폐쇄하지 않는다.

오히려 공략된 게이트를 열어 둔 채로 유지하며, 더 많은 레이드 클랜들을 투입한다.

왜? 게이트가 돈이 되니까.

공략된 게이트에서 나오는 몬스터들의 부산물과 광석은 재처리를 거쳐 마력원으로 활용된다.

'……마력.'

게이트와 함께 나타난 이 힘은 완벽한 무공해 에너지로써

인류 문명을 한 단계 끌어올리는 것에 공헌하고 있었다.

이젠 인간 사회에서 떼어낼 수 없는 하나의 톱니바퀴가 된 것이다.

'야수계의 수인들이 한 번 공략에 성공한 게이트는 무조건 폐쇄시키던 것과는 전혀 다른 접근법이지.'

인간들은 공략된 게이트 내부를 계속해서 발굴하고 개발하며 새로운 자원과 돈을 만들어 냈다.

이렇게 게이트를 하나의 자원으로 삼은 인간 사회에서, 헌터들이 새로운 권력층으로 부상한 것은 너무나 당연한 현상이었다.

그리고 그들이 모여 있는 레이드 클랜은 각국 정부가 먼저 나서서 끈을 대려고 하는 VIP 집단이었다.

"오빠, 정말 이스케이프에 연락 안 해도 돼?"

"안 해. 연락해서 좋을 거 없잖아?"

역류에 휘말리기 전, 내가 속해 있던 '이스케이프'는 한국의 TOP3 중 하나라고 평가되는 거대 클랜이었다.

그곳에서 나는 'Zero9'이라는 콜네임으로 불렸다.

……일명 '영구'.

구준백과 장세현이 '영하를 구해라'라는 뜻으로 나에게 지어 준 것이었다.

닉네임을 최대한 촌스럽게 지어야만 헌터가 안전하게 활동한다는 속설에 의한 작명이기도 했다.

'아니, 그래도 사람한테 영구가 뭐야?'

웃기는 짜식들.

어쨌거나 이스케이프 클랜에는 내가 귀환했다는 것을 알리지 않을 생각이었다.

오히려 내 발목을 잡을 테니까.

그때였다.

─이번 정류소는 창덕궁입니다. 다음 정류소는…….

어느새 목적지에 도착했다.

여름의 열기가 풀풀 피어오르는 돌담길과 옛 궁궐이 있는 이곳은 창덕궁이었다.

바로 여기에 우리 다섯 사람이 사용하던 비밀 창고가 있었다.

정확히 말하자면, 창덕궁 안에 열린 E등급 게이트 '중세 좀비의 창궐지' 내부의 숨겨진 공간.

그곳으로 들어가야 했다.

"아, 맞다. 오빠가 알아 둬야 할 게 하나 있어."

창덕궁 안쪽으로 앞서 걷던 신우가 문득 나를 돌아보았다.

"뭔데?"

나는 가만히 고개를 기울였고, 동생은 뺨을 긁적이며 말했다.

"얼마 전에 차원통제청에서 각 클랜에 조심하라면서 공문을 보낸 게 있거든? 그리 대단한 문제는 아니지만."

"문제? 뭐? 게이트의 좀비들이 채식 선언이라도 했나?"

내가 농담을 던지자 신우는 피식 웃으며 게이트가 있는 곳을 지그시 바라보았다.

그러더니 뜻밖의 이야기를 꺼내는 것이었다.

"요 며칠 사이에 게이트 몇 군데가 통제됐는데, 이유가 전혀 알려지지 않았다나? 공략이 끝난 게이트인데도 말이야. 실종된 헌터들도 있는 것 같고."

공략이 끝난 게이트에서 헌터들이 실종됐다고?

"그래서 게이트 통제관들이 입이 마르고 닳도록 주의를 주고 있대. 뭐, 여긴 E등급 게이트니까 별일 없겠지만."

"흐음."

"아무튼 알아 두라고."

품속에서 모자를 꺼내서 푹 눌러쓰는 신우.

"얼른 가자."

녀석은 아무렇지 않은 표정으로 척척 걸어갔다.

하지만 나는 그 이야기가 심상치 않게 느껴졌다.

[알림 : 특성 '야성'이 직관을 발휘하고 있습니다. '알 수 없는 위험'에 주의하십시오.]

"……."

짐승의 왕으로서 갖춘 특성이 본능적으로 위험을 외치고 있었으니까.

좀비들과 뉴비

'실종이라······.'

한 번 열린 게이트는 폐쇄되거나 폭발하지 않는 이상 고착된 상태로 존재하고, 내부의 몬스터들 또한 어지간하면 별다른 변화 없이 반복적으로 리젠된다.

'물론 갑자기 이상 현상이 일어나서 게이트가 변이하는 경우가 있긴 하지.'

하지만 확률로 보자면 복권에 당첨되는 것과 비슷한 수준의 불운이었다.

내가 이걸 대비해야 하나?

희박한 확률에도 불구하고, 대비해야 한다는 결론이었다.

[알림 : 특성 '야성'이 직관을 발휘하고 있습니다. '알 수 없는 위험'에 주의하십시오.]

심상치 않은 징후가 특성과 감각을 동시에 건드리고 있었으니까.

'야성'은 야수의 특성답게 미래의 위험 요소로 본능적으로 감지하기도 했다.

다만 그게 얼마나 큰 위험인지는 알 수 없었다.

하지만 일단 기억해 둘 것이 하나 생긴 셈이다.

나는 잠재적인 위험을 머릿속에 새겨 두며 신우를 따라 걸음을 옮기기 시작했다.

'근데 저 녀석, 쓰고 있는 모자가 왠지 낯익은데?'

게이트는 말 그대로 '관문'이다.

등급에 따라 서로 다른 크기를 가지는 문.

우리의 목적지인 비밀 창고는 '중세 좀비의 창궐지'라는 게이트에 숨겨져 있었고, 입구는 곧 모습을 드러냈다.

익숙한 풍경 앞에서 난 고개를 끄덕였다.

"여긴 여전하구나."

"E등급이잖아. 그냥 동물원 취급이지, 뭐."

창덕궁 안에 있는 게이트는 고즈넉한 궐내의 분위기를 전혀 해치지 않았다.

그냥 조선 시대풍으로 지어진 평범한 출입문 중 하나였던 것이다.

하지만 특별한 것이 있었다.

일단 에어컨을 켜 둔 것처럼 서늘한 마력의 느낌이 장내를 휘감고 있었고.

　

－안녕하세요, 관광객 여러분! 한국관광공사가 관리하는 '중세 좀비의 창궐지' 게이트를 찾아 주셔서 감사합니다. 이 게이트는 차원통제청의 안전 평가를 통과한…….

　

게이트를 둘러싸고 울려 퍼지는 안내 방송.

"입장권 소지하신 분들은 안전 장비부터 착용해 주십시오!"

"장비 착용하기 어려우신 분은 손을 들고 직원의 안내에 따르시면 됩니다!"

고래고래 소리를 지르는 안전 요원들.

"아저씨! 새치기하지 마세요!"

"아빠, 줄 너무 길어……."

"중국인 단체 관광객 때문에 그래."

펜스 안에 줄을 서서 기다리고 있는 관광객들까지.

창덕궁 한구석에 테마파크라도 만들어진 듯한 모습이었다.

"사람 엄청 많네."

"응, 요즘 무슨 드라마 때문에 여기가 아주 인기야."

음산한 기운을 풍기는 게이트를 향해 다가가며 신우가 어깨를 으쓱거렸다.

"그래도 이럴 땐 헌터 자격증이 좋아. 줄 안 서도 되니까."

그 말이 맞았다.

아마추어로 수련하던 시절에는 일반인들과 마찬가지로 입장권을 사서 들어가야 했지만, 프로 헌터가 된 뒤로는 프리 패스였다.

"뭐야? 저 사람들?"

"와, 헌터들인가 봐."

우리는 호기심과 선망이 어린 시선을 등으로 받으며 앞으로 걸어갔다.

"실례합니다. F3급인데요. 일반인 한 사람 동반하고 들어가려고요."

"라이선스 제시해 주세요."

신우는 안전 요원에게 헌터 자격증을 보여 주었다.

나는 공식적으로 실종 상태였으니 그냥 함께 온 일반인으로 행세하는 중이었다.

"……자격 확인되셨습니다."

신우의 자격증을 대충 확인한 안전 요원은 무표정한 얼굴로 고개를 끄덕였다.

"안전 수칙은 알고 계시죠?"

"그럼요."

"즐거운 관람되세요."

건조하기 그지없는 절차가 끝나고 우리는 게이트를 향해 접근했다.

차가운 마력을 풀풀 쏟아 내는 입구에 다가서자 시스템 메시지가 떠올랐다.

[안내 : E등급 게이트 '중세 좀비의 창궐지'에 입장할 수 있습니다. 입장하겠습니까?]

우리는 나란히 고개를 끄덕였고 게이트는 짙푸른 빛을 토해 냈다.

[안내 : 어지러움에 주의하십시오.]

익숙한 현기증이 뒤통수를 스친 다음 순간.

"짜잔."

"……."

한낮의 창덕궁은 온데간데없이 사라지고, 시커먼 밤공기 사이로 음산한 숲과 낯선 궁궐이 어우러져 있었다.

그리고 이따금씩 멀리서 들려오는 소름 끼치는 울음소리.

우우우우우─!

[알림 : E등급 게이트 '중세 좀비의 창궐지'에 입장했습니다.]

〈중세 좀비의 창궐지〉

[게이트] 스산한 월광 아래, 옛 사람들의 시체가 깊은 잠에서 깨어나 돌아다니고 있습니다. 그들을 죽음으로 돌려보내십시오.

등급 : E등급

미션 :

1. 최대한 많은 인원이 생존하도록 도우십시오.(완료됨)

2. 최대한 많은 적을 처치하십시오.(완료됨)

3. 게이트 보스 '역병 군주'를 제거하십시오.(완료됨)

현재 상태 : 공략이 완료되었습니다. 입장 인원에 제한이 없습니다.

내가 근처를 가만히 돌아보고 있으려니 신우가 눈빛을 반짝였다.

"오빠, 기분이 어때? 우리의 옛 추억이 담긴 게이트잖아."

"……딱히 뭐 없는데?"

"뭐야. 뭔가 애틋함 같은 그런 거 없어?"

안타깝게도 아무것도 달라진 것이 없었다.

이 좀비들의 창궐지는 내 기억 그대로였다.

[정보 : 공략이 완료된 게이트는 디멘션 하트를 파괴하여 게이트를 영구히 폐쇄할 수 있습니다.]

공략이 완료되었으나 폐쇄되지 않았다는 안내 메시지마저 그대로인 상태.

"애틋함은 무슨 애틋함. 그냥 게이트가 게이트지."

"에이, 싱거워. 혹시 야수계의 게이트와 다른 점은?"

"전혀 없어요. 다 똑같아."

"……."

야수계와 지구는 완전히 다른 세상이었지만 게이트 현상만큼은 완벽하게 똑같았다.

그래서 난 아무런 감상도 느끼지 못했다.

오히려 너무 익숙해서 마음이 착 가라앉는 느낌마저 들었다.

수없이 많은 공략을 수행한 헌터로서의 본능이 꿈틀거리기 시작한 것이다.

"서두르자. 내가 앞장설 테니까 넌 따라오기만 해."

"응? 가, 같이 가!"

나는 곧바로 숲속으로 방향을 잡고 속도를 내기 시작했다.

공략이 끝나고 관광지로 공개할 수 있을 만큼 안정화가 진행된 게이트에는 일종의 '코스'가 있다.

리젠되는 몬스터들을 자동 무기로 제압하면서 관광객들에게 볼거리를 제공할 용도로 설치된 개척로.

게이트 현상을 발전의 자원으로 삼은 인간들의 태도가 단적으로 드러나는 대목이었다.

저기로 가면 분명 완벽하게 안전할 것이다.

하지만 우리는 전혀 다른 길을 택했다.

비밀 창고는 비밀 창고답게 관광 코스와 전혀 동떨어진 지형에 있었으니까.

"저기 벼랑 뒤쪽이었지?"

"맞아. 4년 만에 온 건데 기억력 좋네?"

"난 44년 만에 온 거야."

"네, 할아버지!"

"죽을래?"

잠시 만담을 나누던 나와 신우는 곧 입을 다물었다.

그그그그그그ㅡ!

숲속에서 좀비들의 기척이 느껴졌다. 이 게이트의 언데드들은 시력이 좋지 않은 대신 청각이 매우 예민했다.

그것을 아는 신우는 나를 향해 수신호를 보내고 있었다.

ㅡ내가 제압할게. 지금 오빠는 무장이 빈약하니까.

하지만 나는 고개를 저었다.

지구식 수신호가 제대로 기억나지 않아서 잠시 더듬거리긴 했지만.

ㅡ난 나보다 약한 녀석의 명령은 듣지 않는다.

ㅡ…….

적당히 뜻이 통했는지 여동생은 입술을 삐죽거리면서 내 뒤로 왔다.

나는 녀석에게 빌린 장검에 손을 올리며 천천히 나아갔다.

그리고 생각했다.

'일격에 하나씩 끝내자.'

다른 헌터가 듣는다면 말도 안 된다고 할 수도 있을 것이다.

지금 내 스탯은 현역 헌터들의 평균 수준에도 미치지 못하는 상태였으니까.

사실은 일반인에 가까운 수준이었다.

〈스테이터스〉

[최원호]

레벨 : 296(-296) → 0

칭호 : 전쟁의 종결자(비활성), 용살자(비활성), 야수의 왕(비활성),
천재 책략가(비활성), 대마법사(비활성)······.

레벨이 엄청난 마이너스 페널티를 먹고 0이 된 상태에다, 대부분의 칭호들이 비활성 상태였다.

지금 나에게 살아 있는 칭호는 딱 하나였다.

칭호 : 뉴비(의념 +1)

"……."

아무렇지도 않을 순 없다.

야수계에서 44년을 보낸 나는 레벨 296에 도달했었다.

그 정도 레벨이 되면 모든 스탯이 세 자리 숫자가 된다.

전투 능력의 시작점이 인간들보다 월등한 수인들마저도 한 수 접어주는 수준이었다.

'그런데 초기화란 말이지.'

지구로 돌아온 대가가 제법 혹독했다.

이미 바닥까지 떨어진 전투 능력이 그것을 증명하고 있었다.

[전투력 평가]

근력 : 15

민첩 : 12

체력 : 9

지력 : 19

의념 : 17+1

마력 : 9

야수계의 44년이 허송세월이 된 셈이니 절망에 빠질 수도 있을 것이다.

하지만 난 그냥 웃고 말았다.

'그래도 여전한 것이 있으니까.'

어떤 일이 벌어지더라도 나에게서 절대로 사라지지 않는 것.

그건 바로 정신적인 깨달음이었다.

지금은 체력과 마력이 모자라서 제대로 펼칠 수 없지만, 내 머릿속의 성취들은 고스란히 남아 있었다.

상태 창의 '특성' 부분들이 길게 출력되며 그것을 증명하고 있었다.

[전투 특성]

1. 야성 : Lv. 10

당신은 야수의 왕으로서 수인들이 집대성한 야수의 권능들을 사용할 수 있습니다. 모든 짐승로부터 영원한 경배를 받으소서……

귀속 권능 : '탐색자 고양이의 수염', '미친 토끼의 앞발', '처형자 재규어의 발톱' 외 100+개.

2. 무의 : Lv. 9

당신은 무술의 극의를 깨우쳤습니다.

고유한 무공은 경천동지할 문파를 이룰 수 있을 것입니다.

귀속 스킬 : '광성천검', '화섬권', '신묘발도' 외 12개.

3. 마도 : Lv. 8

당신의 마법은 종족의 한계에 도달했습니다. 이제 그 심유한 힘을 휘둘러 한계를 무너뜨리십시오.

귀속 스킬 : '파이어릭 스피어', '스톰 컨트롤', '옵티컬 카무플라주' 외 22개.

[보조 특성]

1. 재능 : Lv. 9

새로운 지식을 엄청난 속도로 습득할 수 있습니다. 전에 없던 기술을 창시할 수 있게 됩니다. 서로 다른 요소들을 하나로 통섭하는 가능성을 극대화합니다.

2. 통찰 : Lv. 6

사물의 이면을 훔쳐봅니다. 새로운 물건을 능숙하게 제작할 수 있습니다.

'내가 봐도 굉장하네.'

물론 이 특성들을 전부 다 활용할 수 있는 것은 절대 아니었다.

보조 특성들은 그대로 작동하겠지만, 전투 특성들은 최소 스탯이 필요하니, 사실상 원래 공능의 1할로 발휘할 수밖에 없는 상태였다.

레벨을 회복시키며 차차 극복해야 하는 문제였다.

'하지만 지금은 이것만으로도 충분해.'

야성(野性).

이것은 수인들의 전유 능력으로, 인간의 '스킬'이 아닌 야수의 '권능'을 불러내는 특성이었다.

마나 에너지가 부족한 상황에서는 퓨리 에너지를 이용해서 운용할 수 있는 특별한 성질을 가지고 있었다.

반드시 마력을 필요로 하는 여타 특성들과는 확실하게 다른 능력.

'그래서 처형자 재규어의 발톱과 흡혈뱀의 기생충도 불러낼 수 있었던 거고…….'

레벨 0으로 좀비들을 즉사시키겠다고 나설 수도 있었던 것이다.

여기에 내 전투 경험이 더해지면 E등급 게이트에서 위험에 처하는 것은 사실상 불가능에 가까웠다.

우적, 우적, 우적.

아직 시야 안으로 들어오지는 않았지만 놈들이 뭔가를 열심히 뜯어 먹고 있는 소리가 들려온다.

'세 마리인가?'

야성 특성에는 청각 정보를 시각 정보로 치환하는 권능도 있지만 따로 불러내지 않았다.

'지금 이 정도는 권능을 사용하지 않고도 유추할 수 있지.'

44년의 헌터 짬바는 고스톱 쳐서 딴 게 아니었다.

그러니까 권능을 사용할 에너지는 일단 아껴 두고.

-넌 저쪽을 경계해.

나는 신우에게 한구석을 가리키며 수신호를 보냈다.

-저긴 왜?

-그, 뭐, 아무튼 하란 대로 해.

매복이 수신호로 뭐더라?

설명해 주고 싶긴 한데 복잡한 신호는 아직 기억이 잘 안 난다.

어쨌거나 등 뒤까지 대비한 나는 이어서 소리가 나지 않게 천천히 검을 뽑았다.

그리고 단숨에 돌진했다.

비록 민첩 스탯에서 자릿수 하나가 사라지긴 했지만, 이 정도 스프린트라면 충분했다.

내 칼날은 소음의 진원지를 향해서 직선을 그리고 있었다.

목표는 땅바닥에 코를 처박은 채 만찬을 즐기고 있던 좀비들 중 한 놈의 머리통이었다.

그르르르!

갸으으으으!

콰직!

"……."

칼날이 관자놀이를 꿰뚫자 좀비는 단번에 축 늘어졌다.

이 게이트의 좀비는 E등급 몬스터답게 방어력이 약했지만, 의외로 많은 지망생들이 고전하고는 했다.

'인간처럼 생겼지만 인간과는 전혀 다르거든.'

언데드는 심장을 파괴하더라도 움직인다.

팔다리를 자르더라도 마찬가지.

언데드는 불사의 신체를 움직이도록 명령을 내리는 뇌를 파괴해야 제압할 수 있다.

그래서 나는 등장과 동시에 검을 내질러서 한 놈의 머리통을 박살 냈고.

'칼날의 방향이 좋은데?'

좋아. 두 번째는 얻어 걸렸네.

나는 그것을 깨닫자마자 지체 없이 검의 손잡이를 놓았다.

그리고 돌진하던 속력을 그대로 살려 몸을 회전시켰다.

척!

왼발 뒤꿈치를 지면에다 박아 넣고, 그것을 축으로 삼아 뒤로 도는 동작.

퍽, 하는 소리와 함께 발차기가 꽂혔다.

내 검의 칼자루 끝 부분이었다.

마치 폼멜을 밀어 넣는 것처럼 세게 걷어찬 것이었다.

그러자 장검은 망치를 맞은 무쇠 말뚝이 되어 내리꽂혔다.

콰직!

좀비의 목뼈 부분이 박살 나며 그대로 주저앉았다.

두 번째 놈이 우연찮게 칼날의 연장선에 있었기에 가능한 연속 동작이었다.

그르르?

마지막 놈은 그제야 고개를 들어 올리며 나를 바라보았다.

앞서 좀비들이 먹고 있던 것은 사냥개들의 시체였다.

'아마 테이밍 타입의 헌터 지망생이 왔었던 것 같은데.'

사람이 도망치는 동안 개들이 시간을 번 모양이다.

……가여운 녀석들.

나는 코가 간질거리는 것을 느끼며 몸을 움직였다.

갸오오오오!

나를 향해 순간적으로 달려드는 좀비의 움직임은 꽤나 빨랐다.

하지만 충분히 예측 가능한 것이었다.

적당히 몸을 뒤틀어서 공격을 흘려보낸 나는 좀비들을 꿴 꼬치가 된 검을 회수하기 위해 움직였다.

허리를 굽히고 그걸 잡아당기면서 용을 쓸 필요는 없었다.

탁!

이번엔 발끝으로 소드 가드를 툭 차는 동작으로 칼날을 반대로 뽑아낼 수 있었고.

자세를 낮추며 빙글 돌아서는 것과 함께 손안으로 손잡이가 들어온 그 순간.

스걱.

재차 달려들던 좀비의 목을 깔끔하게 날려 버렸다.

둘도 아니고 고작 하나만 남은 좀비는 당해 주고 싶어도 당해 줄 수가 없는 상대였다.

"……쿵."

그렇게 좀비 셋을 정리한 나는 콧잔등을 찡그리며 돌아섰다.

신우가 경계하고 있었던 방향을 향해서 입을 열었다.

"거기 숨어 있으신 분, 지금부터 셋 셀 동안 안 나오면 좀비로 간주할 수도 있어."

방금 좀비들과 싸우면서 더 확실하게 느낀 건데.

지금 저곳에 사람 하나가 숨을 죽인 채 웅크리고 있었다.

어쩌면 이 사냥개들의 주인일지도 모르겠다.

새로운 적일 수도 있고.

겁을 먹었는지 수풀 너머에서는 아무런 응답도 없었다.

그래서 난 심드렁하게 입을 열었다.

"하나, 셋⋯⋯!"

수풀 사이에서 사람이 기어 나온 것은 바로 그때였다.

"조, 좀비 아닙니다. 사람이에요!"

❧

"저는 윤희원이라고 해요. 헌터 지망생이고요."

윤희원은 새하얀 얼굴에서 도회적인 분위기가 풀풀 풍기는 여자였다.

하지만 명백히 초보 헌터였다.

"두 분께서는⋯⋯?"

게이트 안에서 면식이 없는 헌터들끼리 이름을 밝히는 것은 금기 사항이었으니까.

　그걸 모른다니 확실히 초보자였다.

　신우가 한숨을 내쉬었다.

　"저기요. 상대가 누구인 줄 알고 이름을 알려 줘요? 요즘 지망생들도 이 정도는 당연히 알지 않나요?"

　"예……?"

　"게이트 안에서는 일행이 아니면 무조건 적으로 간주해요. 인간인 척하는 몬스터일 수도 있고, 원한이 있는 관계일 수도 있으니까요. 통성명은 금기 사항이죠."

　인간 사회의 공권력이 거의 닿지 않는 게이트 내부는 말 그대로 야생과도 같다.

　그러니 서로에게 거리를 두는 것이 가장 안전한 방법이었다.

　윤희원은 머리를 긁적였다.

　"그렇군요. 몰랐어요. 사실 제가 헌터 수련을 시작한 지 얼마 되지 않아서요. 혼자 게이트에 들어온 것도 이번이 처음입니다."

　"그런 것 같네요."

　나는 좀비들의 시커먼 피가 묻은 칼날을 대충 닦아 내며 중얼거렸다.

　"사냥개들이 시간을 벌어 줬는데도 멀리 도망치지 못한 걸 보면. 아마 다리가 풀렸었나 봐요?"

"예, 부끄럽습니다만 맞습니다. 귀신이시네요."

"사람인데요."

"……?"

그 말을 들은 윤희원이 의아한 표정을 짓자, 신우가 피식 웃었다.

"우리 오빠가 그 농담에 좀 민감해요."

"크흠!"

뭐 어쨌거나 이야기가 길어질 필요는 없었다.

나는 윤희원에게 손짓했다.

"그만 가 보시죠. 다음부터는 어지간하면 3인 이상으로 팀을 짜서 들어오시고요."

"예에……."

"아마 테이밍 타입이라서 혼자 멀티 포지션을 해 보려고 한 것 같은데. 그건 최소 레벨 15부터 가능한 작전입니다. 잘 알아보고 조심해서 다니세요."

말을 마친 나는 그대로 몸을 돌렸다.

신우 역시 고갯짓으로 여자에게 인사를 보낸 뒤 나를 따라왔다.

이대로 깔끔하게 헤어지면 좋겠는데.

"저, 서, 선생님!"

실패.

어설픈 애들은 이렇게 질척거리기 마련이다.

나는 한숨을 내쉬며 경고했다.

"방금 내가 목숨은 하나니까 조심하라고 말했을 텐데."

동행해도 괜찮겠냐고 물어보거나.

혹시라도 몰래 졸졸 따라오는 짓거리를 한다면.

나는 가차없이 행동할 작정이었다.

그러나 윤희원은 의외로 상식이 있는 사람이었다.

"이거 제 명함입니다. 은혜를 갚고 싶어서요. 나중에 찾아주시면 꼭 보답하겠습니다."

"......?"

정중한 태도로 나에게 명함을 건네는 윤희원.

뒤이어 돌아선 그녀는 엉망진창이 된 사냥개들의 사체를 수습하기 시작했다.

여자의 꾹 다문 입술이 파르르 떨리는 것을 본 나는 명함을 간단히 훑어보았다.

그리고 미간을 살짝 찌푸렸다.

백십자 메디컬 클랜

의사 윤희원

'뭐야? 헌터가 아니라 의사였어?'

왠지 통 어울리지 않는 직업이었다.

그리고 '백십자 클랜'이라니.

이곳은 마력 의학으로 손꼽히는 의료 클랜이었다.

그렇다면…….

'언젠가 윤수를 치료할 때 도움이 될 수도 있겠는데?'

물론 훗날의 가능성이지만 말이다.

'근데 의사가 왜 게이트에 들어와서 이러고 있는 거야?'

그게 아주 잠깐 궁금하긴 했다.

하지만 나는 곧 관심을 거두고 돌아섰다.

"돌아가는 길은 알죠?"

"예, 알고 있습니다."

"조심히 가세요."

……다들 각자의 사정이 있는 법이니까.

그리고 고작 명함 한 장으로 모든 경계를 거둘 수는 없는 법이었다.

'돈만 주면 마음대로 팔 수 있는 것이 명함이지.'

게이트 안에서는 뭐든지 의심해야 하는 것이 미덕이자 기본이다.

"갔지?"

"응. 예쁘더라."

"뭘 상관이야. 우리도 가자."

나와 신우는 윤희원이 게이트 출구로 향해 움직이는 것을 확인한 뒤 걸음을 옮기기 시작했다.

'방금 그 사람은 뭐였지?'

윤희원은 멍한 기분으로 걷고 있었다.

원래 그녀는 헌터들을 치료하는 의사였지만, 오늘만큼은 한 사람의 헌터로서 게이트에 들어온 참이었다.

연구에 필요한 재료들을 직접 구해 보고.

또한 헌터 지망생으로 첫 활동을 하기 위해서였다.

그러나 조금 더 준비를 해서 들어왔어야 했다.

관광지로도 공개되어 있는 E등급이니 만만하리라고 생각했던 것이 패착이었다.

'나 때문에 애꿎은 사냥개들만 죽었구나.'

그 충성스러운 녀석들이 아니었다면 자신은 살아남지 못했을 것이다.

아니, 어쩌면 사냥개들의 사체를 다 먹어치운 좀비들에게 후식거리가 되었을지도 모르겠다.

하지만 그때, 두 남녀가 나타났다.

발랄한 분위기의 미녀와 무표정한 얼굴의 미남.

남자는 윤희원이 상상조차 하기 어려운 몸놀림을 선보이며 좀비들을 쓰러뜨렸다.

'세상에, 사람이 그렇게 움직일 수 있다니……'

액션 영화나 만화책에서 볼 수 있을 것 같은 어마어마한 무위였다.

그래서였을까?

'솔직히 얼굴은 나보다 어려 보였는데, 나도 모르게 선생님이라고 불렀어.'

활약도 활약이었지만, 이상하리만큼 묵직한 분위기에 자동적으로 깍듯해질 수밖에 없었다.

그리고 하나 배웠다.

'게이트 안에서는 헌터들끼리 통성명을 하지 않는 거구나.'

몰랐던 사실.

게이트 안에서 다른 헌터들을 만나 본 일 자체가 없기 때문이었다.

마력을 각성한 의사로서 레이드에 동행한 적은 몇 차례 있었지만, 전투 요원들은 희원을 전면에 나서지 못하게 했다.

그 때문에 정확히 깨닫지 못했다.

'이 일은 내 생각보다 훨씬 위험한 거였어.'

E등급이니 그다지 위험하지 않을 거라고 생각했던 것은 크나큰 오산이었다.

그 사실을 비로소 깨달은 윤희원은 한숨을 푹 내쉬었다.

동시에 한 번 더 경이로움을 느꼈다.

'아까 그 남자는 얼마나 강한 거야?'

긴장은커녕, 마치 숨쉬는 것처럼 자연스럽게 좀비들을 박살 내던데.

'아마 엄청난 레벨이겠지? 내가 몰라 봤을 뿐 헌터들 사이에서는 이미 유명한 랭커일지도 몰라.'

그런 강자를 만나 목숨을 구했으니 올해의 행운은 다 쓴 것이나 다름없었다.

보답하고 싶었다.

그래서 명함이라도 건네주긴 했는데…….

'내가 그 사람을 다시 만날 수 있을까?'

모를 일이었다.

그저 인연이 닿아서 한 번 더 마주할 수 있기를 바랄 수밖에는.

"시간이 벌써 이렇게 됐네."

윤희원은 손목시계를 보며 걸음을 재촉했다.

바깥에서 자신을 기다리고 있는 사람이 있기 때문이었다.

그래서 그녀는 미처 알아채지 못했다.

두두두두ㅡ.

발 밑에서 느껴지는 미묘한 진동의 존재를…….

"최 비서님한테 혼나겠다. 서둘러야겠어."

정말 조금도 깨닫지 못했던 것이다.

신우와 나는 벼랑 아래에 다다랐다.

"이 바위지?"

"맞아. 풀 없는 쪽. 전에 세현이가 마법을 걸어 뒀던 것 기억나?"

"아, 기억나."

주변을 한차례 체크한 나는 바위 쪽으로 다가갔다.

혼자 옮길 수 없을 만큼 거대한 바위.

바로 이 뒤에 있었다.

아마추어 클랜 '클로저스'의 비밀 창고가.

"같이 밀자. 오빠 혼자서는 무겁잖아."

신우가 곁으로 다가왔지만 나는 고개를 저었다.

"아냐. 혼자 해도 될 것 같아."

"응? 오빠 혼자서? 정말?"

"잘 봐."

한차례 심호흡을 한 나는 천천히 마력을 운용하기 시작했다.

'4년 전엔 내가 마력을 쓰더라도 혼자 옮기기 힘들었었지.'

하지만 지금은 어떨까?

내가 야성 특성을 다시 불러일으키자, 눈앞에 시스템 메시지가 반짝였다.

[알림 : 특성 '야성'이 반응하고 있습니다.]

[권능 : '씨름꾼 침팬지의 손바닥'.]

[정보 : 퓨리 에너지 또는 마나 에너지를 근력으로 치환하여 사용할 수 있습니다.]

　　[안내 : 현재 경지가 부족하여 권능을 온전히 사용할 수 없습니다.]

　　후우욱-!

　　혈액과 함께 느리게 회전하던 에너지가 몸 바깥까지 범위를 늘리며 활동한다.

　　마치 보이지 않는 강화복을 입은 것처럼 따뜻한 느낌.

　　마력을 회전시키며 부족한 근력을 대체하고.

　　다시 그 힘을 응축시킨 뒤.

　　'아낌없이 바위에다 쏟아 넣는다!'

　　강화, 응축, 발산.

　　한계 이상의 힘을 내는 정석적인 방법이었다.

　　"흐읍!"

　　나는 팔뚝에 힘을 주며 힘차게 바위를 밀어붙였다.

　　이윽고 바위는 거짓말처럼 움직였다.

　　쿠르르르르르!

　　"우, 우와!"

　　신우가 감탄을 터트렸다.

　　"준백 오빠도 그렇게 밀진 못했는데……."

　　"그래?"

　　"응. 그 오빠는 레벨 43까지 갔었거든. 근데 지금 오빠처럼 깔끔하게 밀지는 못했어."

그렇군.

'준백이가 43까지 갔었구나.'

레벨 업에 집중하지는 못했나 보네.

내가 잠시 감상에 빠진 사이에 신우가 쪼르르 달려 들어가 마력 등불을 켰다.

그러자 뽀얀 먼지를 뒤집어 쓴 창고의 전경이 한눈에 들어 왔다.

조잡한 무기와 방어구들.

저급하거나 효력이 다한 시약들.

어디선가 얻어 오긴 했으나 정체가 뭔지 모르겠다며 쌓아 둔 재료들까지.

"엉망이지? 이제 여길 찾는 사람이 없어서 그래."

신우는 지저분한 자취방을 들킨 것처럼 웃었다.

안쪽으로 들어선 나는 물건들을 훑어보며 조용히 미소 지 었다.

"뭐 그래도 필요한 건 다 있네. 좋아. 생각했던 것 중 하나 는 당장 만들어 볼 수 있겠어."

"그래?"

오히려 내가 만족감을 드러내자 동생은 의아한 표정으로 되물었다.

"내가 보기에는 그냥 다 잡동사니 같은데. 이걸로 뭘 어쩌려는 거야? 정말 뭘 만들 수 있기나 해?"

"보면 알게 될 거야."

나는 팔을 걷으며 나섰다.

작업은 적당한 검 한 자루를 골라내는 것부터 시작되었다.

"이놈은 좀 짧고, 이건 이빨이 너무 나갔네. 장식이 너무 많은 건 좀 그렇고……. 이 녀석이 괜찮겠는데."

나는 적당히 큼직한 바스타드 소드를 골라냈다.

"엥? 그건 좀 녹슬었잖아. 차라리 이게 낫지 않아?"

신우가 보여 준 또 다른 장검은 꽤나 깔끔한 상태였다.

하지만 나는 고개를 저었다.

"그건 얇아서 상대적으로 불리해. 이 마법 축성을 하려면 무기의 내구성이 제일 중요하거든."

"마법 축성? 인챈팅을 말하는 거야?"

"그래. 무기가 허술하면 내구력 강화부터 해야 하는데 지금 강화 작업은 재료가 마땅하지 않아. 마력도 더 필요하고."

"……!"

축성 또는 인챈팅.

장비에 마법을 불어넣는 작업은 아무나 할 수 있는 것이 아니었다.

무기와 재료의 속성을 정확히 파악하는 고유 능력이 필요했다.

신우도 그것을 알고 있는지 놀란 표정이었다.

"내가 알기론 인챈팅은 '통찰'이나 '혜안' 특성이 필수일 텐데? 오빠, 설마……?"

"통찰 6레벨."

"어떻게? 옛날에는 재능 특성이랑 무술 특성 두 개만 있었잖아?"

"44년 수련했다니까."

"그럼 대체 특성이 몇 갠데?"

"총 다섯 개."

"세상에! 특성 충돌은? 감당이 돼?"

"보다시피. 특성 간의 우열 정리만 잘해 주면 아무 문제없어."

동생은 당황한 기색이 역력했다.

"내가 아는 상식이랑 너무 달라."

"야수계에선 이게 상식이야. 안타깝게도 지구의 헌터들은 아직도 모르는 것 같지만."

큼직한 바스타드 소드를 작업대에 내려놓고, 나는 칼날의 녹을 벗길 도구를 찾기 시작했다.

"오빠."

잠시 생각에 잠겼던 신우는 중요한 질문 하나를 던졌다.

"어제부터 오빠 얘기를 듣고 있으면 지구보다 야수계 헌터들이 더 강한 것 같은 느낌이 들어. 내 말이 맞아? 어째서 그런 거야?"

숫돌을 집어 들던 나는 잠시 고민에 빠졌다.

그리고 간단하게 대답했다.

"꼭 그런 건 아냐. 지구의 헌터들도 충분히 강해. 비슷한 수준이야."

"정말?"

"……응."

아니, 이건 거짓말이다.

실은 녀석의 말대로 야수계의 헌터들이 압도적으로 강했다.

최종 등급의 게이트를 폐쇄시킬 때마다 시스템이 조금씩 업그레이드된 덕분이었다.

그중 대표적인 것이 바로 '만렙' 제한.

'지구는 아직도 레벨 100이 최종 레벨인 것 같던데.'

야수계의 레벨 한계는 300이었다.

그래서 나도 296까지 갈 수 있었다.

'심지어 시스템이 업그레이드될 때마다 뉴비들의 레벨 업 속도까지 빨라졌어.'

일종의 특전이라고 할 수 있었다.

게이트를 성실하게 공략하고, 폐쇄시키는 세계에 시스템이 주는 보상이랄까.

"거기 줄칼 좀 줘 봐."

그러나 일단 나는 신우에게 이 점을 숨겨 두기로 결정했다.

귀찮아서가 아니었다.

'신우는 조금이라도 더 빨리 강해지려고 애를 쓰다가 마력 체계가 망가졌지.'

그런 녀석에게는 이러한 특전이 있다는 사실 자체가 충격일 수도 있다.

'딱히 중요한 정보도 아니고. 괜히 마음 쓰이게 만들지 말자.'

때로는 아는 것이 힘이 아니라, 독일 수도 있는 법.

지금은 회복과 성장에 주력해야 했다.

스윽, 스윽.

숫돌에다 칼날을 밀고 당기는 것에 집중하며 나는 머릿속으로 생각했다.

'그나저나 이번에는 어떤 성격의 검을 가지게 되려나?'

오늘 내가 만들고자 하는 것.

그것은 야수계에서 가장 뛰어난 헌터들에게게만 허락된 에고 소드, '수혼검'이라는 무기였다.

❦

수혼검은 까다로운 무기다.

그래서 야수계의 각 부족 지도자들은 레벨 100을 넘은 베테랑 힌디들에게민 수혼김을 허락했다.

검에게 헌터들이 잡아먹히는 일을 방지하기 위해서.

'솔직히 위력에 비해 검을 만들기가 너무 쉬워.'

오히려 그 때문에 더 엄격하게 금지된 부분도 있었다.

멋모르는 어린 수인들이 직접 수혼검을 만들었다가 몸을 빼앗기는 일이 비일비재했으니까.

제대로 통제하지 못한 에고 소드는 주인을 잡아먹는 마검이 된다.

'하지만 그렇게 하지 말라고 해도 꼭 시도하는 무모한 녀석들이 있었지.'

주로 호랑이들이 그랬다.

그래서 호인족의 족장 하라칼은 한숨을 팍팍 내쉬곤 했다.

수혼검은 그만큼 치명적인 매력을 가진 무기였다.

"흐음, 난 처음 듣는 무긴데. 지구엔 없는 건가 봐?"

고개를 끄덕거리는 동생에게 나는 피식 웃었다.

"네가 모든 헌터 장비를 아는 것도 아니잖아?"

그러자 신우는 고개를 저었다.

"아냐, 나 지금 있는 회사가 스캐빈저 클랜이라서 어지간한 장비들은 다 꿰고 있어. 장비는 빠삭하다고."

"……그래? 너도 스캐빈저로 일하고 있는 거야?"

"응. F3급이잖아. 먹고살려면 다른 방법이 없었어."

스캐빈저는 말 그대로 청소부다.

공략이 완료된 게이트 내부에서 각종 마력 자원들을 긁어모으는 역할.

때론 무기 밀수와 같은 불법적인 작업에 동원될 때도 있다.

그야말로 헌터가 아닌 헌터이면서, 최하층민을 나타내는 말이었다.

'내 동생이 스캐빈저 신세라니.'

나는 잠시 울컥했지만 어쩔 수 없었겠다는 생각이 들었다.

녀석의 말대로, 마력 체계가 망가지고 라이선스 등급이 F3로 떨어진 헌터가 살아남는 방법은 그것밖에 없었다.

'이제 얼른 사표 쓰라고 해야 하나?'

하지만 그 순간, 나의 뇌리를 스치는 아이디어가 있었다.

'잠깐만. 내가 그 스캐빈저 클랜을 이용해서 라이선스를 따면 되겠는데?'

그렇잖아도 정지된 헌터 라이선스 때문에 고민하고 있던 참이었다.

한데 뜻밖에도 가장 빠르게 헌터 라이선스를 딸 수 있는 방법이 가까운 곳에 있었다.

'그래, 그러면 되겠네.'

나는 만족스럽게 고개를 끄덕이며 작업을 계속했다.

엉망이었던 칼을 제대로 만드는 것은 이제 얼추 마무리가 된 상태였다.

"자, 봐. 녹은 다 갈아 냈고 칼날도 살아났지?"

"오, 진짜네. 그럼 이제 어떻게 해?"

"여기 구멍을 뚫을 거야."

"응? 구멍? 어디에?"

"칼날에다."

"뭐?"

"푸하하하!"

괴상하게 일그러지는 신우의 표정을 보며 나는 폭소를 터트렸다.

"날 놀렸구나, 이 망할 오빠!"

아니, 진짜였다.

"놀리는 게 아니고, 칼날의 표면에다 아주 미세한 구멍을 뚫어서 마법진을 그리는 거야. 그리고 마법 용액을 뿌리고 굳히는 거지."

나는 몇 가지 재료들을 골라내서 마법 용액을 만들기 시작했다.

친구들이 다양한 게이트에서 모아 온 극독과 산성을 띤 재료들을 배합한 것이었다.

"그렇게 하면 어떻게 되는데?"

"칼날 안쪽으로 부식이 일어나면서 마법진이 입체화가 돼. 금속 안쪽으로 뿌리를 내리는 것처럼. 쉽게 말하자면 2D가 아니라 3D로 마법진을 그리는 거야."

"······!"

금속 부식을 이용한 마법진 연성.

아직 지구에서는 아무도 사용하지 않는 것 같은데, 이건 야수계에서 일상적으로 사용되는 기법이었다.

그래서 어린 호인족들도 수혼검을 만들어 보겠다고 덤빌 수 있었던 것이고.

"마법진을 3D로 그린다니. 신기해."

"사실 진짜 중요한 건 그다음이야. 이건 그릇을 만드는 작업 정도니까. 그래도 잘 봐 둬."

"응."

신우가 숨을 죽이고 바라보는 가운데, 나는 빠르게 작업을 해 나갔다.

뚫고, 바르고, 말린다.

어린 수인 헌터들에게는 엄격하게 금지된 작업이었지만, 나는 몇 번이나 해 본 일이었다.

제대로 신경을 기울이기만 하면 그리 어렵지 않았다.

[알림 : 특성 '통찰'이 반응하고 있습니다.]

[정보 : 한계까지 집중력을 발휘할 수 있습니다.]

[정보 : 재료의 특성을 완벽하게 파악할 수 있습니다.

[정보 : 작업의 효율이 극대화됩니다.]

"……됐다."

마침내 손질이 끝난 순간, 시스템 메시지가 떠올랐다.

[알림 : 아티팩트 '비어 있는 수혼검'을 성공적으로 제작했습니다.]

[업적 : 이 세계에서 처음으로 등장한 아티팩트입니다!]

[알림 : 칭호 '노력파 장인'이 복구됩니다!]

[정보 : 지력과 의념에 +2만큼 보너스가 주어집니다.]

'이건 치우고.'

나는 검의 정보부터 확인했다.

칼자루에 손을 올리자 떠오르는 정보들.

〈비어 있는 수혼검〉

[무기] 맹수의 혼을 포획할 수 있도록 만들어진 검.

검의 위력은 어떤 맹수의 혼이 들었는지에 따라 천차만별이다.

어떤 수혼검은 그저 모습을 드러내는 것만으로 상대를 제압하기도 한다고 전해진다.

최대한 사나운 맹수와 싸워서 강력한 영혼을 포획하도록 노력하자.

효과 : 근력 +1, 민첩 +1

"좋아. 잘 만들어졌네."

내가 만족스럽게 고개를 끄덕이자, 신우가 눈빛을 반짝거렸다.

"그럼 나도 한 자루 만들어 주면 안 돼? 이계의 마검이라니! 멋이라는 것이 폭발한다…….”

당연히 나는 고개를 저었다.

“절대 안 돼. 지금 네 수준으론 맹수의 혼에게 거꾸로 잡아먹힐걸.”

“먹혀? 먹히면 어떻게 되는데?”

그야 간단하다.

“맹수의 영혼이 네 몸을 차지해. 그래도 해 볼래?”

“그, 그럼 고양이나 작은 강아지 정도로 약한 동물이라면 어떻게 되지 않을까?”

“꿈 깨라. 지금 넌 다람쥐의 영혼도 못 이기니까.”

“힝.”

풀이 죽은 신우.

내가 조금 과장해서 말하기는 했지만, 위험한 것은 사실이었다.

수혼검에 묶인 맹수의 혼은 검의 예기에 비례하여 공격성을 드러내고.

검의 주인이 그것을 감당하지 못한다고 판단하면 곧바로 하극상을 시도한다.

그러므로 ‘최대한 사나운 맹수와 싸워서 강력한 영혼을 포획하도록 노력하자’는 설명은 함정이나 다름없었다.

하지만.

“뭐 그래도 갑옷이라면 괜찮을 거야. 그러니까 넌 ‘수혼갑’

을 하나 만들어 줄게."

그러자 신우는 뛸 듯이 반색했다.

"정말이지? 아싸! 근데 갑옷은 왜 괜찮아? 뭐가 다른데?"

"설명하자면 약간 복잡한데, 대충 갑옷에 깃든 영혼은 온순해서 그렇다고 생각하면 돼."

"흐음, 그렇구나."

문제는 수혼검과 달리 수혼갑은 당장 만들 수가 없다는 것이다.

검의 경우에는 이미 만들어져 있는 물건을 활용할 수 있지만, 갑옷은 몸에 맞추는 과정이 필요하기 때문이다.

먼지투성이 창고가 아니라 제대로 된 대장간이 필요했다.

'그러려면 아저씨한테 연락을 해 보긴 해야겠네.'

나는 머릿속으로 한 사람의 얼굴을 떠올리며 잠시 착잡한 기분을 느껴야만 했다.

뭐, 어쨌든.

"몇 가지 더 만들고 싶은 게 있긴 한데, 여기서 할 필요는 없으니까 재료 챙겨서 게이트 밖으로 나가자."

"알았어."

"아공간 주머니 열어서 거기 모아 둔 거 다 챙겨. 저기부터 거기까지."

"……."

신우에게 지시를 내리던 나는 뭔가를 깨닫고 눈살을 찌푸렸다.

"잠깐만. 너 아공간 주머니도 안 돼? 마력 체계 때문에?"

"쳇. 아공간은 마법 아닌가?"

"미안."

내가 괜한 소릴 했네.

나는 쓴웃음을 지으며 한구석에 있던 낡은 가방을 집어 들었다.

"여기다 넣어서 가자."

"알았어."

가방에다 재료들을 주섬주섬 담던 신우가 문득 고개를 들었다.

"아니, 근데 오빠도 아공간 주머니 쓸 수 있잖아? 왜 거긴 안 넣어?"

합당한 지적.

"음, 그게 말이지……."

나는 잠시 말을 골라야 했다.

지구 헌터의 입장에서 보자면, 지금 내 아공간에 들어 있는 물건은 뜨악할 만한 것들뿐이었다.

그러니 신중하게 이야기해야만 했다.

"실은 지금 내 아공간에 뭐가 들어 있는데 말이야. 그게 집에다 놓고 오기가……."

하지만 바로 그때.

"……음?"

나는 말을 다 마치지 못하고 뒤로 돌아섰다.

이상한 느낌이 감각을 건드렸으니까.

신우 역시 인상을 찌푸리며 나를 돌아보았다.

"오빠도 느꼈어? 바닥이 살짝 흔들리는 느낌이야."

나는 몸을 낮춰 바닥에 손을 올려 보았다.

그러자 확실하게 느낄 수 있었다.

쿠구구구구구구─!

옅은 진동.

미약하지만 끊어지지 않는 파장이 지면을 두들기고 있었다.

'설마 이게 그 위험인가?'

시스템 메시지가 획 떠오른 것은 그 순간이었다.

[안내 : 알 수 없는 이유로 게이트에 이상 변화가 일어나고 있습니다.]

"이상 변화……?"

신우와 내가 나란히 눈을 크게 뜬 순간.

시스템은 당혹스러운 소식을 전해 왔다.

[안내 : 60초 후, 게이트가 초기화됩니다.]

[경고 : 위험할 수 있습니다. 준비되지 않은 인원은 즉각 외부로

대피하십시오.]

말 그대로 게이트의 상태가 처음으로 돌아간다는 뜻이다.
어떤 이유에선지는 모르지만 말이다.

"초, 초, 초기화?"

신우는 매우 당황한 표정이었다.

"아니, 갑자기 무슨 이런 일이⋯⋯!"

"⋯⋯."

당황스러운 것은 나도 마찬가지였다.

이상 변화 중에서도 게이트 초기화는 극히 희박한 확률로
일어나는 현상이었다.

불운에도 로또가 있다면 바로 지금 당첨되었다고 할 수 있
을 것이다.

'왜 하필 지금?'

하지만 의문에 빠져 있을 때가 아니었다.

"가자!"

"어, 어디로?"

"출구 쪽으로!"

이 '중세 좀비의 창궐지'는 E등급 게이트다.

헌터들보다 민간인 관람객들이 더 많이 들어와 있는 상황
이었다.

그리고 '구조와 탈출'을 미션으로 제시하는 게이트이기도

했다.

그러므로 초기화는 위기인 동시에 기회였다.

'옛날에 이미 공략된 게이트를 한 번 더 우려먹을 기회!'

무슨 이유로 게이트가 초기화된 것인지는 공략 이후에 생각해 봐도 될 일이었다.

'오히려 의외의 수확을 얻을 수도 있겠어.'

나는 신우와 함께 숲을 달리기 시작했다.

최원호와 마주친 뒤, '중세 좀비의 창궐지' 게이트에서 나가기 위해 출구로 향하던 윤희원.

메시지는 그녀에게도 똑같이 떠올랐다.

[안내 : 60초 후, 게이트가 초기화됩니다.]

[경고 : 위험할 수 있습니다. 준비되지 않은 인원은 즉각 외부로 대피하십시오.]

'뭐지? 대피하라고?'

처음 보는 종류의 메시지에 조금 당황하긴 했다.

하지만 딱히 크게 걱정하진 않았다.

이제 곧 출구였으니까.

"······응?"

하지만 윤희원은 더 이상 나아갈 수 없었다.

"으, 으아아아!"

"살려 주세요! 내보내 줘요!"

"엄마아아아아아!"

그녀는 눈앞에 벌어진 아비규환에 정신을 차릴 수 없는 기분이었다.

"세, 세상에! 이게 다 무슨 일이야? 저 앞이 출구일 텐데?"

이 게이트의 출구는 조선시대 풍으로 지어진 궁궐의 한복판에 있었다.

사방이 궁궐의 담벼락으로 둘러싸여 방어가 편리한 지형이기도 했다.

하지만 지금은 지옥이나 다름없었다.

"우리 여기서 죽는 거야?"

"안 돼! 안 돼!"

"제발 살려 주세요!"

관람객들은 오도 가도 못하는 상태로 울부짖고 있었다.

그리고.

그아아아아아!

구오오오오오오!

궁궐 전체를 뒤흔드는 기괴한 울음소리가 좀비들이 지척까지 다가왔음을 알려 왔다.

"여러분! 모두 당황하지 마시고 안전 요원들의 통제에 따라 주시기 바랍니다!"

"이곳은 안전합니다! 저희가 보호해 드리겠습니다!"

"아주머니! 거기 움직이지 마세요! 가만히 계시라고요!"

안전 요원들의 다급한 외침까지 어우러지니 마치 전쟁터 한복판에 들어선 것 같은 느낌이었다.

"저, 저기요."

윤희원은 그들 중 하나를 불러 세워서 상황에 대해 물어볼 수밖에 없었다.

"무슨 일이죠? 왜 못 나가고 있는 거예요?"

하지만 안전 요원은 대답 대신 도로 질문했다.

"혹시 헌터이십니까? 장비를 착용하신 것을 보니 그런 것 같은데! 헌터 맞으시죠?"

"예? 아니, 저, 전 그냥 지망생인데요?"

"지망생이라도 상관없습니다! 좀 도와주십시오!"

"대체 무슨 일인데요?"

"지금은 출구가 있는 구역으로 들어갈 수가 없는 상황입니다! 가면 죽어요!"

뭐라고?

"갑자기 몰려든 좀비들이 출구가 있는 지역을 점거해 버렸단 말입니다!"

"세, 세상에!"

그럼 좀비들에 의해 고립됐다는 말인가?

'이 사람들이 전부?'

비로소 상황을 파악한 윤희원은 의문을 제기할 수밖에 없었다.

"어째서요? 여긴 안전한 E등급 게이트잖아요? 특히 관광객들의 코스에서는 자동 방어 장치가 작동한다고 들었는데? 근데 어째서 이런 일이……."

그러나 안전 요원은 절망적인 표정이었다.

"시스템 메시지 못 보셨습니까? 갑자기 게이트 초기화가 일어나면서 좀비들이 대량으로 증가했습니다!"

'맞아. 그러고 보니 그런 말이 있었지.'

"이 정도 숫자는 감당할 수가 없습니다. 자동 화기의 탄약은 벌써 다 떨어졌는데 좀비는 계속해서 몰려들고 있단 말입니다!"

그워어어어!

까드드드드득!

벽 너머의 좀비들이 발광하며 손톱으로 돌담을 긁어 대고 있었다.

"도와주십시오! 지금은 한 손이라도 더 필요한 상황입니다!"

안전 요원은 절박한 눈빛으로 희원의 손목을 붙잡았다.

"바깥에서 구조대를 보내 주기 전까지는 어떻게든 버텨야 합니다!"

"하, 하지만 저는……!"

세 마리 좀비조차 당해 내지 못하고 사냥개들을 잃은 풋내기.

단지 마력만을 조금 다룰 수 있을 뿐, 차마 헌터라고 부르기도 민망한 수준이었다.

"한두 마리만 맡을 수 있으면 됩니다!"

"그게, 전 그 한두 마리조차도 힘들거든요…….

"세상에 그런 헌터가 어디 있습니까!"

옥신각신하는 두 사람.

새로운 메시지들이 떠오른 것은 그 순간이었다.

[알림 : 게이트의 초기화가 완료되었습니다.]

[안내 : E등급 게이트 '중세 좀비의 창궐지'에 입장하신 여러분을 진심으로 환영합니다.]

[알림 : 지금부터 모든 게이트 헌터에게 세 가지의 미션이 주어집니다.]

게이트의 존재 목적.

바로 '미션'.

상식으로 이해할 수 없는 이 재앙은 모두에게 공평하게 폭력을 휘둘렀다.

짐승 같은
누비

1. 최대한 많은 인원이 생존하도록 도우십시오.

2. 최대한 많은 적을 처치하십시오.

3. 게이트 보스 '역병 군주'를 제거하십시오.

[안내 : 최선을 다해 미션을 달성하십시오.]

[정보 : 모든 인원이 게이트에서 퇴장할 때까지 외부에서의 진입이 차단됩니다.]

"……."

충격적인 정적이 장내를 휘감았다.

외부에서의 진입이 차단되었다는 것은 구조대를 기대할 수 없다는 의미였다.

윤희원은 패닉 속에서 멍하니 생각했다.

'아깐 간신히 살았나 싶었는데. 결국 이렇게 죽는 거야?'

좀비들이 너무 많다.

그들은 빠져나갈 수 없다.

모두 여기서 죽을 것이다.

그워어어어어어!

이윽고 좀비들이 벽을 넘기 시작했다.

헌터들이 방어전을 시작했으나 절망의 감정은 늪이 되어 사람들을 집어삼키고 있었다.

윤희원은 멍하니 생각했다.

지금 그 남자가 있다면 살아남을 수 있을 텐데.

'제발, 도와주세요.'

그런 간절함이 하늘에 닿기라도 한 것일까?

"다들 뭐 해? 얼른 움직여!"

고함과 함께 누군가가 궁궐의 담장을 뛰어넘고 있었다.

좀비가 아닌, 살아 있는 남자.

"어? 어어……!"

최원호의 얼굴을 알아본 윤희원은 놀라서 입을 쩍 벌릴 수밖에 없었다.

다행스럽게도 이 게이트에 대한 나의 기억은 정확했다.

  1. 최대한 많은 인원이 생존하도록 도우십시오.

  2. 최대한 많은 적을 처치하십시오.

  3. 게이트 보스 '역병 군주'를 제거하십시오.

민간인 구조, 몬스터 사냥, 보스 레이드.

평범한 미션들이다.

'좋아. 충분히 가능해.'

[안내 : 최선을 다해 미션을 달성하십시오.]

[정보 : 모든 인원이 게이트에서 퇴장할 때까지 외부에서의 진입이 차단됩니다.]

사실 나에게 어려웠던 것은 신우를 먼저 게이트 바깥으로 내보내는 일이었다.

마력을 사용할 수 없는 동생은 안전하게 밖으로 내보내는 것이 가장 좋은 선택이었다.

하지만 녀석은 그것을 격렬하게 거부했다.

"아, 왜! 나도 같이 싸울 수 있다고!"

"이 자식이, 가방도 있잖아. 어떻게 싸우겠다는 거야?"

"수풀 속에 적당히 숨겨 놓고 싸우면 되겠네!"

"안 돼. 바꿔 줄 생각 없어. 빨리 돌아가."

"하아, 44년 만에 돌아온 사람이 유행어는 까먹지도 않아. 솔직히 말해 봐. 4개월 아님?"

신우는 투덜거리면서 궁궐 안쪽으로 들어섰다.

그리고 나를 향해 한숨을 푹 내쉬었다.

"아무리 여기가 E등급이라도 솔직히 걱정돼. 이번엔 무사히 돌아올 수 있는 거지?"

나는 피식 웃었다.

"당연한 거 아냐? 내가 END급 게이트도 공략하던 사람인데 E등급이 위험할 것 같아? 눈을 감고도 공략할 수 있지."

그러자 녀석의 표정이 조금 누그러졌다.

"혹시라도 못 돌아오면 생일 같은 거 챙겨 주지 않을 거야. 곧바로 귀신 취급! 무슨 말인지 알겠어?"

"오, 그래도 제사상은 차려 주겠다는 거네? 착하구나, 내 동생. 꼬들꼬들한 라면 올려 주는 것 잊지 말고."

"이 망할 오빠가 정말……!"

"알았어, 알았다고."

나는 피식 웃으며 대꾸했다.

"걱정하지 마. 이번엔 차원 역류도 아닌데 쓸데없는 걱정은."

"그래도 무섭잖아! 갑자기 초기화라니……."

희박한 확률이긴 해도 가능한 일이긴 했다.

여긴 공략이 끝난 게이트일 뿐, 폐쇄된 상태는 아니었으니까.

특히 언데드 타입의 게이트잖아?

에너지만 주입된다면 이전 상태로 돌아가는 것도 불가능한 일은 아니었다.

'문제는 이상 현상의 트리거가 무엇이냐는 건데…….'

지금으로써는 알 수 없는 노릇이었다.

어쨌거나 신우는 게이트 밖으로 나가기로 했다.

대궐 한복판에서 바깥으로 나가는 출구를 발견한 우리는 아까처럼 수신호로 이야기를 주고받았다.

-밖에서 기다려. 금방 끝낸다.

-알았어. 몸조심해.

물론 청각에 예민한 좀비들을 자극하지 않기 위해서였다.

"아 참."

"……?"

가방을 메고 출구로 다가가던 신우가 작게 중얼거리더니 나를 향해 돌아섰다.

그리고 쓰고 있던 챙 모자를 벗어서 휙 던져 주는 것이었다.

동생의 수신호는 이러했다.

-쓰고 돌려 줘. 비싼 거야.

〈흐릿한 인상의 모자〉

[의상][C등급] 인식 저해 기능이 부착된 모자.

마력 파장을 펼쳐서 착용자의 얼굴을 제대로 인지되지 못하도록 만든다.

'오랜만에 보는 물건이네.'

낯선 사람으로 하여금 내 얼굴을 흐릿하게 인지하게 만들고.

마력 각성자가 아닌 일반인에게는 아예 얼굴을 감추어 주는 아티팩트였다.

마력을 사용하면 사진이나 영상에 기록되는 것까지 방지할 수 있다.

'기특한 짜식.'

그 덕분에 좀 더 편하게 움직일 수 있게 된 셈.

-고맙다.

-별말씀을.

-야, 근데 혹시…….

-뭐?

-이거 내가 쓰던 거 아니냐? 왠지 내가 산 모자랑 똑같은데?

-…….

대답하지 않고 황급히 출구로 사라지는 신우.

[알림 : 1명을 구조했습니다. 현재까지 얻은 구조 점수는 '1점'입니다.]

[정보 : 게이트 스코어보드가 초기화되어 이름을 올릴 수 있습니다.]

'스코어보드는 됐고.'

나는 여동생에 대한 평가를 '기특한 짜식'에서 '발칙한 짜식'으로 수정했다.

그리고 다시 움직이기 시작했다.

게이트의 출구가 있는 이 지역은 이미 좀비들에게 점령된지 오래였다.

하지만…….

크키키키키!

캬르르륵!

좀비들은 모두 남쪽의 담벼락을 향해 달리느라 정신이 없는 상태였다.

나 하나쯤은 감지하지도 못하고 있었다.

벽 너머에 있는 먹잇감들 때문이었다.

－살려 주세요! 내보내 줘!

－절대 밀리지 마! 싸워!

－으아아악!

점점 더 커지는 비명과 고함에 나는 등줄기가 서늘해지는 느낌이었다.

'내가 너무 늦게 온 건 아니겠지?'

아니, 그럴 리가 없다.

게이트 초기화 메시지가 뜨자마자 이곳으로 달려온 참이었다.

그런데 왜 이렇게 시끄러운 거야?

'설마 소음 관리가 전혀 안 된 건가?'

앞서 신우와 내가 했던 것처럼, 소리 내지 않는다는 주의

사항만 제대로 지키면 이 게이트는 별문제가 없다.

그래서 안전한 E등급인 것이다.

그런데 그 소음 관리가 제대로 되지 않았다면……?

'어쩌면 이미 많은 사람들이 죽었을지도 모르겠어.'

솔직히 나는 당연히 소음 관리가 되고 있을 것이라고 생각했다.

청각에 예민한 몬스터 앞에서 소리를 내는 것은 헌터들에게는 있을 수 없는 실수였으니까.

하지만 여긴 지구였다.

'헌터가 아닌 민간인들을 아무렇지 않게 게이트로 끌어들이는 지구.'

새삼 그것이 실감되는 순간이었다.

"……."

나는 마음의 준비를 하며 검을 뽑아 들었다.

새어 나온 금속성에 좀비들이 반응할 만한 거리였다.

하지만…….

"엄마! 엄마아아아!"

"티, 팀장님! 도와주십쇼!"

"이거 너무 많잖아!"

칼을 뽑는 소리쯤은 사람들의 비명과 고함에 묻혀 제대로 들리지도 않았다.

나는 담장 위로 올라섰다.

얼마나 많은 피가 흘렀을지 모르니 그것도 각오가 좀 필요한 일이었다.

하지만 내 생각보다 상황은 그리 나쁘지 않았다.

'서너 명 쓰러지기는 했어도 죽은 사람은 없는 것 같은데?'

이제 막 전투가 시작된 상황인 듯했다.

"휴우우……."

시체가 시체를 만드는 광경을 상상하고 있던 나는 안도의 한숨을 푹 내쉬었다.

야수계에서 수인들과 함께 게이트를 공략할 때는 민간의 피해를 고려할 필요가 없었다.

하지만 지구에서는 이것까지 염두에 둘 필요가 있었다.

'또 하나 배웠고.'

동시에 나는 장내의 인원을 재빨리 파악했다.

지금 상황에서 가장 적절한 전략을 세우기 위해서였다.

'헌터는 열 명, 민간인은 스무 명 정도.'

벽 하나만 넘으면 된다.

그러면 1차 목표인 인명 구조는 끝.

'2차 목표는 적당히 무시하고 곧바로 보스를 잡으러 움직이면 돼.'

어차피 바깥에서 다른 헌터가 들어오는 것은 시스템에 의해 차단된 상황이다.

인명 구조만 실수 없이 해내면 시선에 신경 쓸 필요도 없어진다.

'퍼펙트 클리어로 가자.'

모자를 깊게 눌러쓴 나는 담장 아래로 몸을 던지며 소리쳤다.

"다들 뭐 해? 얼른 움직여!"

지금 그 남자가 있다면 살아남을 수 있을 텐데.

윤희원은 아까 자신의 소망이 조금 잘못되었다는 것을 깨달았다.

'탈출 따윈 전혀 문제가 아니었어.'

세상에…….

'사냥 점수까지 독식하면서 움직이고 있잖아?'

숫제 괴물이 따로 없었다.

모자를 푹 눌러쓴 남자의 얼굴은 묘하게 제대로 보이지 않았다.

하지만 그는 등장부터 모두의 시선을 끌고 있었다.

아우우우우우-!

남자가 검을 빼 드는 것과 함께 맹수가 울부짖는 듯한 날카로운 소리가 터져 나왔다.

"엄마야!"

"으, 으아앙!"

그 때문에 놀란 아이의 울음소리가 새어 나오기도 했다.

하지만 다음 순간.

캬아아아!

크르륵!

몰려들던 좀비 무리의 방향이 거짓말처럼 바뀌기 시작했다.

마치 물고기들이 떡밥을 향해서 헤엄치는 것과도 같은 광경이었다.

"어어? 팀장님!"

"기, 길이 열린다! 어서 움직여!"

상황 변화를 알아차린 안전 요원들이 우르르 움직였다.

서둘러 출구가 있는 지역으로 넘어가기 위해서였다.

그가 노호성을 터트린 것은 그때였다.

"야, 인마! 지금 뭐 하는 거야! 한 사람만 앞장서세요!"

"⋯⋯예?"

"전술 이동 안 배웠어요? 나머지는 후방을 보호해야 할 것 아닙니까!"

"아!"

다들 정신을 못 차리는 모습에 최원호는 혀를 끌끌 찼다.

하긴 이들은 게이트 공략이 아니라 관리를 위해 최소한으로 훈련된 안전 요원들이다.

이런 상황이니 제대로 대처하는 것은 무리인 듯싶기도 했다.

'어쩔 수 없이 내가 좀 더 움직여야겠네.'

최원호는 몰려드는 좀비들을 상대하며 머릿속으로 빠르게 주판을 튕겼다.

'숫자가 좀 많네.'

하나하나는 전혀 대단치 않은 것들이었지만 개체가 너무 많았다. 그러니 어그로 관리와 전력을 분산해서 방어하는 것이 가장 중요했다.

이미 딱 적당한 권능들을 골라 둔 참이었다.

[권능 : '정찰병 늑대의 하울링'.]

아우우우우우-!

수혼검의 칼날이 내지르고 있는 하울링.

이것은 원래 퓨리 에너지를 대기 중에서 폭발시켜서 적의 정신 체계를 붕괴시키는 권능이었다.

하지만 지금은 퓨리 에너지를 투입하지 않고 오로지 소음을 만드는 것에만 활용되고 있었다.

청각이 민감한 이곳 좀비들의 특성을 거꾸로 이용하려는 것이었다.

그워어어!

크르륵!

사방에서 수십 마리의 좀비들이 몰려들며 관람객들을 노

렸다.

하지만 그들은 수혼검에서 하울링이 터져 나오기만 하면
주의를 빼앗겼고.

'와라. 나한테 와!'

검을 쥔 최원호는 마치 피리 부는 사나이처럼 좀비들을 이
리저리 끌고 다닐 수 있었다.

하지만 한계는 있었다.

'좀비들을 뚫고 전진해야 하는데……'

여간 쉽지 않았다.

안전 요원들은 새어 나가는 좀비들을 막아 내는 것에 급급
했다.

'역시 손이 더 필요해.'

좀처럼 진도가 나가지 않는 상황에서 최원호는 두 번째 권
능을 전개하기로 결정했다.

이번엔 '화산 원숭이의 분신술'을 꺼낼 차례였다.

[권능 : '화산 원숭이의 분신술'.]

[정보 : 퓨리 에너지를 인간의 형태로 응축하여 공격에 특화된
분신체를 만들 수 있습니다.]

[안내 : 현재 경지가 매우 부족하여 권능의 일부만 사용할 수 있
습니다.]

원래 이 권능은 극단적인 공격 상황에서 파괴력을 더하기 위해 사용되는 권능이었다.

방어력이 낮고 공격력이 극대화된 유령 분신은 방어에 적합하지 않았다.

하지만 최원호는 이 권능을 다른 용도로 활용할 생각이었다.

'공격에 딱 필요한 육체 부분만 개별적으로 동시 소환해서……'

좀비들을 정밀 타격하며 길을 뚫고 나가는 용도로 사용하는 것이다.

바로 이렇게.

퍼펑!

검을 쥔 두 개의 오른팔이 서로 다른 공간에 나타났다.

그러고는 각자 다른 궤적으로 움직이며 좀비들을 후려쳤다.

쉬이이익-! 서걱!

"크아악!"

"케엑!"

예기치 못한 공격에 좀비 두 마리가 머리를 잃고 나동그라졌다.

본능적으로 위험을 감지한 주변의 좀비들이 두리번거리며 물러섰다.

놀란 것은 인간들도 마찬가지였다.

"뭐, 뭐야? 방금 봤냐?"

"무슨 사람 팔 같은 게 동시에 나타났는데……?"

"저런 스킬 본 적 있어?"

관람객들은 황망한 얼굴로 최원호를 바라보았다.

하지만 그는 아무런 내색도 하지 않고 묵묵히 움직였다.

'집중해야 돼.'

자신이 흐트러지면 누구 한 사람이 죽어 나갈 수도 있었으니까.

그 효과는 저력을 드러냈다.

최원호가 휘두르는 검에 의해 한 마리가 썰려 나가는 동안.

대열 옆에서는 세 개의 팔이 나타나서 좀비들의 머리통을 동시에 박살 냈다.

기괴하면서도 압도적인 위력.

안전 요원들도 곁눈질을 하며 궁금증을 드러내고 있었다.

"대체 저게 무슨 스킬이야?"

"저도 모르겠습니다. 좀 무서운데요."

동시에 그들은 여유와 희망을 느끼기 시작했다.

하지만 그럴수록 최원호는 더더욱 입을 꽉 다물고서 전투에 몰입했다.

솔직히 다른 여유가 없었다.

[정보 : 현재 권능 사용에 필요한 연산 과정이 과부하를 일으키고 있습니다.]

　　　[경고 : 휴식을 취하십시오!]

머리가 지끈지끈 아팠으니까.

'젠장. 머리통이 터질 것 같네.'

사실 최원호가 지금 사용하고 있는 '화산 원숭이의 분신술'은 레벨 30은 되어야 그럭저럭 써 볼 만한 권능이었다.

이름에서 알 수 있듯 이건 제천대성의 능력을 본뜬 기술이었으니까.

'차원을 넘어 존재하는 신화적인 존재의 힘.'

그에 걸맞은 격이 필요했다.

하지만 지금은 합당한 수준을 갖추지 못한 상태.

그래서 꼼수를 사용하고 있었다.

이렇게 팔과 검만 딱 나올 정도로 분신을 부분적으로 만들어 내는 방식이었다.

필요한 만큼만 쪼개서 분신술을 사용하는 것이다.

"후우우……."

아무도 알지 못했지만 이것은 최원호가 가진 극도의 집중력과 어마어마한 전투 경험이 만들어 낸 기적과도 같았다.

"다들 조금만 더!"

"헌터님! 앞으로 10미터 남았습니다!"

그 덕분에 관람객들의 행렬은 희망 속에서 차곡차곡 앞으로 나아갔고.

[정보 : 게이트 출구가 가까이 있습니다.]
[정보 : 현재 생존 인원은 33명입니다.]

이윽고 관문을 앞둔 순간.
"문이 열리면 전부 달리세요!"
최원호는 모두에게 소리쳤다.
"게이트 출구까지 일직선으로!"
정찰병 늑대의 하울링을 한 번 더 사용하며 어그로를 끌어 주고.
마지막 한 사람까지 다 내보낸 뒤에 보스 레이드를 진행할 생각이었다.
하지만 바로 그때.

[경고 : 미니 보스 '눈 먼 수문장'이 등장합니다!]

또 하나의 장애물이 등장했다.
그워어어어어…….
흰자위를 희번덕거리는 거구의 좀비가 나타나 관문을 막아선 것이었다.

거대한 덩치에 놀란 사람들은 황급히 멈춰 설 수밖에 없었다.

하지만 최원호는 멈추지 않았다.

오히려 놈을 향해 전력으로 달리기 시작했다.

'그래, 딱 잘됐네. 이 폭탄 좀 가져가라.'

……피리 부는 사나이에게는 쥐 떼를 몰아넣을 강물이 필요한 법.

때마침 나타난 미니 보스는 그 강물의 역할을 맡기기에 제격이었다.

❦

크워어어어어!

수문장은 거대한 도끼를 꺼내는 것으로 적을 맞이할 준비를 마쳤다.

중심을 한껏 낮춘 채 쏟아 내는 가장 강력한 일격으로, 자신에게 다가오는 적을 두 쪽으로 쪼개 버릴 작정이었다.

하지만 최원호는 놈과 정면대결을 할 생각이 추호도 없었다.

'내가 바보도 아니고.'

오히려 반대였다.

좀비 대장과 싸우는 것은 좀비가 되도록 만들 생각이었다.

타탓!

수문장이 당장 닿을 것처럼 지척에 가까워진 순간, 최원호
는 땅을 박차고 공중으로 훌쩍 뛰어올랐다.

몸을 비틀며 놈의 머리 위 공간을 통과한 것이다.

동시에 칼을 휘둘러 수문장의 머리를 노리는 동작은 차라
리 묘기에 가까웠다.

그러나 노린 것은 일격필살이 아니었다.

'자, 어그로 좀 나눠 먹자!'

아우우우우우…….

옅은 하울링을 토해 내며 허공을 가르는 수혼검의 칼날.

크아아아!

눈 먼 수문장은 그 궤적을 자르기 위해서 도끼를 움직일
수밖에 없었다.

그렇게 두 쇠붙이가 정면으로 충돌했다.

타아아아아앙-!

그 결과, 요란한 충격음이 울려 퍼졌다.

소리만 요란한 것이 아니었다.

'크윽, 무슨 E등급 미니 보스가 힘이 이래? 던전 등급을
두 단계 정도는 올려야 하는 것 아냐?'

손목이 욱신거리는 충격에 최원호는 속으로 투덜거렸다.

하지만 그가 목표했던 바는 제대로 완수되었다.

따라붙던 좀비들의 시선이 다른 곳으로 뛴 것이다.

크르르르르……!

별안간 놈들은 자신들과 다를 바 없는 수문장을 향해 돌진하기 시작했고…….

캬아악!

그워어어어어!

갑자기 좀비들 간의 혈전이 벌어졌다.

난데없이 서로를 물고 뜯고 파먹는, 지독한 싸움이었다.

"……뭐야?"

"갑자기 쟤들끼리 왜 저래?"

관람객과 안전 요원들이 당황한 것은 당연한 일이었다.

그저 검과 도끼가 한차례 마주쳤을 뿐인데 이상하게 좀비들의 골육상잔이 펼쳐진 것처럼 보였으니까.

"아아!"

그들 중에서 가장 먼저 상황을 이해한 것은 윤희원이었다.

'소리의 이동을 이용했구나! 좀비 떼의 착각을 유도한 거야!'

흔히 영화나 드라마에서 그러하듯, 좀비들끼리는 공격하지 않는 속성이 있다.

이는 살아 있는 것을 먹이로 인식하고 추적하는 특성 때문이었다.

최원호는 그 특성을 이용해서 좀비 떼를 한군데로 결집시키고 있던 중이었다.

그 말은…….

'소리를 넘겨줄 수 있으면 좀비 떼의 어그로도 넘겨줄 수

있다는 거였어!'

물론 수문장 역시 좀비 개체이므로 최원호가 넘겨준 어그로가 계속 유지되는 것은 아니었다.

그저 잠깐의 착각에 불과한 수준이었다.

하지만 그것만으로 충분했다.

[안내 : 신속히 탈출하십시오!]

쾅!

그워어어어!

수문장이 좀비 떼에게 떠밀리며 관문이 부서지다시피 열렸다.

최원호는 재차 검을 휘둘러 좀비 두 마리의 목을 베어서 길을 마련했다.

이제 남은 것은 하나.

"얼른 뛰어! 돌아보지 말고!"

그의 외침에 사람들은 일제히 앞으로 달려 나갔다.

동시에 그들은 똑똑히 보았다.

"세상에……!"

"저 사람 혼자 막고 있어!"

다시 사방에서 달려드는 좀비 떼를 홀로 막아선 남자의 뒷모습은 모두에게 확실히 각인될 수밖에 없었다.

몇몇은 기어코 스마트폰을 꺼내 영상 촬영 버튼을 누를 정
도였다.

'분명히 유명한 랭커겠지?'

살아남은 관람객들은 게이트에서 나가자마자 그에게 감사
를 표해야겠다고 생각했다.

하지만 사실 감사를 표하고 싶은 것은 최원호 역시 마찬가
지였다.

　　[알림 : 1명이 생존했습니다.]

　　[알림 : 2명이 생존했습니다.]

　　[알림 : 3명이 생존했습니다.]

　　[…….]

　　[알림 : 처치 점수와 구조 점수를 합산하여 '68점'을 획득했습니
다. 현재 '1위'입니다.]

　　[정보 : 전원을 구조하는 것에 성공한 경우, 특별 보상을 획득할
수 있습니다.]

즐거운 메시지들이 떠올랐으니까.

이대로라면 퍼펙트 클리어는 시간 문제였다.

하지만 최원호의 뜻대로 움직이지 않은 사람들도 있었다.

"헌터님! 저는 이 게이트의 안전팀장입니다! 마지막은 제
가 맡겠습니다! 먼저 나가십시오!"

"저, 저도 마지막까지 함께하고 싶어요!"

"……?"

게이트 안전팀장과 윤희원, 두 사람이 결의에 찬 얼굴로 최원호를 바라보고 있었던 것이다.

'왜, 왜들 이래?'

그는 이대로 모두를 퇴장시킨 뒤에 혼자서 게이트 보스를 잡으러 갈 생각이었다.

계속해서 몰려드는 좀비들이 점수가 되긴 해도 전부를 상대할 필요는 없었으니까.

곤란함을 느끼던 최원호에게 순간 괜찮은 생각이 스쳤다.

'이 여자는 아까 명함을 줬던 그 그 의사잖아?'

윤희원의 얼굴을 알아보자 일석이조의 아이디어가 떠오른 것이다.

그는 곧바로 행동을 취했다.

"미안하지만 저는 저쪽 숲에 두고 온 사람이 있어서 다시 가 봐야 합니다. 희원 씨는 누군지 알죠?"

그러자 안전팀장의 시선이 자연스럽게 희원에게 옮겨 갔다.

최원호와 윤희원이 원래 서로 아는 사이라는 인식이 생긴 것은 매우 자연스러운 일이었다.

"아! 동생분이 아직 숲에 계신 거예요?"

"네. 이쪽으로 급하게 오느라……."

사실 최신우는 첫 번째로 게이트에서 탈출한 상태였다.

하지만 윤희원은 그 사실을 새카맣게 몰랐으니 먹힐 수밖에 없는 거짓말이었다.

"두 분은 먼저 나가셔서 바깥 상황을 정리해 주시죠. 저는 동생까지 구출해서 나가겠습니다."

"그럼 동생분을 구출하는 것까지 도와드리겠습니다!"

"죄송하지만 혼자가 편합니다. 솔직히 두 분이 저에게 도움이 될 것 같진 않네요."

"……아, 네."

정곡을 찔린 안전팀장이 얼굴을 붉히며 물러났다.

윤희원 역시 마찬가지였다.

"알겠습니다. 그럼 나가서 뵙겠습니다."

"감사 인사는 그때 정식으로 드릴게요."

최원호는 빙긋 웃으며 화답했다.

"예, 그럼 이따 뵙죠."

[알림 : 2명이 생존했습니다.]

[알림 : 처치 점수와 구조 점수를 합산하여 '70점'을 획득했습니다. 현재 '1위'입니다.]

안전팀장과 윤희원이 출구로 사라졌다.

이제 남은 것은 딱 한 사람…….

[정보 : 현재 생존 인원은 1명입니다.]

최원호 자신뿐이었다.

"음, 좋아. 이거지."

그는 시스템 메시지를 음미하며 싱긋 웃었다.

뒤늦게 회복에 성공한 수문장과 좀비들이 그를 향해 다가오고 있었다.

하지만 최원호는 놈들을 깔끔하게 무시하며 어딘가로 달리기 시작했다.

더는 상대할 필요가 없었다.

어차피 만점은 기록했고, 이제 보스만 잡으면 그만이니까.

……이 게이트의 보스 몬스터 '역병 군주'.

놈은 이 궁궐의 가장 깊숙한 곳에 있었다.

⌁

저벅저벅.

나는 발소리를 감추지 않고 걸었다.

하지만 수문장을 비롯한 좀비들은 더 이상 따라오지 못했다.

이유는 간단했다.

'이곳은 왕의 거처.'

대궐의 가장 깊숙한 곳.

붉은 색과 검정 색으로 장식된 이 장엄한 궁전은 왕의 침전이었다.

역시 조선 시대 분위기가 물씬 풍기는 것으로 보건대, 아무래도 경복궁의 강녕전을 모델로 삼은 듯했다.

'그보다는 훨씬 기괴한 분위기지만 말이야.'

왕의 침전에서 응당 지켜져야 할 침묵 따위는 지금 온데간데없었다.

갸아아아아아!

오히려 좀비들의 음산한 울음소리만이 밤하늘에 메아리치고 있었다.

"……오싹오싹하네."

뒷목이 저릿할 만큼 을씨년스러운 분위기.

하지만 여기에 겁먹을 필요는 없었다.

'어차피 E등급 게이트야.'

나는 이미 게이트에 대해 잘 알고 있었다.

야수계에서 아득하게 높은 등급의 게이트들도 공략해 보았으니까.

하지만 별안간 궁궐 안쪽에서 사람의 그림자가 등장했을 때부터는 긴장하지 않을 수 없었다.

'나왔다.'

동시에 시스템 메시지들이 떠올랐다.

[경고 : 곧 게이트 보스 '역병 군주'가 등장합니다!]

"후우우……."

검을 뽑자 자연스레 호흡이 가라앉았다.

그리고 서늘한 밤공기 너머로 보이는 저 왕의 침전으로 부터.

크으으으으……..

검붉은 용포를 두른 길쭉한 인영이 비틀비틀 걸어 나오고 있었다.

마치 술에 취한 사람처럼.

그러다가 털썩 주저앉기까지 했다.

"……응?"

전투에 대비해서 수혼검을 뽑았던 나는 눈살을 찌푸렸다.

'뭐야? 쟤?'

왠지 상태가 이상한데?

보스 몬스터.

그것은 놈이 이 게이트의 전체 몬스터를 대표하는, 가장 강력한 개체임을 의미했다.

말 그대로 게이트의 정점과도 같은 존재였다.

그런데 그런 개체가 시작부터 주정뱅이처럼 비틀거린다?

'명색이 왕인데?'

나는 그런 보스 몬스터를 본 적이 없었다.

다른 공격대가 투입되어 먼저 한차례 타격을 입혔다면 또 모를까.

등장하자마자 허점을 보이는 게이트 보스는 확실히 이상했다.

'......이상 변화 때문에 패턴이 바뀌어서 속임수라도 쓰게 된 건가?'

일부 게이트 몬스터들은 헌터들을 상대로 다양한 속임수를 사용한다.

나는 그것까지 대비하며 최대한 신중하게 접근했다.

만에 하나라도 '역병 군주'가 정말 상태가 안 좋은 상황이라면, 곧바로 목을 쳐서 끝내면 그만이다.

하지만 뜻밖의 메시지에 나는 의아해질 수밖에 없었다.

[정보 : 게이트 보스 '역병 군주'가 당신을 물끄러미 바라보고 있습니다.]

......날 보고 있다고?

'도대체 왜 저러는 거야?'

나는 의문과 함께 천천히 다가섰다.

전투 관련 권능들은 언제든 개시할 준비를 마친 상태였다.

칼끝으로 역병 군주를 겨누며 조심스럽게 접근하던 그 순간.

금빛 눈동자가 나를 향해 번쩍였다.

〈그대로구나. 그대가 짐을 다시 불러낸 것이었어.〉

"……!"

머릿속으로 전해지는 강력한 정신 파장.

나는 재빨리 두어 걸음 뒤로 물러섰다.

'뭐야, 노멀 타입 좀비가 아니었나?'

이 게이트의 보스가 궁궐 안쪽에 있다는 사실은 알고 있었
다.

하지만 놈이 대화가 가능한 지성체라는 것은 뜻밖이었다.

'E등급이잖아? 이럴 리가 없는데?'

정신 방벽 기술을 사용해야 할지도 모르겠다.

어쨌든 내가 이긴다는 것은 변하지 않는다.

여러 가능성을 염두에 두며 수혼검을 높게 들어 올린 순
간.

좀비의 왕은 나를 향해 웃음을 터트렸다.

〈하하하하…….〉

썩어 문드러진 입술을 비틀며 섬뜩하게도 웃고 있었던 것
이다.

나는 눈을 가늘게 떴다.

빈틈을 보이는 정도를 넘어 완전히 무방비한 자세로 앉아 있는 왕.

'뭔진 모르겠지만 바로 벤다.'

하지만 그럴 수 없었다.

〈차원을 넘어온 자여, 짐을 베어라. 그리고 부디 이곳을 끝내 다오.〉

놈이 꺼낸 이야기 때문이었다.

"……뭐라고?"

나는 눈을 부릅떴다.

"방금 뭐라고 했지? 나한테 차원을 넘어왔다고……?"

설마 이 녀석이 내가 야수계에서 돌아왔다는 것을 알고 있는 건가?

'어떻게 그걸……?'

나는 의문을 가졌지만 좀비의 왕은 처연히 웃으며 반복할 뿐이었다.

〈자, 어서 끝내 다오. 짐과 이 아이를 가둔 감옥을.〉

그러면서 왕은 무언가를 품속에서 꺼냈다.

나는 당황할 수밖에 없었다.

"그건 디멘션 하트잖아?"

디멘션 하트.

전 세계를 괴롭히는 게이트 현상의 근원체 역할을 하는 미스터리 아티팩트.

저것을 파괴하면 게이트가 폐쇄되어 그 존재가 사라진다.

'하지만 인간들은 게이트를 활용해야 하니까 디멘션 하트를 파괴하지 않고 오히려 따로 보관해 두지.'

다시 말해서, 하나의 게이트를 끝내는 마침표이자 급소와도 같은 물건이다.

상식적으로 생각해 보자면 디멘션 하트는 모든 몬스터들이 필사적으로 지켜야 하는 존재였다.

그런데 내 앞에 있는 좀비의 왕은 그렇지 않았다.

〈어서 끝내 다오! 어서!〉

놈은 디멘션 하트를 직접 쥐고서 나에게 죽여 달라고 소리치고 있었다.

하지만 난 그럴 수가 없었다.

"아니, 아까 했던 말을 설명해 봐. 내가 차원을 넘어왔다는 것을 어떻게 알았지?"

게이트의 몬스터들에게 지성이 있다는 것은 야수계에서나 지구에서나 증명된 사실이다.

하지만 지금과 같은 통찰력은 확인된 적이 없었다.
그러니까 반드시 파고들어야만 했다.
왕은 간단히 답했다.

〈그야 그대에게서 '다른 냄새'가 나니까. 모르려야 모를 수가 없지.〉

……다른 냄새?
'뉴비 냄새라도 난다는 건가?'
나는 인상을 찡그렸다.
"고작 그따위 허술한 대답으로 넘어갈 수 있을 것 같아?
다른 차원에서 온 사람한테서 뭔 놈의 냄새가……!"
하지만 바로 그때, 불현듯 왕이 몸을 일으켰다.

〈아이가 우는군. 짐이 그대에게 이야기할 수 있는 것은 다 하였
다. 그러니 이만 끝내자꾸나.〉

그리고 놈은 나를 향해 달려들었다.
눈 깜빡할 사이에 벌어진 일.
"……!"
나는 본능적으로 물러서며 권능을 전개했다.
쉭쉭-!
유령처럼 나타난 세 자루의 검이 동시에 움직이며 놈을 단

숨에 베어 가른 것이다.

나에게는 숨 쉬는 것만큼 자연스럽고 무의식적인 일이었다.

그리고 놈도 그걸 노렸던 것 같다.

털썩.

좀비의 왕은 그렇게 허망하게 쓰러졌다.

하지만 놈의 입가에는 너무나 만족스러운 미소가 흐르고 있었다.

모두 제 뜻대로 되었다는 의미인 듯했다.

〈드디어 해방이구나…….〉

"대체 무슨 소리를 하는 거야?"

나는 쓰러진 왕과 부서진 디멘션 하트를 보며 당혹한 상태였다.

그러나 계속 넋을 놓고 있을 수는 없었다.

시스템 메시지들이 비보를 전해 왔으니까.

[알림 : 게이트 보스 '역병 군주'를 처치했습니다!]

[알림 : '중세 좀비의 창궐지'의 디멘션 하트를 파괴했습니다!]

[안내 : 곧 게이트가 폐쇄됩니다. 마력 폭풍에 주의하세요!]

나는 뒤통수를 벅벅 긁으며 한숨을 내쉬었다.

"하, 이거 마지막에 이상하게 됐네."

난 이 게이트를 폐쇄할 생각이 전혀 없었다.

애초에 의도했던 것과는 영 다른 방향으로 흐른 상황.

하지만 그게 나쁘다는 것만은 아니었다.

[알림 : 칭호 '역병 군주의 참살자'가 복구됩니다.]

[안내 : 게이트 폐쇄에 따른 특별 보상이 주어집니다. 정산이 끝난 뒤 확인해 보세요!]

헌터들이 게이트를 폐쇄시키는 경우, 단순히 공략한 것보다 더 많은 보상을 받게 된다.

일단 경험치를 최소 3배 더 많이 받을 수 있고, 폐쇄 특별 보상이 더해지며…….

[정보 : 디멘션 하트를 수거하세요! 약간의 가공이 필요하지만 훌륭한 마력원입니다.]

이렇게 부서진 디멘션 하트 조각들도 거둘 수 있게 된다.

'그래도 이 게이트를 폐쇄할 생각은 없었는데 말이야. 이왕 이렇게 됐으니 받아들일 수밖에.'

하트 조각들을 챙긴 나는 천천히 시선을 들어 올렸다.

공략과 함께 폐쇄가 결정된 게이트 '중세 좀비의 창궐지'.

쿠궁-!

형용하기 어려운 둔중한 굉음과 함께 어슴푸레한 달이 걸린 하늘이 조각조각 갈라지고 있었다.

시커먼 균열 사이로 보이는 공허.

이 게이트의 모든 것을 지워 버리는 붕괴의 시작이었다.

독식하는 뉴비

"……대체 무슨 일이 벌어지고 있는 거야?"

최신우는 몹시 당혹한 상태였다.

가장 먼저 게이트에서 빠져나온 이후.

"저, 저기요, 헌터님!"

그녀는 곧바로 몇몇 사람들에게 둘러싸이고 말았다.

"실례지만 혹시 게이트 안에서 무슨 일이 있었습니까?"

"갑자기 게이트 안으로 진입이 안 되는데요! 뭔가 알고 계신 게 있으면 말씀해 주시죠!"

후다닥 달려온 직원들이 그녀에게 질문 공세를 퍼붓기 시작한 것이다.

게이트가 초기화되며 바깥에서 진입하는 것이 불가능해진

상황 때문이었다.

[안내 : 지금은 입장할 수 없습니다.]
[안내 : 지금은 입장할 수 없습니다.]
[……]

게이트 바깥에 있던 사람들로서는 이유를 알 수 없는 이상
현상.

그러니 출구로 나온 최신우에게 뭔가 알아내려고 하는 것
은 매우 당연한 일이었다.

그렇기에 남매도 당연히 이 상황을 예상하고 있었다.

"아, 네. 그게 말이죠……."

최신우는 미리 생각해 두었던 대로 이야기하기 시작했다.

"이유는 모르겠는데, 갑자기 게이트에서 나가라고 경고
메시지가 뜨더라고요? 그래서 무서우니까 얼른 나왔죠. 뭐
라더라? 위험할 수도 있다던가?"

"겨, 경고 메시지요? 그게 무슨 말씀이시죠? 조금만 더 자
세히……!"

"자세히 말씀드릴 게 없어요. 저야말로 직원분들께 여쭤
보고 싶은데요? 여기 원래 이런 게이트인가요? 갑자기 나가
라고 해서 엄청 무서웠다니까요? 하아, 정말……!"

"아, 죄송합니다. 사실 저희도 이게 대체 무슨 일인지 알

수가 없는 상황이라서."

"그럼 누가 책임을 지는 건가요?"

"그게……."

게이트를 관리하는 직원들은 서로의 얼굴을 바라보며 난감한 표정이 될 수밖에 없었다.

내부 사정을 알아내기는커녕, 오히려 자신들이 뭔가를 해명해야 하는 듯한 상황이 됐으니까.

최신우는 짐짓 화를 삭이는 얼굴로 고개를 끄덕였다.

"휴, 책임질 분은 없는 모양이네요. 뭐, 알겠어요. 돌발 상황이니까 관리팀도 어쩔 수 없었겠죠. 근데 저한테 더 궁금한 거 있으세요?"

"아, 아닙니다. 놀라셨을 텐데 죄송합니다. 충분히 도움이 됐습니다. 감사합니다."

이런 상황을 겪어 본 적이 없는 직원들이었지만, 그들은 나름대로 침착하게 행동하려 노력했다.

"최 대리! 일단 차원통제청 긴급안전국에 연락부터 넣어!"

"알겠습니다!"

"본사의 자문 헌터한테도 전화하고!"

"옙!"

아무것도 모르는 초보 헌터가 아니라, 외부의 전문가를 불러서 사태를 진단하고 해결하자는 생각이었다.

'……좋았어.'

그렇게 현장에서 슬쩍 빠져나온 최신우.

그녀는 웅성거리는 사람들 사이로 스며들어 다음 상황을 지켜보았다.

이제 최원호가 바깥으로 나오면 한 번 더 상황을 적당히 뭉개고 자리를 뜨면 되는 일이었다.

하지만 잠시 뒤.

"……세상에."

그녀의 계획은 완전히 틀어질 수밖에 없었다.

[안내 : 곧 게이트가 폐쇄됩니다. 마력 폭풍에 주의하세요!]

"부장님! 갑자기 게이트가, 폐, 폐쇄된다고……!"

"엉? 이게 뭐야! 폐쇄? 뭐가 어떻게 된 거야!"

시스템 메시지를 확인한 직원들의 외침과 함께 장내가 술렁거리기 시작했다.

"다, 다들 물러서세요! 게이트가 폐쇄된답니다!"

"엥? 폐쇄라니?"

"게이트가 폐쇄되면 어떻게 되는 건데?"

"그야 당연히 마력 폭발이 일어나지!"

소란과 함께 유언비어까지 퍼지기 시작했다.

장내가 아수라장이 되는 것은 순식간이었다.

"도, 도망쳐!"

"엄마아앗!"

"희진아! 아빠 손 꼭 잡아!"

사실 '마력 폭발'은 게이트가 역류할 때 일어나는 현상이고,
게이트 폐쇄의 경우에는 '마력 폭풍'이 일어날 뿐이었다.

하지만 마치 호떡집에 불난 것처럼 우왕좌왕하는 관람객
들에게 그런 것을 일일이 알려 줄 수는 없었다.

"……대체 무슨 일이 벌어지고 있는 거야?"

아직 최원호는 나오지 않은 상황.

최신우는 입술을 잘근잘근 깨물며 게이트 주변 상황을 바
라보고 있었다.

그러다가 그녀는 뭔가를 발견하고 눈을 크게 떴다.

'어? 저 여자는 아까 그 사냥개들의 주인이잖아?'

바로 윤희원을 발견한 것이다.

막 게이트를 빠져나온 그녀는 곤란에 빠져 있었다.

"대체 뭡니까? 아까 두 분은 분명히 아는 사이처럼 보였는
데! 그런데 이름도 모른다뇨? 그게 말이 됩니까?"

"아니, 저도 게이트 안에서 처음 만난 분이라니까요!"

윤희원은 아까 최신우가 그랬던 것처럼 직원들에게 질문
세례를 받고 있는 중이었다.

그런데 그 강도가 사뭇 달랐다.

"처음 만난 분이라고요? 근데 그분은 헌터님의 이름을 알
고 있던데요? '윤희원 씨'라면서요! 그건 뭡니까!"

"하아, 그건 제가 그분께 제 명함을 드려서 그런 거라고요."

"거짓말하지 마세요! 가족 관계까지 알고 있었잖습니까! 일행 맞으시잖아요!"

"진짜 미치겠네! 그것도 그냥 우연히 알게 된······!"

최신우는 멀찍이서 그 광경을 지켜보며 뭔가를 깨달았다.

'저 사람들, 오빠에 관한 이야기를 하는 것 같은데?'

게이트가 폐쇄된다는 이야기에 상황이 심각해지면서 사람들의 목소리도 높아지고 있었다.

최신우는 입안이 바짝 마르는 기분이었다.

'오빠가 안에서 뭔가 일을 벌인 것 같긴 한데?'

대체 무슨 짓을 한 거야?

바로 그 순간.

[알림 : E등급 게이트 '중세 좀비의 창궐지'가 폐쇄되었습니다.]

[안내 : 모든 정산이 완료되었습니다. 지금 보상을 확인해 보세요!]

슈우우우우우-!

활짝 열린 게이트 입구로부터 강력한 마력의 폭풍이 휘몰아치기 시작했다.

그와 동시에 머리 위 어디선가 터져 나오는 남자의 음성.

"야! 집에서 보자!"

우렁찬 목소리에 여동생은 멍하니 눈을 깜빡였다.

"······오빠?"

최원호의 목소리를 알아들은 것은 최신우만이 아니었다.

"어? 그 사람 목소리야!"

"좀비들 다 때려잡던 그 헌터라고!"

게이트에 함께 있었던 사람들 모두가 목소리를 쫓아서 시선을 움직이기 시작했다.

"뭐야? 어디 있는 거야?"

"안 보이는데?"

"빌어먹을. 분명히 그놈이 게이트를 닫은 거야! 어서 잡아서 데리고 오라고! 다 모가지 날아가고 싶어?"

초기화된 '중세 좀비의 창궐지'를 혼자서 공략하다시피 했던 남자.

그는 이 난데없는 폐쇄 상황의 유일한 실마리였다.

그래서 모두가 최원호를 찾기 위해 사방을 두리번거리고 있었다.

하지만 남자의 모습을 볼 수 있는 사람은 아무도 없었다.

심지어 최신우조차 마찬가지였다.

"뭐야, 어디 있어? 안 보이잖아······?"

탐지 능력을 가진 직원 하나가 눈을 부릅뜬 것은 바로 그 순간이었다.

"과, 광학 위장 스킬을 썼습니다! 저기 도망치고 있어요! 삼청공원 방면으로!"

"……!"

그 말대로였다.

아지랑이 사이에 모습을 감춘 최원호는 창덕궁에서 빠른 속도로 이탈하고 있는 중이었다.

슈우욱―!

'여기서 거리를 좀 벌려야 수월하게 뛸 수 있겠지?'

의도치 않게 게이트를 폐쇄한 그가 선택한 것은 해명이나 대결이 아닌 도주.

정체를 감춘 채 재빨리 사라지는 것이었다.

"……세상에!"

그 움직임을 처음으로 감지해 낸 관리팀 소속의 헌터는 경악에 빠질 수밖에 없었다.

"광학 위장을 쓰고 저런 속도를 낸다고? 어, 어떻게?"

뭔가 올라탄 상태 같기도 한데……?

하지만 제대로 알아볼 새가 없었다.

최원호는 그야말로 눈 깜짝할 사이에 사라져 버렸으니까.

　　　　　　　　　　◈

약 3분 전.

게이트의 천공은 모두 붕괴되었고 이제는 땅이 사라지고 있었다.

시스템 메시지도 서서히 흐려지고 있었다.

[안내 : 게이트가 폐쇄된 직후 모든 입장 인원은 외부로 강제 이동됩니다.]

[정보 : 폐쇄에 동반되는 마력 폭풍은 생명체에게 무해합니다. 단, 마법 작용에는 일부 영향을 미칠 수 있습니다.]

"결국은 그 방법밖에 없나……?"

폐쇄가 임박한 순간, 나는 고민에 빠져 있었다.

바깥 사정 때문이었다.

여긴 대한민국 정부가 관리하는 게이트로 이해관계가 복잡하게 엮여 있는 곳이다.

그런데 초기화가 일어난 것도 모자라 폐쇄까지 진행된다면 당연히 난리가 날 수밖에 없었다.

'아니, 이미 밖에서는 이미 난리가 났을 거야.'

게이트의 폐쇄는 그 징후가 확실하게 드러나는 현상이었다.

시스템 메시지 따위가 문제가 아니었다.

폐쇄를 앞둔 게이트는 바깥으로 마력 폭풍부터 터트리게 되어 있었다.

지금쯤 서울 전역에서 마력 경고음이 빽빽거리며 울리고 있을 터.

'절대 곱게 넘어갈 리 없어. 당연히 날 붙잡아서 조사하려

고 할 거야.'

사양하고 싶은 일이다.

폐쇄에 대한 책임도 책임이지만, 내가 차원을 넘어왔다는 사실은 철저히 비밀에 부쳐져야만 했다.

그러니 결국 이 방법밖에 없었다.

'투명화 스킬 쓰고 튀자.'

어차피 관광지로 분류된 게이트는 출입 명단을 작성하지 않고.

나와 신우 모두 얼굴이 노출되지 않았으니 추적당할 염려는 거의 없었다.

'유일한 문제는 그 윤희원이라는 사람인데.'

어차피 그래 봐야 한 명이고, 그녀가 아는 정보라고는 내 얼굴과 나에게 동생이 있다는 것이 고작이었다.

정보에 혼선까지 줬으니 꼬리를 밟힐 걱정은 없었다.

하지만 유일한 문제.

　[알림 : 특성 '마도'가 반응하고 있습니다.]

　[안내 : 스킬 '옵티컬 카무플라주'를 제한적으로 사용할 수 있습니다.]

　[정보 : 현재 마력이 크게 모자랍니다. 오래 사용할 수 없습니다.]

……마력 때문이었다.

'이거, 딱 5초 쓰면 방전되겠는데?'

내가 써야 하는 스킬의 효율이 너무나 좋지 않았다.

그래서 한숨이 절로 나오고 있었다.

옵티컬 카무플라주.

'광학 위장술.'

이 스킬은 야성 특성이 아니라, 마도 특성에 귀속된 것이 었다.

그 때문에 퓨리 에너지를 사용할 수 없을뿐더러, 에너지 효율도 매우 좋지 않은 편이었다.

사실 마도 특성의 기술들은 다 원래 이런 편이다.

'마법사 계열의 헌터들은 다들 마력을 넉넉하게 갖추는 식으로 성장 방향을 잡으니까 별문제가 없지만.'

나는 그렇지 않았다.

지금은 절대적인 마력 스탯 자체가 턱없이 부족했다.

'이번 게이트 보상을 독식할 테니까 보너스 스탯을 쓸 수 있긴 하겠지만 그래도 턱도 없어.'

결론적으로 당장 부족한 마력을 충당해야만 여기서 무탈하게 빠져나갈 수 있었다.

……방법은 있었다.

사실 난 처음부터 마력을 충당할 수단을 가지고 있었다.

바로 야수계에서 챙겨 온 마력석들이었다.

[정보 : 마력석은 자연적인 마력을 머금고 있는 게이트의 부산물입니다.]

헌터가 마력석을 활성화시키면 마력 포션을 링거로 꽂은 것처럼 실시간으로 마력을 충당할 수 있다.

그리고 지금 내 아공간 주머니는 그런 물건으로 가득 차 있는 상태였다.

앞서 비밀 창고에서 다른 재료들을 챙기지 못한 것도 아공간에 자리가 없던 탓이었다.

'집에다 둘까 했지만 마력석은 인위적인 마력 흐름을 발생시키기 때문에 다른 마력 각성자가 존재를 감지할 가능성이 있어.'

그 때문에 마력 흐름을 감출 수 있는 차폐 금고에 넣어 두는 것이 보통이었다.

금고가 없어서 일단 들고 나온 건데, 덕분에 마력이 부족할 일은 없었다.

하지만 나는 망설이고 있었다.

[정보 : 고등급의 게이트일수록 큰 마력석을 구할 수 있습니다.]
[정보 : 큰 마력석일수록 고농도의 마력을 가지고 있습니다.]

……전부 EX급의 마력석이었으니까.

'아, 미치도록 아깝다!'

그렇잖아도 지구에서는 마력석을 귀하게 다룬다.

여기서 EX급의 마력석은 부르는 게 곧 값인 물건이었다.

그런데 고작 광학 위장을 위해서 하나를 사용해야 할 판이니 속이 쓰릴 수밖에.

"그래도 어쩔 수 없지."

나는 아공간을 열어 수박만 한 마력석 하나를 꺼내고, 그 자리에 부서진 디멘션 하트를 넣어 두었다.

'차라리 이 조각들을 곧바로 마력으로 치환해서 사용할 수 있으면 좋을 텐데.'

안타깝게도 그건 불가능했다.

디멘션 하트는 성질이 각양각색이라서 반드시 재처리를 해야만 흡수할 수 있는 물건이었다.

[안내 : 폐쇄까지 남은 시간은 1분…….]

게이트 폐쇄가 얼마 남지 않은 상황.

나는 망설임을 거두고 EX급 마력석을 활성화시켰다.

그러자 시스템 메시지가 위험 경고를 토해 냈다.

[경고 : 대단히 강력한 마력이 방출됩니다! 흡수에 주의하십시오!]

슈우우우우우-!

EX급의 마력석다운 초고밀도의 마력이 뿜어져 나오기 시작했다.

나는 그것을 고스란히 받아서 내 힘으로 비축했다.

안타깝게도 이 막대한 힘을 오래 머금고 있을 수는 없었다.

'애초에 내 힘이 아닌 것을 빌려서 쓰는 행위.'

마치 잠시 물을 입안에 머금었다가 뿜어내는 것과 비슷했다.

요령 있게 써야 한다.

'자, 나가자마자 스킬 전개하고, 신우한테 신호 준 뒤에, 추적이 어려운 북쪽으로 튄다.'

나쁘지 않은 계획이었다.

하지만 바로 그때, 예상치 못한 메시지들이 떠올랐다.

[경고 : 아공간 주머니의 상태가 불안정합니다!]

[정보 : 정체를 알 수 없는 존재가 마력에 반응하고 있습니다.]

[경고 : 즉시 제거하지 않으면 아공간이 붕괴할 수도 있습니다!]

"응? 뭔 소리야?"

갑자기 뭔 놈의 존재가 반응한다는 거지?

다시 주머니를 열어 본 나는 눈을 크게 뜨고 말았다.

"이건……?"

부서진 디멘션 하트.

놀랍게도 그 조각들이 타오르는 것처럼 하얗게 점멸하고 있었다.

그리고 뭔가가 나를 향해 소리쳤다.

-나, 날 꺼내 줘! 힘을 빌려줄게!

"……설마."

머릿속을 스치는 기억이 있었다.

앞서 '역병 군주'를 쓰러뜨릴 때 놈이 중얼거렸던 이야기.

-자, 어서 끝내 다오. 짐과 '이 아이'를 가둔 감옥을.

'뭔가 있는 것처럼 말하더니.'

디멘션 하트 속에 이런 존재가 감추어져 있을 줄이야.

내가 하트 조각들을 꺼내 쥐자 목소리는 다시 절박하게 소리쳤다.

-제발! 나에게 마력을 나눠 줘! 도망치는 것은 내가 도와줄게! 나 엄청 빨라!

"너, 지금 내 상황을 아는 거야?"

-응! 나 모습도 감출 수 있거든! 그, 그러니까 어서 마력을!

……재밌네.

어쩌면 생각보다 나쁘지 않은 수확을 거둘 수 있을지도 모르겠다.

나는 선선히 고개를 끄덕였다.

"좋아. 나눠 줄게."

─저, 정말? 정말이지? 너, 분명히 약속한 거야?

마력의 흐름을 슬쩍 당겨 주자 하트 속의 존재는 걸신이 들린 것처럼 달려들었다.

하지만 나의 말은 다 끝난 것이 아니었다.

"단, 내 명령에 절대 복종해. 마나에 맹세하고. 무슨 말인지는 알고 있겠지? 너도 마법적인 존재일 테니까."

─……!

순순히 마력을 줄 생각은 없었다.

마법적인 존재라면 절대로 거스를 수 없는 '마나에 대한 맹세'.

이로써 계약을 걸겠다는 이야기였다.

녀석은 허겁지겁 대답했다.

─아, 알았어! 마나에 맹세할게!

"좋아."

마력석으로부터 힘이 빠르게 흘러들어갔다.

그러자 나의 눈앞으로 무언가가 모습을 갖추기 시작했다.

"……이건?"

익숙하면서도 낯선 형태의 네발 동물.

사자 같은 갈기털과 산양처럼 말린 두 개의 뿔을 가진 녀석이었다.

나는 잠깐 당황했지만 곧 피식 웃었다.

'중세 조선을 배경으로 삼은 게이트답네. 이걸 뭐라고 부르더라?'

잠시 기억을 더듬던 나는 신수의 이름을 떠올렸다.

"……너, '해태'구나? 그렇지?"

그러자 해태는 몸통을 숙이며 말했다.

–어서 타! 마력으로 잠시 만든 몸이라서 그리 오래 유지하진 못할 거야!

[알림 : E등급 게이트 '중세 좀비의 창궐지'가 폐쇄되었습니다.]
[안내 : 모든 정산이 완료되었습니다. 지금 보상을 확인해 보세요!]

중세 좀비의 창궐지가 폐쇄된 순간.

난 그 영물의 등에 올라 창덕궁 한복판으로 튀쳐나온 것이었다.

바짝 굳은 채 두리번거리는 신우의 머리 위를 날아가며 크게 소리쳤다.

"야! 집에서 보자!"

❧

〈속보입니다! 서울 창덕궁의 볼거리 중 하나인 좀비 게이트가 갑자기 폐쇄되며 놀란 시민들이 대피하는 일이 벌어졌습니다.〉

〈유광명 차원통제청 대변인은 사건에 대해 조사 중이며 마력 폭풍에 따른 인명 피해는 없는 것으로⋯⋯.〉

〈하지만 게이트가 폐쇄되며 발생한 재산 피해는 약 70억 원으로 추정되며, 당국은 철저한 조사를 통해⋯⋯.〉

"⋯⋯붙잡혔으면 아주 대역 죄인이 될 뻔했네."

게이트가 무슨 문화재도 아닌데 말이다.

사실 나야말로 기분이 좋지 않았다.

갑자기 게이트가 폐쇄되면서 클로저스의 추억이 깃든 비밀 창고도 함께 사라져 버렸으니까.

그나마 배낭에다 몇 가지 건져 온 게 다행이라고 해야 하나?

인터넷에서도 난리였다.

[더 게이트] 의문의 게이트 폐쇄남은 누구?

[영웅일보] '창덕궁 사태' 게이트 테러 단체의 소행으로 추측

[뉴스 오브 헌터] 좀비 게이트 관리 소홀, 엄중 책임 물어야

각종 언론들이 분 단위로 기사를 올리며 어그로를 끌고 있었고, 댓글 역시 풍년이었다.

─와ㅅㅂ 지난주에 갔다왔는대 ㅈ될뻔;;;

—ㅈㄴ이게 나라냐????? 게이트 반대충들 다 모가지 날려야 된
다고 본다 ㄹㅇ루

—경험자피셜 어떤 헌터 덕분에 간신히 살았다고 함 몰살각이었
는데ㄷㄷ

—근데 게이트라는게 원래 위험한거 아니냐? 거길 왜가지??ㅋㅋ

—ㄴ게알못찐은짜져라ㅉㅉㅉ

혼란 그 자체.

사실 예상했던 일이기도 했다.

'건수가 생기면 기름통을 들이부어서라도 불을 지피는 게
언론이니까.'

역류에 빠지기 전에도 그랬다.

그러니 거기서 지체 없이 빠져나온 것은 역시 잘한 일이
었다.

"공략은 별것도 아니었는데, 오히려 바깥 상황 때문에 진
뺐네."

어째 지구에서는 게이트 바깥이 더 위험한 느낌이다.

"쯧."

리모컨을 눌러 TV를 끈 나는 소파 위로 다리를 쭉 뻗으며
한숨을 내쉬었다.

차분한 집 안 공기에 비로소 머릿속이 비워지는 기분이었다.

하지만 소음을 일으키는 존재가 하나 있었다.

-마, 마력 좀 더 줘! 어서!

"……."

-이대로라면 또 암흑으로 끌려 들어간단 말이야!

부서진 디멘션 하트 속에서 튀어나온 해태.

-제발! 뭐든지 할게!

녀석은 울먹거리며 나에게 마력을 호소하고 있었다.

하지만 난 아직 확신이 없는 상태였다.

디멘션 하트는 야수계에서도 정체를 완전히 규명하지 못한 미스터리한 물건이었다.

그러니 좀 더 알아볼 필요가 있었다.

"그럼 너, 이번에도 마나에 맹세할 거야?"

-할게! 암흑에 갇히는 건 싫단 말이야!

나는 녀석에게 마력을 나눠 주었다.

하지만 이번엔 EX급 마력석에서 뿜어져 나오는 고밀도 마력이 아니라, 내 마력 체계에서 조금 뽑아낸 마력이었다.

그러자 해태는 곧바로 불만을 제기했다.

-뭐야! 너무 적잖아! 이걸론 유지가 안 된다고!

나는 빙긋 웃었다.

"마력을 얼마나 줄지는 얘기 안 했어."

-이익! 사기꾼!

"게이트와 좀비 왕에 대해서 아는 대로 말해 봐. 내가 널 도와줘야 하는 이유를 제시해 보라고."

하지만 녀석은 고개를 가로저었다.

–나도 모른다니까? 다른 기억은 없고 그냥 눈을 뜨니까 거기 있었을 뿐이야!

"모르는 척하는 건 아니고?"

–정말이야! 난 거짓말하지 않아!

"흐음……."

해태는 이제 슬슬 모습이 흐려지고 있었다.

사실 이걸 해태라고 부르는 게 옳은 것인지도 잘 모르겠다.

'그보다는 디멘션 하트의 망령 정도가 맞는 것 같기도 한데.'

신우가 집으로 돌아온 것은 마침 바로 그때였다.

"오빠! 대체 어떻게 된 거야! 갑자기 게이트 폐쇄는 무슨 일……. 어? 그건 뭐야? 어머, 강아지야?"

"세상에 뿔 달린 강아지도 있냐?"

나는 게이트에서 있었던 일을 간단히 설명해 주었고, 신우는 눈을 크게 떴다.

"그럼 이게 디멘션 하트에서 나온 녀석이란 말이야?"

"그래. 지금은 몸통이 마력으로 구현된 거야. 마력석 하나를 다 먹어치웠다니까."

–그런 식으로 말하지 마! 내가 도망치는 거 도와줬잖아! 비행! 투명화! 나 아니었으면 여기까지 못 왔을걸!

뿔 달린 강아지는 박박 우겨 댔지만 그건 사실이 아니었다.

마력석이 있으면 나는 혼자서 비행도 할 수 있고 투명화도

할 수 있다.

단지 녀석에게 마력을 맡겨서 사용했을 뿐이다.

-으아아! 이제 정말 얼마 남지 않았어! 제발 마력 더 나눠 줘! 암흑은 싫단 말이야!

배를 뒤집고 버둥거리는 녀석을 보며, 나는 신우에게 물었다.

"네가 보기엔 어때?"

"뭐가 어때? 귀여운데?"

"아니, 귀여운 것 말고. 이 녀석의 근본 성질 말이야. 일종의 몬스터잖아, 게이트에서 나온."

"……!"

몬스터라는 말에 신우의 눈빛이 달라졌다.

야수계에서는 게이트에서 몬스터들을 데리고 나오는 것이 자유로운 편이었다.

생태를 파악하고 공략법을 연구할 목적으로 거의 대부분의 몬스터들이 게이트 바깥에서 사육되고 있었다.

하지만 지구에서는 엄격하게 금지되는 행위다.

몬스터 생태에 대한 연구가 있기는 하지만, 그건 정부와 거대 클랜이 주도하는 국책 사업에서나 가능한 일이었고.

헌터 개인은 게이트 밖으로 몬스터를 데리고 나오면 안 된다는 것이 법률과 클랜 공동 규칙으로 정해져 있었다.

그 때문에 신우는 잔뜩 긴장한 눈치였다.

하지만 나는 고개를 저었다.

"어차피 이 녀석은 마력이 있어야 형태가 유지되는 특이 상태야. 다른 건 걱정 말고 이 녀석의 근본 성질만 확인해 보자고."

그러자 신우의 눈이 반짝였다.

"오빠, 수혼검에다 이 녀석을 넣으려는 거구나?"

정확했다.

"맞아. E등급 게이트에서 찾아볼 생각은 전혀 없었는데 마침 얻어걸렸어."

사실 게이트 테러리스트로 몰리는 것은 퓨리 에너지가 슬슬 차오를 정도로 짜증 나는 상황이었다.

그러니 챙길 수 있는 것은 최대한 챙겨야 했다.

"흐음, 어디 보자……."

동생의 눈동자가 해태를 훑기 시작했다. 마력 체계가 망가지긴 했어도 신우 또한 엄연한 마도 특성의 보유자.

교차 검증 정도는 충분히 가능할 것이다.

"……내가 보기엔 별다른 문제가 없는 것 같은데?"

신우는 금세 결론을 냈다.

"혹시 디멘션 하트가 단순 매개 역할만 하고 허상체가 표면에 씌어 있는 건 아닐까 해서 지세히 점검해 봤는데, 아니었어. 이 영혼은 진짜 디멘션 하트에 갇힌 상태야."

"다른 마력 연결점은?"

"없어. 깨끗해. 순수성도 분명하고."

"흠, 그럼 적어도 사역마 같은 건 아니라는 건데."

바로 그때 해태가 비명을 내질렀다.

-끄, 끌려 들어간다! 빌어먹을 어둠! 으아아! 제발 도와줘! 마나에 맹세컨대 절대로 널 해하지 않을게! 영원히!

……그렇단 말이지?

나는 거의 투명해진 해태를 향해 수혼검을 툭 쳐 보였다.

"그럼 이 검에 자리를 잡아 봐. 아마 영혼을 거치할 수 있을 거야."

-뭔 소리야! 마력을 달라고!

"내 마력은 무한하지 않아. 마력으로 구체화할 수 있는 네 몸통도 마찬가지고. 알고 있을 텐데?"

-그래서 저 금속 덩어리에 갇히라고? 말도 안 돼!

"말 돼. 그리고 그냥 금속 덩어리가 아니야. 가장 사나운 맹수의 혼을 담기 위해 특별히 제작된 아티팩트지."

-가, 가장 사나운 맹수?

"그래, 네가 싫다면 강요하진 않을게. 그냥 다른 신수를 찾아가면 되니까. 백호라든가, 현무라든가…… 아무튼 너보다 대단한 녀석을 찾아내면 되겠지."

나는 무심함을 가장하며 그렇게 녀석을 꼬드겼고…….

-다른 신수와 날 비교하지 마! 난 이 땅의 최강자란 말이야!

"오, 그래?"

－물론이지! 그러니까 가장 사나운 맹수를 위한 아티팩트는 내 차지야!

순진한 해태는 내 생각보다도 훨씬 쉽게 엮여들었다.

녀석이 수혼검을 향해서 허겁지겁 뛰어든 순간.

[알림 : 신비한 존재 '해태의 혼'이 아티팩트 '비어 있는 수혼검'과 하나로 합쳐집니다!]

츠스스스스······.

희미한 광채로 번쩍이는 수혼검의 칼날.

동시에 나는 칼자루에서 엄청난 열기를 느꼈다.

순간적으로 마력을 끌어내서 손바닥을 보호해야 했을 정도로 뜨거운 기운이 뿜어져 나온 것이었다.

하지만 화염은 아니었다.

'불길을 끄면서 생기는 수증기 같은 느낌.'

그 순간, 시스템 메시지들이 연달아 떠올랐다.

[정보 : 해태의 혼이 수혼검에 자리 잡기 위해서는 24시간의 안정화 과정이 필요합니다.]

[안내 : 안정화가 끝난 뒤, 아티펙트 '비어 있는 수혼검'의 명칭을 변경할 수 있습니다.]

안정화는 모든 수혼검이 겪는 과정이었다.

-으으, 갑자기 엄청 졸리네…….

수혼검 안으로 들어간 해태의 영혼은 나른한 목소리로 중얼거렸다.

-여기 나쁘지 않아. 조금만 잘게. 이따가 봐…….

녀석은 순식간에 말이 없어졌다.

잠든 모양이네.

"귀엽다! 그냥 어린 강아지 같은데? 오빠가 너무 경계했던 것 아냐?"

신우가 피식 웃었다.

나 또한 해태를 의심했던 것이 조금은 허무하게 느껴지고 있었다.

하지만 이내 마음을 다잡았다.

"수혼검은 수혼검이야. 맹수의 영혼을 묶어 놓은 무기라고."

"그럼 나한테 넘기시든가. 내 강아지로 삼을 테니까."

"위험하다니까 오빠 말을 뭘로 듣는 거야."

모든 수혼검이 처음엔 다 순조롭다.

그러다가 무기로 활동하면서 성장하게 되고.

그 성장 폭을 주인이 감당하지 못하면 이빨을 드러내는 것이었다.

'……그러니까 앞으로 지켜봐야지.'

이 귀여운 녀석이 주인을 무는 개가 되지 않도록 다스리는 것은 순전히 나에게 달린 일이었다.

[안내 : 안정화 작업에 남은 시간은 23시간 56분 17초입니다.]

"근데 오빠."

"응?"

다시 소파에 몸을 맡긴 나에게 신우가 질문했다.

"결과적으로 오빠가 창덕궁 게이트를 다시 공략하고 폐쇄까지 시킨 거잖아?"

"그치. 그 게이트 폐쇄는 내가 의도한 게 아니었지만."

"암튼 그러면 뭐가 나왔어?"

"응? 뭘?"

"아, '폐쇄 보상' 말이야!"

잠시 의아해졌던 나는 곧 피식 웃고 말았다.

"그러고 보니 여기선 게이트를 폐쇄시키는 일이 거의 없었지?"

신우가 폐쇄 보상에 대해 모르는 것도 당연했다.

하나 알려 줄 게 또 하나 생겼네.

"자, 보여 줄게."

나는 시스템 메시지가 외부로 보이도록 설정을 수정했다.

그러자 동생의 눈이 화등잔처럼 커졌다.

"우, 우와! 이게 E등급 게이트에서 얻을 수 있는 경험치란 말이야? 정말로?"

"그렇다니까."

게이트가 폐쇄된 직후, 나는 세 가지 보상에 대한 메시지를 수령했다.

그중 첫 번째는 바로 레벨 업에 대한 메시지였다.

[알림 : 레벨이 올랐습니다!]

[알림 : 레벨이 올랐습니다!]

[알림 : 레벨이 올랐습니다!]

[……]

한꺼번에 쏟아진 아홉 개의 메시지.

그 결과, 나는 레벨 0을 탈출했다.

〈스테이터스〉

[최원호]

레벨 : 296(-287) → 9

칭호 : 역병 군주의 참살자(근력 +1, 체력 +1), 노력파 장인(지력 +2, 의념 +2), 뉴비(의념 +1)…….

[전투력 평가]

근력 : 15+1

민첩 : 12

체력 : 9+1

지력 : 19+2

의념 : 17+3

마력 : 9

남은 포인트 : 9

……레벨 9.

피식 실소가 나왔다.

'내가 레벨 9라니.'

어처구니가 없긴 했지만 모처럼 레벨 업을 하니 기분은 좋았다.

"대박이다. 게이트 폐쇄가 이런 거구나."

"공략 보상을 한 번 더 받는 수준이라고 생각하면 돼."

"정말? 그럼 혹시 보스 공략 보상도?"

"물론 좀 더 받았지. 봐."

"우와!"

신우가 환호를 올린 것은 이 메시지 때문이었다.

[보상 : 게이트 보스를 처치한 보상으로 '금군 소환권'을 획득했습니다!]

〈금군 소환권〉

[권리] 왕의 호위 무사단 '금군'을 3명 소환할 수 있다. 사용한 순간, 권리자의 레벨에 따라 소환수의 초기 레벨이 정해진다. 소환 이후 지속적으로 성장할 수 있다.

성장형 소환수 획득권.

엄청난 보상이었다.

'어떤 위기가 오더라도 방패로 삼을 수 있는 거니까.'

게다가 소환된 존재는 별도 아공간으로 역소환되어 필요에 따라 꺼내 쓰는 방식으로 활용할 수도 있었다.

경험치를 나누어 먹는 게 번거로우니, 내가 적당한 레벨이 되었을 때 소환하는 것이 포인트였다.

그리고 나는 그 권리를 하나 더 얻었다.

[보상 : 게이트를 폐쇄한 보상으로 '금군 소환권' 1회가 추가됩니다.]

게이트를 폐쇄한 덕분에 1+1.

'흐음, 이 정도 보상이라면…….'

테러리스트로 몰린 보람은 있는 것 같기도 하고.

그리고 마침 딱 잘 나왔구나 싶었다.

"옛다, 오늘 짐꾼 노릇 했으니까 하나는 너 가져."

[알림 : 지정된 헌터에게 '금군 소환권' 1회가 양도되었습니다.]

눈빛을 초롱거리는 신우에게 하나를 넘겨주었다.

"저, 정말로? 나 하나 주는 거야? 우와아아!"

뛸 듯이 기뻐하는 여동생.

어차피 같은 종류의 소환권은 중복 사용이 불가능하다.

'마력 체계를 복구하기 전까지 보험도 하나쯤 필요하니까 잘됐지.'

항상 신우를 데리고 다닐 생각은 아니었기에 내린 결정이기도 했다.

"그럴 일은 없는 게 제일 좋겠지만, 최대한 조심해서 사용해."

나는 신우에게 당부했다.

"금군을 소환한다는 건 폐쇄된 좀비 게이트의 공략자라는 사실을 만천하에 드러내는 거나 다름없으니까. 무슨 말인지 알지?"

"당연히 알지! 세상에……!"

그렇게 좋은가.

싱글벙글하는 여동생을 보며 나는 피식 웃고 말았다.

어쨌거나 이제 보상은 하나가 남았다.

바로 게이트 폐쇄에 대한 직접 보상.

'……아티팩트 뽑기권.'

나의 운발을 시험할 차례였다.

[알림 : E등급 게이트 '중세 좀비의 창궐지' 스코어보드에 무기명으로 1위를 기록했습니다!]
[안내 : 해당 게이트가 폐쇄되어 기록이 영구적으로 고정됩니다.]
[보상 : 영구적인 업적을 남긴 보상으로 'D등급 아티팩트 추첨권'을 획득했습니다! 지금 즉시 사용할 수 있습니다.]

과연 뭐가 뜰까?
"추첨권 사용."
나는 별다른 기대 없이 추첨권을 썼고.
"……."
"……."
약 5초 정도 침묵이 흐른 다음 순간.
"와아아악! 오, 오빠! 오빠아아아!"
지켜보던 신우가 대뜸 비명 같은 고함을 내질렀다.
"왜 이래? 미쳤어?"
"그래! 미쳤어! 이제 우린 부자야! 부자라고! 사랑한다! 이 금손아!"
"……?"
뭐지?

갑자기 신우가 호들갑을 떤 이유는 별것 아니었다.

[보상 : D등급 아티팩트 '바람의 회색 망토'를 획득했습니다! 축하합니다!]

"오빠, 이게 얼마짜리인 줄 알아? 5억이야! 5억! 경매장에서 5억 원에 팔리는 아티팩트라고!"

"5억?"

내가 뽑은 아티팩트 '바람의 회색 망토'가 D등급 중에서도 제법 값이 나가는 물건이기 때문이었다.

〈바람의 회색 망토〉

[의상][D등급] 바람에 반응하는 소재로 만들어진 칙칙한 색깔의 망토. 마력을 사용하여 공기의 흐름을 제어할 수 있다.

부가 효과 : 민첩 +2

약간이나마 바람을 통제할 수 있다는 뜻이다.

그래서 고가로 취급되는 물건이었다.

하지만 나는 시큰둥할 수밖에 없었다.

"난 또 뭐라고. 너무 호들갑 떨지 마, 인마."

이 정도 아티팩트는 야수계에서 수없이 많이 만져 봤으니까.

하지만 동생은 얼굴을 팍 찌푸렸다.

"뭐야, 그 반응은? 아, 5억 정도는 야수계의 대헌터님께는 푼돈이다 이거야?"

뾰족하게 변한 신우의 목소리.

내가 뭐라 할 틈도 주지 않고 녀석은 입을 삐죽이기 시작했다.

"오빠한텐 큰돈이 아닐 수도 있지만, 난 뼈가 빠지게 고생하고서도 만지지 못한 돈이거든?"

"야, 그게 아니고……."

"그 돈이면 윤수 병원을 훨씬 좋은 곳으로 옮길 수 있어! 상태에 따라서 수시로 진찰도 받을 수 있고! 그렇게 큰돈이란 말이야!"

"……."

나는 뭔가를 깨닫고 입을 다물었다.

동생에게 큰소리를 들었지만 그런 건 아무것도 아니었다.

오히려 대견했다.

'기특한 짜식, 이런 생각을 하고 있었구나.'

내가 지구에 있던 시절에는 잘나가는 루키로서 겉멋이 들어 있었는데.

시련이 동생을 성숙하게 만든 모양이다.

난 빙긋 웃으며 녀석을 도닥였다.

"돈이 크고 작은 게 문제가 아니라, 내가 돌아온 시점부터 돈이란 것 자체가 별로 의미가 없단 이야기야. 자, 봐."

"......?"

나는 드디어 신우에게 내 아공간 주머니를 열어서 안을 보여 줄 수 있었고.

"......!"

여동생의 얼굴이 충격에 빠지는 것과 함께 모든 상황은 정리되었다.

"이, 이게 다 마력석? 설마 그런 거야?"

"그래. 전부 지구에선 값어치를 매길 수 없는 EX급 마력석들이지. 하나를 쓰긴 했지만."

"허, 세상에......!"

급격한 감정 변화로 인해 화가 난 채로 웃는 꼴이 된 신우의 얼굴은 괴기스럽기 짝이 없었다.

"근데 우린 마력 차폐 금고도 없잖아? 회기동 가서 구해 달라고 해야 하나?"

회기동 파전 골목.

그곳에는 헌터 업무에 관해서는 만능이나 다름없는 친구가 하나 살고 있다.

'정말 그 녀석한테 가 봐야겠네.'

뭐 어쨌거나.

나는 아공간을 닫으며 씩 웃어 줬다.

"이제 알겠지? 이 못생긴 짜식아. 돈 걱정은 필요 없어. 그보다 다음 문제에 집중하자고."

"다음 문제?"

"게이트를 끝내는 것. 다치거나 사라진 사람들을 원래대로 되돌려 놓는 것. 물론 너도 포함해서."

"······."

그러자 신우는 말이 없어졌다.

잠시 침묵하던 녀석은 갑자기 촉촉해진 눈동자로 나에게 사과했다.

"미안해. 짜증 내서. 옛날 생각 때문에 울컥했나 봐. 오빠가 없던 시절은 정말······."

그 말에 나는 피식 웃었다.

"미안하면 가서 토스트나 좀 구워 와. 오라버니께서 버터를 잔뜩 바른 토스트를 먹고 싶으니까."

"토스트? 식빵 한 덩어리 다 구워서 대령할 테니까 딱 기다려! 인생 토스트를 맛보여 주겠어!"

부엌으로 달려간 동생이 두 팔을 걷어붙이고 요리를 시작했을 때.

나는 '바람의 회색 망토'를 보며 생각에 잠겼다.

'이건 내가 쓸 만큼 쓰다가 나중에 대장간에서 업그레이드를 시도해 봐야겠어.'

꽤 값어치가 나가는 물건이니 당장 팔아치우고 다른 장비를 구하는 것도 나쁘진 않았다.

하지만 이쪽이 훨씬 더 나은 선택지였다.

'철만 아저씨는 이걸 재료로 삼아서 훨씬 더 유용한 아티팩트를 만들 수 있을 테니까.'

손철만.

한때 '신의 손'으로 불렸던 전설적인 아티팩트 제작자.

그는 부산 달맞이 고개에 열린 '용암 거인의 섬' 게이트에 은둔하고 있었다.

그곳은 일반인의 입장이 불가능한 C등급 게이트였다.

슬슬 준비가 필요했다.

'……헌터로서 제대로 활동하기 위한 준비.'

사실 나에겐 지구로 돌아온 그 순간부터 생각해 둔 것이 있었다.

직접 클랜을 만드는 것이었다.

'개인 클랜. 그게 여러모로 가장 수월한 길이야.'

헌터가 게이트에 들어가기 위해서는 세 가지 요소가 필요했다.

자격, 백업, 허가.

'자격'이란 것은 당연히 헌터 라이선스를 뜻했다.

'백업'은 공략 전후로 도움을 줄 지원팀을 말하는 것이고.

마지막으로 '허가'는 게이트를 관리하는 차원통제청의 협조를 의미했다.

이 3요소가 모두 갖추어져야 C등급 이상의 게이트에 입장할 수 있었다.

다른 건 차치하더라도, 소속이 없으면 차원통제청은 게이트에 출입하지 못하도록 통제한다.

그래서 난 직접 클랜을 만들기로 결심했다.

'……클로저스를 부활시키자.'

지금 당장은 불가능했다.

헌터가 클랜을 창설하기 위해서는 실적이 필요했다.

F1급 이상의 헌터 라이선스.

D등급 이상의 몬스터 사냥 실적 100회.

직접 클랜을 만들기 전에 다른 클랜에서 충분히 경험을 쌓고 오라는 뜻이다.

어중이떠중이 클랜이 마구잡이로 난립하는 것을 막기 위한 대책이었다.

'그렇다면 이제 어디서 이 실적을 채울지 골라야 하는데…….'

나는 마침 꽤 괜찮은 선택지 하나를 가지고 있었다.

"자, 오빠. 먹어."

때마침 토스트를 잔뜩 구워 온 신우.

"음, 역시. 토스트 장인이네."

"후후후, 인생 토스트지?"

"오냐."

잠시 향긋한 버터의 향기를 음미하던 나는 동생에게 질문했다.

"네가 소속된 클랜이 '블랙핑거' 클랜이라고 했지?"

"응, 채굴 전문."

"그럼 스캐빈저는 상시 모집하고 있겠네?"

"……스캐빈저? 응. 항상 모집하고 있지. 근데 왜?"

"내가 지원하려고."

그러자 신우의 표정이 요동치기 시작했다.

"뭐, 뭔 소리야? 오빠가 청소부를 하겠다고?"

"그래."

말도 안 되는 소리처럼 들릴 거다.

차원 역류에 휘말리기 전에도 최고의 유망주로 평가받던 내가 게이트 채굴이라니.

물론 청소부가 될 생각은 없었다.

난 청소부의 탈을 쓴 사냥꾼이 되어 '클로저스'를 부활시키는 첫 단추를 꿸 생각이었다.

✦

세종시 정부청사.

차원통제청의 최상층 집무실.

"예, 사장님. 이야기는 전해 들었어요. 하하, 어쩌다가 그런 일이 벌어진 건지……. 저희도 참 당혹스럽답니다."

백발을 단정하게 묶은 노년 여성이 애써 웃음을 지으며 통화를 하고 있었다.

그녀는 이곳 차원통제청의 수장인 김서옥이었다.

"……아무렴요. 조사는 진행 중이죠. 목격자도 많으니까 추적 단서는 금방 나오리라고 생각합니다."

지금 그녀의 목소리에서는 되도록 빨리 끊고 싶은 의지가 엿보이고 있었다.

하지만 수화기 너머의 상대는 청장을 쉽게 놓아주지 않고.

"청장님, 10분 뒤에 회의 시간입니다만."

"제가 다시 전화드리겠습니다, 사장님. 예, 감사합니다."

집무실로 들어온 보좌관에게 다음 스케줄이 임박했음을 듣고서야 간신히 전화기를 내려놓을 수 있었다.

억지웃음을 짓고 있던 김서옥 청장의 얼굴이 순식간에 짜증으로 물들었다.

"이게 대체 무슨 일인가요? 창덕궁 게이트가 갑자기 초기화되고 폐쇄까지 되다니?"

실시간으로 업데이트되는 인터넷 기사들을 보며 김서옥은 혀를 차고 있었다.

"그렇잖아도 아이언팩토리 건으로 정신없는 마당인데 이런 일까지……. 오늘 일진 한번 사납네요."

김서옥이 짜증을 내자 우락부락한 인상의 40대 남성도 한숨을 푹 내쉬었다.

"언론에서도 한 건 물었다고 난리법석을 피우고 있습니다. 우리 청에 관리 부실 책임을 물어야 한다면서요."

"뭐요? 이 기레기 새끼들이! 그 게이트는 관광 공사로 넘겨준 지가 10년도 넘었는데! 어디서 감히 관리 부실 같은 소릴······!"

그녀가 분노를 토하자 사무실의 집기들이 일제히 파르르 흔들렸다.

그러자 남자가 손바닥을 들어 올렸다.

"청장님, 화를 가라앉히십시오. 랭커 헌터의 공력은 건물을 무너뜨릴 수도 있잖습니까."

"후우······. 추태를 보였네요. 미안합니다, 유광명 헌터."

"이해합니다. 아까 저도 기자들 앞에서 당황해서 말이 잘 안 나오더군요. 하하하."

차원통제청의 김서옥 청장.

그리고 유광명 공략보좌관 겸 대변인.

랭커 헌터 출신인 두 사람은 누구보다 이번 사건에 의아함을 품고 있었다.

"청장님, 기자들이 테러가 아니냐고 하길래 일단 부인하긴 했습니다만······. 언뜻 일리가 있는 것 같기도 합니다."

"테러요? 그럴 리가! 게이트 반대론자들이라면 특수임무

독식하는 뉴비 187

국에서 주시하고 있어요. 별다른 징조는 없었단 말입니다."

"흐음."

김서옥이 고개를 젓자 잠시 고민하던 유광명은 조심스럽게 운을 뗐다.

"그럼 혹시 '신인류'들의 소행일까요? 그들이라면……."

"대변인!"

목소리를 잔뜩 낮추며 유광명에게 주의를 주는 김서옥 청장.

"아무리 내 사무실이지만 그 이야기는 삼가도록 하세요. 꼭 필요하다면……."

톡톡.

그녀는 손가락으로 가만히 자신의 이마를 짚어 보였다.

─텔레파시로 하세요. 알겠습니까?

그러자 유광명은 고개를 숙였다.

"경솔했습니다, 청장님."

"……하지만 그것도 염두에 두어야 할 가능성이긴 하군요. 특임국에 전달해 두도록 하지요."

청장 사무실의 전화가 울린 것은 바로 그때였다.

"네, 김서옥입니다. 아, 홍 국장? 말하세요."

창덕궁으로 파견된 긴급안전국에서 온 전화였다.

김서옥은 좋은 소식이 있을까 기대했지만.

"음? 한 사람 빼고 다들 그 헌터의 얼굴을 기억하질 못한다고요?"

수화기를 든 청장의 낯빛이 천천히 어두워졌다.

그리고 곧 급격히 일그러지고 말았다.

"근데 한 사람이 하필 백십자 클랜장의 외동딸이라고요? 이런 얄궂은……."

좋지 않은 소식이었다.

백십자 클랜의 마스터인 '윤동식'은 클랜계의 유력 인사 중 하나.

그런 거물의 혈육을 붙잡아 놓고 수사를 진행하는 것은 상당히 불편한 일일 수밖에 없었다.

김서옥 청장은 혀를 차며 말했다.

"쯧, 어쩔 수 없죠. 내 이름이라도 팔아서 협조를 구하세요. 설마 무시하진 않겠죠."

하지만 청장의 뜻은 전혀 관철되지 못했다.

"아니, 그 여의사가 증언을 거부했다고? 아깐 목격했다면서요? 뭐, 뭐? 갑자기 말을 바꿨어……?"

최원호의 유일한 목격자인 윤희원.

그녀가 차원통제청의 조사에 협력하지 않기로 결정한 것이었다.

꧁

다음 날.

나는 신우와 함께 지하철에 올랐다.

가만히 생각해 보니 기분이 참 묘했다.

'자격증이라…….'

헌터 라이선스를 회복한다는 것은 프로 헌터로 복귀한다는 것을 의미했다.

그건 탐욕의 화신과도 같은 이 지구의 헌터들과 다시 경쟁을 시작한다는 뜻이었다.

하지만 전혀 두렵지 않았다.

오히려 기대되는 마음.

　-이번 역은 합정, 합정역입니다. 내리실 문은 오른쪽입니다.

This station is Hapjeong…….

지하철이 멈췄다.

"야, 내리자."

"응? 아, 응. 내려야지."

5번 출구로 올라가자 익숙한 풍경이 펼쳐졌다.

'애들이랑 여기서 돈가스 많이 먹었었지…….'

나는 그 정취를 만끽하고 있었지만, 신우는 걱정스러운 눈이었다.

"오빠, 정말 괜찮겠어? 내가 지금 있는 클랜은 말이야……."

"응, 아주 괜찮아."

"하아, 거기 진짜 엉망이라서 그래. 그냥 저질 스캐빈저들 이라고!"

"오히려 좋아."

"……."

그러자 녀석은 한숨을 내쉬며 고개를 저었다.

내가 대체 왜 이러는지 모르겠다는 표정이었다.

하지만 나에게는 다 계획이 있었다.

'이게 제일 빠르고 안전한 길이야.'

지구 시간으로 4년 전.

차원 역류에 휘말리면서 나는 헌터 자격을 잃은 상태였다.

정확하게 말하자면…….

내가 사용하고 있던 'Zero9'이라는 이름의 헌터가 사망한 것으로 처리되었을 테고.

그 이름이 박힌 N3등급의 라이선스가 정지된 상황이었다.

'이스케이프 클랜에서 알아서 처리했겠지.'

그러므로 내가 헌터 자격을 되찾는 가장 정석적인 방법 은, 이스케이프로 가서 'Zero9'이 살아 돌아왔다고 알리는 것이었다.

하지만 난 그러지 않기로 했다.

'나를 제외한 그 누구도 차원 역류에서 돌아오지 못한 상황.'

여기서 내가 나타나면 세상의 시선이란 시선은 모조리 나 에게 쏠릴 것이고.

나의 정상적인 활동은 당연히 불가능해질 수밖에 없었다.

'야수계와 거신의 조각에 대해 알아내기 위해서 온갖 잡놈들이 따라붙겠지.'

생각만 해도 피곤하고 위험한 일이다.

내 목표에도 전혀 도움이 되지 않는 선택이고.

그래서 나는 다른 길을 골랐다.

'차라리 라이선스를 새로 하나 파는 게 나아.'

즉, '부캐'로 새로운 시작을 하겠다는 생각이었다.

나의 이런 구상이 가능한 것은 대한민국의 법률 덕분이었다.

차원 관문 및 각성자 관리에 관한 특별법.

일명 '헌터법'이 제정되던 당시.

대한민국을 비롯한 세계 국가들은 한 사람이라도 헌터를 더 유치하기 위해 경쟁을 벌이고 있었고.

'헌터 라이선스를 익명으로 취득할 수 있게 해서, 게이트 안팎의 신분을 따로 쓰게 해 주자는 아이디어가 나왔지.'

정말 미친 생각이었지만 아주 기똥찬 발상이기도 했다.

'게이트 안에서 일어난 범법 행위는 전부 묵과해 주겠다는 것이나 다름없는 법이었으니까.'

헌터들은 당연히 이 조항이 있는 국가를 선호했다.

그 결과, 지금은 대부분의 국가가 헌터 익명제를 채택하고 있었다.

짐승 같은 누더기

"티 나게 움직이지 않으면 들킬 일은 없어. 난 너처럼 콜네임이랑 본명이 다 오픈된 상황이 아니었으니 한동안은 숨길 수 있을걸."

"······그래도 조심해. 오빠."

"알았어."

이윽고 나와 신우는 클랜 하우스 앞에 도착했다.

"흐음, 여기가 지금 네가 다니는 클랜이란 말이지?"

"응."

합정동 대로변에 으리으리한 규모로 지어진 사옥.

건물의 전면에 클랜 사명이 휘황찬란하게 그려져 있었다.

BLACK FINGER.

공략보다는 채굴을 주업으로 삼는 하이에나 집단답게 아주 으리으리하게 지어진 클랜 하우스였다.

내 계획의 첫 발판이었다.

"뭐 해? 안 들어가고?"

나는 신우에게 고갯짓을 했다.

그러자 녀석은 다시 한번 한숨을 푹 내쉬었다.

"오빠, 난 분명히 이야기했어. 이 클랜 진짜 비열하고 지랄맞은······."

등 뒤에서 날카로운 목소리가 들려온 것은 바로 그때였다.

"이봐요! 한채미 헌터!"

한채미.

정말 오랜만에 듣는 신우의 콜네임이었다.

그런데 동생을 부른 중년 여성은 뭔가 마음에 들지 않는지, 잔뜩 찌푸린 얼굴로 다가오고 있었다.

"너 설마 이제 출근을 하는 거야? 지금이 몇 신데? 그리고도 월급 받는 프로 헌터라고 할 수 있어?"

"……?"

순식간에 쏟아지는 '멍멍소리'에 내 정신도 잠시 멍해지고 말았다.

'이게 뭔 소리지?'

지금 출근 시간보다 30분이나 일찍 온 건데?

짐승 같은 뉴비

앞발질 하는 뉴비

……뭐야? 30분이나 일찍 나온 사람에게 고함을 지르다니, 혹시 내가 잘못 알고 있는 건가?

"야, 어제 여기 나인 투 식스라고 하지 않았냐? 내가 잘못 들었나?"

나는 신우에게 작게 물었다.

하지만 신우는 고개를 저으며 속삭였다.

"아니야. 제대로 들었어. 9시 출근 맞아. 그냥 저 아줌마가 나한테 유난히 저러는 거야."

"누군데?"

"내 상사인 고미정 채굴1팀장. 헌터 등급은 R3급."

"왜 저래?"

"그냥 내가 마음에 안 드나 봐. 늘 10시에 나오는 사람인데 하필 오늘은 일찍 나왔네."

우리가 속닥거리자 여자가 눈을 치켜떴다.

"무슨 얘길 하는 거죠? 내가 들으면 안 되는 건가?"

"아, 아닙니다."

신우는 얼른 표정을 고치며 고개를 가로저었다.

"제가 몸이 조금 안 좋아서 약간 늦게 출근했습니다. 얼른 들어가서 업무 준비하겠습니다. 죄송합니다, 팀장님."

억지로 짜 낸 웃음.

"……."

애써 감정을 숨기는 동생을 본 나는 가슴 한구석을 쿡 찔린 것처럼 시큰거리는 기분이었다.

[알림 : 특성 '야성'이 반응하고 있습니다.]

퓨리 에너지가 퐁퐁 차오르는 것이다.

'아, 이게 갑질이라는 건가?'

회사 생활이라면 나도 해 봤다. 대한민국 3대 클랜 중 하나인 이스케이프 클랜에서 1년가량 막내 헌터로 근무했다.

'하지만 이스케이프에 갑질 같은 건 없었어.'

거대 클랜답게 경쟁이 심하고 분위기가 차갑긴 했어도, 일찍 출근하라며 눈치를 주는 일 같은 건 없었다. 각자 맡은 일만 제대로 하면 아무런 문제가 없었던 것이다.

하지만.

"이봐요, 한채미 헌터! 아니, 신우 씨! 요즘 내가 지켜보고 있는 것 알지? 똑바로 하자고. 알겠어?"

"……잘하겠습니다, 팀장님."

여긴 분위기가 사뭇 달랐다.

'공략이 아니라 채굴을 주로 하는 스캐빈저 클랜이라서 그런가?'

아님 그냥 이 여자가 신우를 싫어하는 것일지도 모르겠다.

'신우가 눈에 띄기만 하면 구박하는 것일지도 모르지.'

나의 의심은 곧 근거를 얻게 되었다.

"근데 여긴 누구?"

고미정 팀장의 시선이 나에게 넘어와 있었다.

묘하게 끈적거리는 눈빛이 심상치 않았다.

"아, 이 사람은……."

신우가 잠시 머뭇거린 그 순간.

나는 야성에 귀속된 권능을 전개했다.

[권능 : '보름달 여우의 눈'.]

[안내 : 현재 경지가 매우 부족하여 권능의 일부만 사용할 수 있습니다.]

이 권능은 독심술 스킬의 상위 호환으로, 내가 좀비 게이트에서 레벨 업을 거두며 사용할 수 있게 된 권능 중 하나였다.

사실 이것도 레벨 50 정도는 되어야 제대로 쓸 수 있는 권능이었다.

하지만 지금은 예외적인 경우에 속했다.

[정보 : 권능 '보름달 여우의 눈'은 자신에 관련된 타인의 생각을 읽어 낼 때 극단적인 효율을 발휘합니다.]

다른 사람이 '나'에 대해 품는 생각에 한정해서는 에너지를 거의 사용하지 않고 사용할 수 있었던 것이다.

'두루뭉술하게 감정을 읽어 내는 수준이기는 해도, 표정 연기에 능숙한 사람까지 꿰뚫어 볼 수 있다는 점에서 큰 도움이 되거든.'

자, 이 여자가 나에 대해 무슨 생각을 하는지 한번 보자.

그리고 나는 제법 선명한 감정 선들을 읽어 낼 수 있었다.

 -어머, 잘 생겼네.
 -내 타입인데?
 -무슨 관계일까?

"……."

이 여자는 나에게 꽤나 분명한 호감을 품고 있었다.

'미친.'

나는 속이 메스꺼워지는 기분이었다.

그 감정이 역겹기도 했지만…….

'방금 처음 만난 남자는 마음에 드는데, 30분 일찍 출근하는 부하한테는 구박이나 해?'

신우가 회사에서 깽판을 치며 사는 것이 아니라면 이건 너무나 부당한 짓거리였다.

점점 더 열받는데.

[알림 : 특성 '야성'이 격렬하게 반응하고 있습니다.]

하지만 내 속내를 모르는 고미정은 부드러운 미소를 띠며 말했다.

"안녕하세요. 전 블랙핑거 클랜의 고미정이라고 해요. 저희 클랜에는 무슨 일이신가요?"

웃어? 웃겨?

그래, 언제까지 그 웃음이 계속되는지 한번 보자.

"……제가 헌터가 되고 싶어서요. 여긴 신입 헌터를 수시로 뽑는다고 하던데, 맞나요?"

나는 어리숙한 헌터 지망생을 연기하기 시작했다.

"아, 그러시군요. 맞아요. 저희 클랜은 항상 헌터를 모집

중이죠. 근데 두 사람은 무슨 사이? 혹시 애인?"

"아무 사이 아닙니다. 그냥 소개받았어요."

내가 대답하자 고미정의 눈에 이채가 스쳤다.

－이게 웬 떡이야?

－횡재했네……!

본격적으로 흑심을 품기 시작한 고미정이 다시 한번 부드
럽게 웃었다.

"그러시군요! 정말 잘 찾아오셨어요. 저희 클랜은 루키를
키워 내는 것에도 일가견이 있거든요. 그럼 들어가서 이야기
할까요?"

스캐빈저 클랜이 루키를 키우는 데에 일가견이 있다니.

이런 개소리가 있을까.

하지만 나는 빙긋 웃으며 고개를 끄덕였다.

"감사합니다. 그럼 실례하겠습니다."

나는 고미정의 뒤를 따라 클랜 하우스 안으로 발걸음을 옮
겼다.

☙

역시 화려하게 장식된 회의실.

고미정은 나에게서 시선을 떼지 않은 채 신우에게 손가락을 흔들었다.

"여기 커피 두 잔만 부탁해."

"……예."

"난 우유랑 설탕 많이 넣어서. 알지?"

꼬락서니를 보아 하니 커피 심부름도 한두 번 시킨 것이 아닌 듯했다.

그걸 그냥 넘어갈 수 없었던 나는 간단하게 상황을 저지했다.

"저는 커피 괜찮습니다."

"아, 커피 싫어해요?"

"그런 건 아닌데. 공복에 마시면 입 냄새가 심하게 나더라고요. 못 참아 줄 정도로."

내가 싱긋 웃으며 입 냄새를 언급하자 고미정의 눈동자가 급격하게 흔들렸다.

그러더니 신우에게 말하는 것이었다.

"아, 나도 오늘은 커피가 좀 안 당기네? 그냥 물이나 한 잔씩 줘요."

나는 속으로 고개를 끄덕였다.

'의외로 다루기 쉬운 타입이군. 잘됐어.'

내 의도를 알아차렸는지 신우는 의미심장한 미소를 지으며 물잔 두 개를 놓고 돌아갔다.

고미정은 그것을 마시고 입 안을 후루룩 헹구더니 말했다.

"자, 그럼 이야기를 시작해 볼까요? 혹시 '마력 각성'은 하셨나요?"

"네, 물론이죠."

일반인에서 헌터로 거듭나기 위해 가장 중요한 조건.

그게 바로 '마력 각성'이었다.

1999년, 태평양 한복판에 열린 최초의 게이트 '대왕 시 서펀트(Sea serpent)의 심해'가 폭발과 역류를 일으킨 뒤.

당황하던 사람들 사이에서는 이상 현상이 발생하기 시작했다.

대기 중에 존재하는 '마력'의 존재를 깨닫고, 그 힘을 활용하기 시작한 것이었다.

이렇게 '마력 각성'을 겪은 인류는 '시스템' 또한 활용할 수 있게 되었고.

비로소 게이트 현상에 제대로 저항할 수 있게 되었다.

이렇듯 마력 각성은 게이트 헌터가 되기 위한 필수 조건이었다.

"음, 마력 각성까지 하셨다니 너무 좋은데요? 진짜 잘 찾아오신 거예요!"

테이블 위에서 손깍지를 낀 고미정 팀장이 다시 한번 미소를 지었다.

"저희 블랙핑거 클랜은 '각성자 인증 기관'으로 지정되어 있거든요? 가장 빠르게 헌터가 되는 방법을 소개해 드릴 수 있죠."

"아, 정말요?"

"네! 그래서 유망한 헌터 지망생에게 곧바로 F등급 라이선스를 부여하고, 즉시 실전에 투입될 수 있도록 도와드리고 있답니다."

그 말에 나는 속으로 혀를 찼다.

'이야, 이걸 이렇게 포장해서 사기를 치네?'

당연히 알고 온 것이지만, 직접 듣고 있자니 구역질이 나오는 느낌이었다.

뭐? 스캐빈저 클랜 주제에 '가장 빠르게 헌터가 되는 방법'을 소개시켜 줘?

F등급 헌터가 헌터 대접을 못 받는다는 것을 뻔히 아는 내 입장에서는 그야말로 개소리가 따로 없었다.

헌터 라이선스는 F, N, R, SR, SSR로 나누어져 있다.

마력 각성자가 이 자격을 취득하는 방법은 크게 두 가지.

첫 번째는 차원통제청에서 제공하는 '정규 인증 과정'.

두 번째는 인증 기관으로 지정된 레이드 클랜을 통해 '즉시 인증 과정'.

이건 운전면허증을 따는 과정과 약간 비슷했다.

운선년허를 따려는 사람들이 공인 면허시험장이나 사설 운전학원에 골라서 가는 것과 마찬가지로.

    헌터 지망생들도 정부의 인증 과정과 사설 클랜의 인증 과정 사이에서 선택을 할 수 있었던 것이다.

    하지만 단언컨대 후자가 불리했다.

    '정규 과정이 빡세긴 해도 N3급이 나오지만, 즉시 과정에서는 F1급이 최대니까.'

    고작 한 단계 차이라고 생각할 수도 있다.

    하지만 클랜에서 성장을 도와주지 않으면 지망생은 방법이 없다.

    즉, 시간을 낭비하는 것이나 다름없었다.

    더구나 블랙핑거는 게이트 공략이 아닌 채굴 위주의 스캐빈저 클랜.

    신입 헌터들이 레이드 경험을 쌓을 기회 자체가 많지 않을 텐데.

    "생각해 보세요. 이론 준비되고 라이선스만 나오면 저희가 확보하고 있는 게이트를 돌면서 레벨 업 팍팍 하는 거죠."

    "……."

    "제가 보장하는데 정말 금방 크실 수 있어요. 그게 저희 클랜한테도 이득이니까요."

    "……."

    그걸 이런 식으로 포장해?

    '와, 이 양아치 같은 여자가.'

    속내가 너무나 투명하게 보여서 보름달 여우의 눈을 켜 둘 필요도 없었다.

마음 같아서는 당장 테이블을 뒤집으면서 이 사기꾼의 뺨을 후려치고 싶었다.

하지만 지금의 나에겐 즉시 인증 과정이 유리하다는 말은 사실이었다.

'정규 인증 과정의 단점.'

바로 시험 자체가 1년에 두 차례밖에 진행되지 않는다는 점이었다.

6월 시험은 얼마 전에 지나갔을 테니 12월까지 한참을 기다려야 하는 상황이었다.

그러니 이쪽이 나았다.

'어차피 난 게이트에 들어가기만 하면 알아서 움직일 거니까.'

물론 블랙핑거 클랜은 날 그렇게 두지 않으려고 할 것이다.

하지만 그쯤은 가뿐히 무시해 줄 수 있었다.

일단 라이선스를 얻는 것이 첫 번째 목표였고, 여기서 한 가지만 더.

'이 여자를 좀 밟아 줘야겠다.'

동생이 욕을 처먹는 꼴을 직접 봤는데 그냥 지나칠 순 없는 일이었다.

기회는 곧 올 것이다.

"자, 여기 계약서. 읽어 보시고 사인하시면 돼요. 그리고 몇 가지 평가 과정을 거치기만 하면 F등급 라이선스가 바로 나올 거예요."

"와, 좋네요."

나는 사람 좋은 미소를 짓고 있는 고미정에게 고개를 끄덕이며 펜을 움직였다.

백수현.

본명 대신 적어 넣은 이름은 죽거나 미치거나 실종된 친구들의 이름에서 한 글자씩 빌려 만든 것이었다.

헌터 익명제 덕분이었다.

"이름 멋지네, 수현 씨."

"고맙습니다."

내가 계약서 작성을 마치자, 고미정은 자연스럽게 말을 놓았다.

"우리 클랜에 합류한 걸 환영해. 올해 나이가 어떻게 돼? 스물은 넘었지?"

······내 나이?

어디 보자.

'야수계에서 흐른 44년을 포함하면 예순여섯 살이고, 지구에서 흐른 4년을 포함하면 스물여섯 살인데.'

하지만 그 어느 쪽도 아니었다.

나는 차원 역류에 휘말리기 직전의 그 상태로 돌아왔으니, 오히려 한 살도 안 먹은 상태라고 할 수 있었다.

그러니까…….

"올해 스물두 살입니다."

내가 싱긋 웃으며 그렇게 대답하자, 저쪽에서 신우가 눈을 동그랗게 뜨는 것이 보였다.

나이를 속일 필요는 없지 않느냐는 의미였다.

물론 나는 깔끔하게 못 본 척했다.

그 누구도 어려진 기분을 만끽하는 나를 방해할 순 없었다.

"와, 스물두 살? 정말 영……."

"……영?"

"아, '영'하다고. 수현 씨가 어리단 말이지! 하하."

붉어진 얼굴로 침을 꼴깍 삼키는 고미정 팀장의 생각은 사실 이랬다.

─영계네. 아주 영계야.

주름이 자글거리는 입가에 미소가 흘렀다.

"누나라고 생각하고, 뭐든지 편하게 물어봐. 다 도와줄 테니까."

……그렇게 나올 줄 알았다.

나는 바로 거기서부터 시동을 걸었다.

"아까 평가를 할 거라고 하셨잖아요? 그거 좀 여쭤봐도 될까요?"

"응? 아, 평가? 별거 아닌데. 뭐가 궁금해?"

"어떤 식으로 이루어지나요? 혹시 많이 어려울까요? 제가 좀 걱정돼서요……."

내가 엄살을 부리자 고미정의 눈동자가 살짝 커진다.

"그래? 그렇게 걱정되면 내가 좀 도와줄까?"

"팀장님께서요? 어떻게요?"

"인증 평가가 내 업무는 아니지만, 내가 하겠다고 하면 할 수 있는 업무거든."

"정말요?"

"그렇다니까. 이것도 인연인데, 내가 평가관으로 들어가서 수현 씨한테 점수 후하게 줄게! 어때? 그럼 안심되겠지?"

하지만 고미정은 속으로 전혀 다른 생각을 하고 있었다.

　

－완전히 짓밟아 놔야지.

－내 라인이 아니면 방법이 없도록 만드는 거야.

　

즉, 헌터 라이선스로 나를 쥐고 흔들겠다는 생각이었다.

'재밌네.'

그 생각을 읽고 있었던 나는 빙긋 미소를 지었다.

"그러면 저야 너무 감사하죠. 잘 부탁드립니다, 팀장님."

……모두 내가 원하는 대로 만들어진 상황이었으니까.

3대 클랜 중 하나인 이스케이프에서 경험을 쌓았던 만큼.

나는 헌터 지망생이 평가받는 방식에 대해 아주 잘 알고 있었다.

100초 동안 진행되는 일대일 맨손 격투 대결.

그건 이 음흉한 아줌마에게 교훈을 새겨 주기에 딱 적당한 무대였다.

"바로 평가장으로 가 볼까? 수현 씨?"

여자는 아무것도 모른 채 그저 즐거운 표정이었지만.

"……네, 가시죠."

나는 그 뒤를 따르며 분노를 불태우고 있었다.

퓨리 에너지가 부글부글 끓어오른다.

'자, 어떤 권능이 좋을까?'

짧은 고민 끝에 나는 결정을 내렸다.

가장 초급 단계의 맨손 격투 권능인 '미친 토끼의 앞발'…….

이 권능이 신우가 받은 수모를 되갚아 줄 것이다.

❧

"하아, 우리 공주님께서 또 시작하셨네."

블랙핑거 클랜의 인사팀장 박형진은 인상을 잔뜩 찌푸리고 있었다.

다름 아닌 채굴1팀장 고미정 때문이었다.

"아침 댓바람부터 신입 헌터를 모셔 오시더니! 이젠 평가까지 직접 하시겠다고?"

인사팀으로부터 전해진 일방적인 통보.

하지만 박형진은 그것을 거부할 수 없었다.

일반 회사와는 다르게 게이트를 공략하는 레이드 클랜에서는 인사팀의 파워가 그리 강하지 않았으니까.

더구나 요즘 특히 실적이 좋아서 기고만장한 채굴1팀이었다.

어지간한 월권이라면 못 이기는 척 넘어갈 수밖에 없었다.

"그래도 신삥 평가까지 해 먹으려고 그래? 이거 너무한 거 아니냐고! 씨······."

이를 북북 갈던 박형진은 문제의 신입 헌터에 대한 서류를 스윽 훑어보았다.

"흐음, 백수현? 이름부터 마음에 안 드네. 쯧."

인사팀장은 서류를 툭 던져 놓고서는 잠시 생각에 잠겼다.

그리고 몸을 일으키더니 어디론가 나갈 채비를 하기 시작했다.

바로 불편한 다리를 대신할 목발을 챙기는 것이었다.

"팀장님? 어디 가십니까? 점심 전에 회의 있으신데요?"

"나도 알아. 그래도 좀 보고 오려고."

"그 신입요?"

"그래, 씨바, 아닌 건 아니라고 해야지. 이 꼬라지가 됐어도 내가 인사 책임자인데."

박형진.

그는 불과 몇 년 전까지 R1급 헌터로 이름을 날렸으나, 레이드 도중 하반신에 심각한 부상을 입은 뒤로는 사무직으로 일하고 있었다.

"내가 그래도 사람 보는 눈은 확실하잖냐?"

"고 팀장한테 물리지나 마십쇼."

"확 마, 갔다 온다."

아무리 고미정이 안하무인으로 나오더라도 아닌 건 아닌 거다.

'그게 클랜 입장에나 헌터 지망생한테나 이로운 거야.'

그리고 아무리 사정이 급해도 그렇지.

스캐빈저 클랜에서 헌터 생활을 시작하려고 하다니.

'그 백수현이라는 놈도 머리가 어떻게 된 놈 아냐?'

가서 따끔하게 한마디 해 줘야겠다.

박형진은 그렇게 혀를 차며 지하 연습실로 걸음을 옮겼다.

고 팀장과 대거리를 하는 한이 있더라도 직설을 하겠다는 생각이었다.

하지만 잠시 뒤……

"이, 이게? 어떻게 된 거야?"

두 사람의 대결을 중간부터 지켜본 박형진은 눈을 의심해야만 했다.

"하으으으……."

그 콧대 높은 고미정 팀장이 초주검이 된 채 바닥에 널브러져 있었다.

바닥에는 그녀가 흘린 피와 타액이 흥건했고.

평가 과정을 기록하기 위해 설치된 카메라는 처참하게 박살 난 상태였다.

'고 팀장, 몇 군데는 부러진 것 같은데?'

박형진은 입을 쩍 벌린 채 눈을 껌뻑거리며 상대를 바라보았다.

이게 말이 되는 건가?

고작 지망생이 R3급 헌터를 이렇게 압도하다니?

사실 압도했다는 말도 모자랐다.

가지고 놀았다고 하는 것이 정확했다.

"휴우……."

땀을 조금 흘리고 있긴 했지만, 남자는 고 팀장에 비해 너무나 멀쩡한 모습이었다.

"제가 운이 좀 좋았네요. 그럼 평가 결과는 어디서 받으면 되나요?"

주먹에 착용하고 있던 건틀릿을 벗으며 태연하게 웃음마저 보이는 남자.

박형진은 헛웃음을 지었다.

"……운은 개뿔."

방금 그건 실력이었다.

지금까지 단 한 번도 본 적이 없을 만큼 완벽한 격투술 실력.

'천재다. 저건 완전히 미친 천재야.'

한때 R1급까지 도달했던 인사팀장은 그것을 단언할 수 있었다.

그는 목발을 짚은 채 멍하니 생각했다.

'백수현? 전혀 들어 본 적 없는 이름인데. 아마추어 헌터가 아니라 격투기 선출인가?'

그는 도통 이해할 수가 없었다.

저건 도대체 어디서 튀어나온 괴물이지?

✧

15분 전.

신우는 불안한 기색을 감추지 못했다.

"오빠, 만만한 상대가 아닐 거야."

내가 고미정 팀장의 뒤를 따라 지하 연습실로 가는 동안 동생은 은근한 눈총을 받으면서도 옆에 붙어서 속닥거렸다.

"물론 전투 분야에선 은퇴한 상태고, 원래 원거리 지원 타입이었으니까 맨손 전투는 약하겠지만……."

"그래도 R등급 헌터는 절대 만만하지 않을 거다?"

"응, N등급인 김자형이나 오수민과는 격이 다를 거라고."

"그래서 레벨이 몇인데?"

"레벨은 나도 몰라. R등급 라이선스 땄으니까 30은 넘었겠지."

그래, 모르긴 해도 30은 넘었을 거다.

일단 자격증을 딴 헌터는 자신의 레벨과 보유 능력, 레이드 실적을 토대로 라이선스 승급을 신청할 수 있었다.

헌터 급수의 평가는 이런 식이었다.

F3급 : 전력 외.

F2급 : 재평가 대상.

F1급 : 수련생.

F등급은 레벨에 관계없이 책정된다.

고레벨이더라도 장애를 입었거나, 실력이 있더라도 저레벨인 경우에 주는 것이 F등급이었다.

그러니 이 구간에서 레벨은 평가 기준이 아니었다.

하지만 N등급부터는 이야기가 달라진다.

'최소 레벨 10을 충족하고 공인 전투력 평가를 통과해야 N3급을 받을 수 있다.'

베테랑 헌터에게 주어지는 R등급은 더 엄격하다.

'최소 레벨은 30. 전투력 평가에서 상위 30% 안에 들어야

R3급 합격.'

이후 50 레벨을 달성하면 SR등급에 도전할 수 있는데, 이때부터는 랭킹 시스템이 적용되는, 또 다른 차원의 이야기였다.

야수계에서 레벨 300 가까이까지 갔던 내가 이 라이선스 제도에 대해 가지는 생각은 이러했다.

'쓸모없는 헛짓거리.'

게이트 공략에 자격증 따위가 왜 필요하며.

이렇게 줄 세우기를 하는 권한은 누가 누구에게 준 것이란 말인가?

어떻게든 게이트 사태를 매듭짓기 위해 이를 악물고 싸우는 야수계에서는 절대 있을 수 없는 제도였다.

하지만 지구에서는 이것이 법칙이었다.

'인류의 번영이라는 목적을 위해 만들어진 이상한 법칙이지.'

물론 도움이 될 때도 있었다.

내가 고미정의 전력을 예측할 수 있었던 것도 이 라이선스 제도 덕분이었다.

은퇴한 R3급이라면 나에겐 손쉬운 상대였다.

나에 대해 전혀 모른 채 방심하고 있는 상태라면 더더욱 그랬다.

하지만 신우는 걱정스러운 눈빛을 보내고 있었다.

"오빠, 정말 괜찮겠어?"

나는 동생을 향해 피식 웃었다.

"걱정 마. 오히려 네가 이제 슬슬 적응해야 할걸."

"응? 내가 뭘 적응해?

"44년 헌터 경력의 오라버니에게."

"흐으음……."

고미정이 앙칼지게 소리친 것은 바로 그때였다.

"신우 씨! 먼저 가서 연습실 세팅이나 해! 언제까지 수현 씨 옆에 붙어서 속닥거릴 셈이야? 회사 놀러 왔어?"

동시에 선명하게 들려오는 속마음.

─저게 어디서 연애질을 하려는 거야?

사실 저 눈빛이 워낙 형형해서 권능이 아니더라도 마음의 소리가 다 들리는 것 같았다.

"자, 우린 여기서 평가를 진행할 거야."

지하에 마련된 널찍한 연습실.

가운데에 선 나는 모르는 척 입을 열었다.

"그럼 여기서 뭘 하면 되나요?"

"수현 씨는 전투 분야에 지원했으니까 평가는 간단한 맨손 격투로 진행될 거야. 시간은 100초."

역시 예상했던 대로였다.

"평가 기준은 간단해. 100초 동안 나를 타격하지 못하면 F3급, 1회 이상 타격하면 F2급, 5회 이상 타격하면 F1급. 쉽지?"

하지만 고미정은 내심 나에게 져줄 생각이 없는 듯했다.

    −일단 완전히 박살 내고 선심 쓰듯이 F2를 주자.
    −F1을 따려면 내 밑으로 와야겠지?

"……."
나는 그 음험한 속내에 표정을 유지하기 위해 애를 써야만
했다.

그뿐만이 아니었다.
"아, 그리고 카메라 촬영이 있을 거야. 필수 사항이라서.
괜찮지?"
촬영은 곤란한데.
"꼭 해야 하나요?"
"클랜 마스터에게 보고하는 용도로 촬영하는 건데. 그냥
요식 행위라고 생각해. 어차피 보지도 않아, 그 할아범."
하지만 그렇게 말하면서도 고미정은 꼼꼼하게 카메라를
설치하는 것이었다.

알고 보니 그건 이유가 있는 꼼꼼함이었다.

    −나중에 내 컴퓨터로 옮겨 둬야지.

……개인 소장을 하시겠다?

'징그럽기는.'

그래서 난 또 하나의 목표를 수립했다.

'카메라도 개박살 내야지.'

대결 중에 일어난 일이 될 테니 나에게 책임을 물을 수도 없을 것이다.

"그럼 평가를 시작해 볼까?"

"잘 부탁드립니다."

"난 방어 위주로 갈 테니까 가지고 있는 스킬을 잘 활용해서 타격해 봐. 너무 긴장하지 말고."

선심 쓰듯이 말하는 고미정 팀장.

"……."

하지만 나는 대꾸하지 않았다.

대결이 시작된 이상, 내 머릿속에 있는 것은 이 여자를 얼마나 신나게 팰 수 있느냐는 것이었다.

연습용 건틀릿을 착용한 나는 천천히 원을 그리며 움직이기 시작했고, 동시에 시스템 메시지들이 떠올랐다.

또 하나의 권능이 시작된 것이다.

　[권능 : '미친 토끼의 앞발'.]

　[정보 : 권능 '미친 토끼의 앞발'은 세 가지의 하위 기술을 포함하고 있습니다. 마력을 잘 배분하여 활용하십시오.]

'완전한 권능!'

지구로 돌아온 이후로 처음 있는 일이었다.

앞서 위력이 모자라거나 제한적인 기능만 사용할 수 있었던 권능들과 달리.

이 '미친 토끼의 앞발'만큼은 풀 컨디션으로 활용할 수 있다는 이야기였다.

'그만큼 초보적인 권능이기는 하지만……'

고미정에게는 이것만으로 충분할 것이다.

어색하게 움직이는 발놀림을 보며 나는 확신할 수 있었다.

'뭐? 5대를 타격하면 F1급 라이선스를 주겠다고?'

그럼 1초에 5대씩 죽통을 갈겨 주마.

머릿속으로 동선을 계산하기를 끝낸 나는 곧바로 움직였다.

이 권능을 이루고 있는 세 가지 기술.

하이 엑셀, 피스톨 펀치, 리턴 킥.

'먼저 하이 엑셀은 말 그대로 움직임을 가속해서 거리를 단축한다.'

슈욱!

나를 만만하게 보는 고미정은 살짝 거리를 좁히며 다가오려 했다.

그러나 그 거리 계산은 완전히 틀렸다.

나는 '하이 엑셀'을 전개하는 동시에 몸을 웅크렸다.

파고드는 것이다.

인간의 몸에서 가장 연약한 곳을 향해서.

'최대한 깊게!'

편리하게도 그 약점들은 일렬을 이루고 있다.

미간, 인중, 목젖, 명치, 고간.

복잡하게 움직일 필요도 없었다.

방심한 상대는 이미 눈앞에 와 있었고, 가장 가까운 목표를 두들기기만 하면 되는 일이었다.

미친 토끼의 '피스톨 펀치'는 그 연타를 위해 존재하는 기술이었다.

'고간엔 손대기 싫으니까 명치와 목젖 위주로.'

퍼버버버버벅!

안타깝게도 팔 근육이 모자라서 흡족한 타격은 아니었다.

"크커억!"

하지만 고미정은 괴상한 비명을 내지르며 튕겨 나갔다.

"쿨럭!"

그녀가 기침을 하며 가만히 있었던 것은 아니다.

노련한 헌터는 나에게 손을 뻗어 멱살을 움켜잡으려고 했다.

그러나 나는 그 움직임을 이미 예상하고 있었다.

'첫 자세부터 그래플링 티가 팍팍 나는데, 내가 그냥 당해줄 바보는 아니지.'

나는 팔의 관절을 위에서 아래로 잡고 누르며 다시 한번 안쪽으로 파고들었다.

또 명치를 칠 수 있다는 신호를 준 것이다.

"……!"

그러자 본능적으로 손을 풀며 물러서려고 하는 고미정.

하지만 나는 주먹을 꽉 움켜쥐었다.

딱 적당한 공간이 생긴 순간!

'어퍼컷.'

왼쪽 주먹이 허공을 갈랐다.

후우우욱! 빡!

"……터흡!"

피할 새도 없이 주먹이 턱에 꽂혔다.

그 바람에 혀가 씹혔는지 고미정은 피 분수를 토해 내며 떨어져 나갔다.

틀림없이 뇌가 흔들렸을 것이다.

"끄어어어……."

두 뼘 정도 발이 떠올랐던 여자는 비틀거리며 뒤로 물러섰다.

입가에 피가 질질 흐르고, 갑작스러운 상황 변화를 받아들이지 못한 눈빛이 요동을 치고 있었다.

도저히 못 봐줄 몰골이었다.

"이봐! 고 팀……?"

누군가 지하 연습실로 들어온 섯이 아마 그때였던 것 같다.

목발을 짚은 중년 남자는 신우와 뭔가 이야기를 나누더니 당황한 표정이 되었다.

나는 아랑곳하지 않고 계속해서 움직였다.

100초는 이제 막 시작한 상태였다.

'세 가지 스킬 중에서 리턴 킥은 아직도 개시를 못했고.'

개인 소장 용도로 설치된 저 카메라는 여전히 빨간색 REC 버튼이 눌러져 있었다.

참교육은 이제 운을 뗐을 뿐이다.

그 동안 내 동생을 얼마나 구박했는지 모르겠지만.

'일단 오늘 갚을 수 있는 만큼 최대한 많이 갚아 줄게.'

나는 그렇게 다짐하며 다시 한번 땅을 박차고 달려들었다.

❦

'……뭐지? 무슨 일이 벌어지고 있는 거지?'

고미정은 혼란에 빠진 상태였다.

100초라는 시간은 그리 긴 시간이 아니다.

아침에 일어나 이불 속에서 잠시 머뭇거린다면 눈 깜짝할 사이에 흐르는 짧은 시간이었다.

하지만 지금은 길었다.

이상하게도 너무나 긴 시간이었다.

콰직!

강력한 펀치에 그녀의 얼굴이 확 돌아갔다.

짐승 같은 뉴비

연이어 옆구리로 꽂히는 묵직한 미들 킥.

"큭!"

간신히 가드를 내려서 막았지만 상체가 휘청거리며 빈틈이 드러났다.

"……!"

상대는 그것을 놓치지 않았다.

왼손 훅과 오른손 어퍼컷이 연계되며 치명타를 노렸다.

그리고 고미정은 그것을 전부 허용하며 나가떨어지고 말았다.

뻐억!

강력한 연속 펀치에 의식마저 반쯤 날아갔던 것 같다.

"쿨럭, 쿨럭……!"

그녀는 피를 한 움큼 쏟아 내며 물러선 뒤에야 간신히 자세를 추스를 수 있었다.

도저히 믿을 수가 없었다.

'이, 이게 지망생의 무위라고? 이건 N등급도 아니고 R등급 이상인데?'

사실 고미정으로서는 이 격투술을 평가하는 것 자체가 불가능한 일이었다.

눈앞의 상대는 그녀가 겪어 본 그 어떤 격투가보다 강했으니까.

하지만 고미정은 이미 정확한 평가를 내릴 수 없는 상태였다.

단지 더 이상의 망신을 피해야겠다는 일념 하나로 방어 자세를 취했을 뿐.

그러나 그마저도 공방이 서너 번 더 거듭되자 어려워졌다.

손목이 꺾이고 어깨가 탈구되면서 방어 자세를 제대로 유지할 수가 없게 된 것이다.

'시, 시간! 남은 시간은 얼마지?'

고미정의 시선이 황급히 시계를 향해 움직였다.

그리고 그녀는 얼어붙었다.

'……아직도 80초나 남았다고?'

절망감에 뺨을 맞은 것 같은 느낌이었다.

'고작 20초밖에 안 흘렀어? 최소 1분은 지나간 것 같은데?'

체감과 현실이 심각하게 어긋난 상황.

그것을 받아들이기 힘들었던 고미정은 혼란 속에서 멍하니 생각했다.

'내가 어쩌다가 이렇게 맞고 있는 것이었지?'

사실 평가가 시작된 직후의 기억은 조금 흐릿했다.

정신을 차리고 보니 비 오는 날 먼지 나게 얻어맞고 있었다는 느낌이었다.

하지만 이제 갓 마력을 각성한 지망생에게 이렇게 밀리다니, 이건 말이 안 되는 일이었다.

'……그래. 내가 너무 방심했던 거야.'

급기야 그녀는 사실을 왜곡하기 시작했다.

'맞아, 내가 초반에 너무 봐줬지. 한 대만 쳐 보라고 가드를 내렸다가 럭키 펀치를 맞았어. 그래서 다 꼬여 버렸……'

명백한 정신 승리였다.

그러나 그 와중에도 고미정의 상대는 차근히 거리를 좁히며 다음 스텝을 밟고 있었다.

놀랍도록 침착한 자세였다.

'……백수현.'

고미정은 멍하니 그 이름을 떠올렸다.

실력이든 우연이든 이 지망생은 너무나 완벽하게 자신을 제압했다.

남은 시간이 너무나 길고 두렵게 느껴질 정도로.

"젠장."

창피해서라도 이 상황을 뒤집어야 했다.

고미정은 그런 일념으로 다가오는 상대의 손과 발을 주시하기 시작했다.

'한 걸음만 더.'

이미 그래플링은 먹히지 않는다는 것은 확인했다.

그렇다면 그래플링을 하는 척하다가 다른 스킬을 쓰는 건 어떨까?

'어쩔 수 없어. 데들리 네일을 쓰자.'

현역 시절부터 유용하게 써먹었던 치명타 스킬.

딱 한 번만 걸리면 상대에게 치명적인 자상을 입힐 수 있는 극단적인 공격 기술이었다.

사실 상식적으로 보자면 신입 헌터의 평가 시간에 나와서는 안 되는 스킬이었다.

'……제대로 맞으면 죽을 수도 있어.'

물론 의료팀이 상주하고 있으니 그럴 일은 없겠지만, 그 정도로 위험한 기술이다.

하지만 건틀릿을 착용한 남자는 옅게 웃고 있었다.

"……."

자신의 손과 발의 움직임에 집중한 고미정이 눈치채지 못할 만큼 작은 웃음.

설령 그녀가 목격한다 하더라도 의미를 알지 못했을 웃음이었다.

'지금!'

고미정의 손아귀가 남자의 옷깃을 붙잡은 것은 바로 그 순간이었다.

그녀의 데들리 네일은 상대의 목 부근을 깊게 찌르려 했다. 자칫 허용했다가는 생명이 위험해질 수도 있는 무시무시한 공격이었다.

하지만 남자는 여전히 웃는 얼굴이었다.

비로소 고미정이 이상하다는 생각을 떠올린 그때.

"그래, 이거야."

최원호는 부드럽게 몸통을 뒤틀었다.

무엇이 이것이라는 건지는 설명하지 않았다.

그저 왼발을 축으로 삼아 돌며, 마치 회전문이 돌아가는 것처럼 단순한 움직임을 선보였을 뿐이다.

"……?"

손끝을 내밀었던 고미정은 의아하다는 표정을 지었다.

하지만 그녀도 곧 알게 될 것이다.

이것은 기관차처럼 무모하게 돌진하는 힘을 빼앗아서 고스란히 되돌려 주는 과정이었으니까.

획.

뒤엉킨 두 헌터의 상하체가 엇갈렸다.

고미정이 최원호의 옷깃을 놓치고 동작의 흐름에 휩쓸린 다음 순간.

여자는 코앞에 바닥을 마주하고 있었다.

그러고는 무자비한 굉음을 내며 처박혔다.

하지만 그것이 끝이 아니었다.

슈욱.

고미정의 돌진을 가볍게 돌려세운 뒤.

그 힘을 이용해서 공중에서 한 바퀴 제비를 도는 최원호.

다음 순간에 날아든 공격은 바람을 찢어발기는 강력한 사커 킥이었다.

"……!"

명치를 맞은 고미정은 단말마조차 지르지 못하고 걸레짝처럼 튕겨져 나갔다.

그 여파에 휩쓸린 카메라가 삼각대 위에서 떨어지며 나뒹굴었다.

부서진 잔해들 사이로 신음이 새어 나왔다.

"끄으으으……."

고작 헌터 지망생에게 R3급의 중견 헌터가 형편없이 박살 나는 희귀한 장면을 없애 버린 원흉.

그것은 바로 고미정 그녀 자신이었던 것이다.

최원호는 즐겁게 웃고 있었다.

'역시 미친 토끼의 리턴 킥은 쫀득하네.'

아주 오랜만에 사용하는 기술의 찰진 감각을 만끽하는 중이었다.

세 번째 귀속 기술인 '리턴 킥'은 상대의 돌진을 받아 누른 뒤, 그것을 발차기로 바꾸어 되돌려 주는 기술이었다.

상대가 치명적인 기술을 시도할수록 강력한 반격으로 갚아 줄 수 있었던 것이다.

'그래, 확실히 미친 토끼의 권능은 풀 컨디션으로 사용할 수 있어.'

그러니 흡족하지 않을 수가 없었다.

더구나 아직 끝난 것도 아니다.

'이제 남은 시간은 60초.'

지금까지 했던 것만큼 한 번을 더 하고도 남는 시간이다.

"한 번 더 갑니다!"

고미정은 이미 그로기 상태였지만 최원호는 아랑곳하지 않고 다시 한번 쇄도했고.

"……!"

그녀는 황급히 몸을 일으켰다.

정말이지 길어도 너무나 긴 100초였다.

"휴우……."

나는 건틀릿을 벗어서 툭 던져 두었다.

결과적으로 100초를 다 채우지는 못했다.

"하으으으……."

끝나기 10초 정도를 남겨 놓고, 고미정이 더 이상 일어나지 못했던 것이다.

하긴 사람이 저렇게 개떡이 되면 두 발로 일어나긴 힘들겠지.

그러나 나는 일단 겸손을 가장했다.

"제가 운이 좀 좋았네요. 그럼 평가 결과는 어디서 받으면 되나요?"

다시 아무것도 모르는 헌터 지망생을 연기하는 것이다.

"……운은 개뿔."

대꾸가 돌아온 것은 고미정 팀장이 아니라 평가를 지켜보던 남자에게서였다.

"너 뭐야? 어디서 나타난 놈이냐?"

"누구시죠?"

"인사팀장 박형진. 저 잘나신 고 팀장님이 아니었으면 네 면접관이 되었을 사람이지."

……박형진?

'어디선가 들어 본 것 같은 이름인데.'

어쨌거나 나는 그 남자를 향해 보름달 여우의 권능을 전개했다.

그러자 경악의 감정이 생생하게 전해져 왔다.

　

－천재다. 저건 완전히 미친 천재야.

－백수현? 전혀 들어 본 적 없는 이름인데.

－아마추어 헌터가 아니라 격투기 선출인가?

　

크흠, 보는 눈은 좀 있네.

"어이, 너 그 이름도 가명이지?"

나를 향해 의심의 눈초리를 보내는 박형진.

"그런 실력을 가진 루키라면 아마추어들 사이에서 알려지지 않았을 리가 없어. 분명 이름을 감췄겠지."

"왜 그렇게 생각하십니까?"

"인사팀장으로서 직감이 그래."

바닥에 널브러진 고미정에게는 눈길조차 주지 않는다.

목발을 짚은 채 그는 나를 향해 터벅터벅 걸어와서 인상을 찌푸렸다.

"근데 생각할수록 이상하네. 그런 루키라면 이런 스캐빈저 클랜보다 훨씬 더 괜찮은 선택지들이 많았을 텐데. 어째서 여기냐? 왜지?"

"지레짐작이 과하시네요."

"흥, 다른 놈들 다 속여도 난 못 속여."

나는 아무런 대답도 하지 않았지만, 인사팀장은 이미 내가 신원을 감춘 지망생이라고 결론을 내리고 있었다.

난 그냥 피식 웃었다.

어차피 그러거나 말거나 상관없었다.

'헌터가 정체를 감추고 활동하는 것은 법적으로 보장되어 있는 일.'

그러니 계약서에 뭐라고 이름을 적든 신분증과 대조해 보지도 않는 것이다.

이 남자 역시 그것을 잘 알고 있을 터.

"하긴 이름 따위가 중요한 건 아니지. 그보다는……."

그는 더욱 의심스러운 눈초리로 나를 바라보았다.

"왜 우리 클랜에 지원했느냐는 것인데. 너 혹시 스캐빈저 클랜이 뭔지 잘 모르는 건 아니겠지?"

나는 아무렇지 않게 대답했다.

"그냥 한채미 헌터에게 소개받았습니다. 하루 빨리 헌터가 되고 싶어서요."

그러자 다시 인상을 팍 찌푸리는 박형진.

그는 한숨을 내쉬며 말했다.

"이봐, 내가 이 업계 선배로서 충고하는 건데, 좀 더 잘 알아보고 결정해. 아직 늦지 않았어! 너 같은 재능 있는 헌터가 대체 왜 여길 와?"

"여기가 어떻기에 그러십니까?"

"이 녀석 하나도 모르는구먼. 이 클랜은 말이지……."

바로 그때였다.

"박 팀장!"

입가에서 핏기를 닦아 낸 고미정이 상체를 일으킨 채 이쪽을 노려보고 있었다.

"무슨 헛소리를 하고 있어? 내가 모처럼 쓸 만한 루키를 건졌는데!"

R3급 헌터라고 하더니, 과연 그 회복력은 대단했다.

도저히 일어나지 못할 만큼 무자비하게 두들겨 맞은 것이 방금 전의 일이었다.

하지만.

츠스스스스ㅡ!

고미정에게서 따뜻한 열기가 피어오르는 것과 함께 상처들이 빠르게 아물고 있었다.

부러진 손목과 어깨 역시 이미 제자리를 찾은 뒤였다.

나는 내심 눈을 가늘게 떴다.

'지원 계열 중에서도 치유 관련 특성을 가진 모양인데? 힐 만큼은 R3급 이상이야.'

순식간에 자기 치유를 마친 고미정.

"야, 박 팀장."

그녀는 눈가를 찡그리며 몸을 일으켰다.

"내 업무에 끼어들지 말라고. 어디 주제넘게 나서?"

"뭐? 이봐, 고 팀장! 적반하장도 유분수지, 지금 업무에 끼어든 게 누군데……!"

"아, 시끄러워! 이 친구는 내가 최고 평점으로 대표님께 보고할 거니까 신경 꺼! 무슨 말인지 알지?"

"하……."

고미정과의 기세 싸움에서 패배한 박형진은 고개를 절레절레 흔들며 돌아섰다.

하지만 그러면서도 나에게 의미심장한 눈빛을 보내는 것을 잊지 않았다.

동시에 남자로부터 전해지는 생각들.

-저 재능충 녀석이 부디 잘 생각해야 할 텐데.

−더 높은 곳으로 가려면 급해선 안 된단 말이다.

나는 속으로 피식 웃었다.

'좋은 사람이네. 방금 처음 본 신입한테 이런 걱정을 다해주고.'

고미정과는 정반대의 종류였다.

하지만 나는 그 생각과 반대로 돌아섰다.

"팀장님, 그럼 라이선스 발급은 바로 되는 건가요?"

지금 즉시 이 클랜에 합류하겠다고 선언한 것이다.

그러자 고미정은 눈탱이가 밤탱이가 된 얼굴로 웃었다.

"그럼! F1급으로 당장 발급해 줄게!"

"감사합니다."

"와! 수현 씨, 아까 나 정말 깜짝 놀랐어. 격투 관련 특성 가지고 있나 봐?"

"아, 무술 특성이 있습니다."

"그치? 어쩐지 세더라! 방심했다가 호되게 당했네. 하하하!"

웃기는 소리.

방심하지 않았어도 나에게 박살 나는 것은 비슷했을 것이다.

내가 아직 제대로 사용할 수 없는 다른 권능들과는 달리, 이 미친 토끼의 앞발질은 마음껏 활용할 수 있었으니까.

'하루 종일도 두들겨 팰 수 있지.'

그러니까 방심했다는 변명은 헛소리에 불과했다.

하지만 나는 장단을 맞춰 주었다.

"예, 제가 운이 좋았죠. 팀장님이 보여 주신 틈을 파고들 수 있었던 건 행운이었던 것 같습니다."

그러자 고미정의 파리한 얼굴에 화색이 돈다.

"호호호! 아니야! 수현 씨가 아주 잘 받아먹은 거지! 그것도 실력이거든!"

"감사합니다."

"그런 의미에서 우리 하이파이브 한번 할까?"

"아, 그런데 팀장님 손에 피가……."

"응? 어머, 어머."

고미정이 손바닥을 바지에 벅벅 문질러 닦는 사이.

—결국 스캐빈저 클랜에서 경력을 시작하겠다?

—……안타깝군.

—그래도 고 팀장이라면 그나마 낫겠지.

터벅터벅.

박형진은 목발을 짚으며 사라져 갔다.

그의 뒷모습은 멋모르는 신입 헌터의 선택에 유감을 표하고 있었다.

하지만 나는 헛웃음을 짓고 있었다.

'뭐? 고 팀장이 그나마 나은 거라고?'

아니, 그럼 다른 팀에선 도대체 무슨 일이 벌어지고 있다는 거야?

위기를 이용하는 뉴비

블랙핑거 클랜은 내 생각보다도 더 마굴이었다.

"……."

F등급 헌터들을 마치 영혼을 빼앗긴 듯한 표정으로 돌아
다니고 있었고.

"야, 이 새끼야! 빨리빨리 안 움직여?"

"표정 풀어. 다음 채굴에서 낙오되고 싶나 봐?"

얼굴에 윤기가 반질거리는 간부들은 그들을 턱 끝으로 부
려먹으며 낄낄거리고 있었다.

……이런 곳도 클랜이라고 할 수 있는 건가?

복도에서 만난 신우가 한숨을 내쉬었다.

"내가 말했잖아. 여기 정말 문제 많다고. 우리 팀은 그래도

양반이야. 요즘 다른 팀에서는 헌터들이 계속 바뀌고 있어."

"왜?"

"실종이 많아서. 클랜 마스터가 너무 무리하게 게이트 채굴을 시도하고 있어. 견디지 못한 스캐빈저들이 무단 탈주하거나 리젠된 몬스터들에게 공격당한 거지."

"……!"

클랜 마스터, 한 클랜을 책임지는 대표 헌터.

따지고 보면 이 클랜이 마굴이 된 것은 그의 책임이 가장 컸다.

하지만 이야기를 들어 보니 그놈이 바로 만악의 근원인 듯했다.

"방금 클랜 마스터가 갑자기 출근했대. 대체 얼마 만에 나타난 건지 모르겠네."

"무슨 소리야? 클랜 마스터라면 당연히 클랜 하우스에 출근을 해야지?"

"그치만 이 클랜에선 그렇지 않거든."

"……?"

잠시 생각하던 나는 곧 그 말을 이해하고 당황했다.

"평소엔 마스터가 출근을 안 한다고? 그럼 뭘 해?"

그러자 신우는 두 손으로 뭔가 긴 막대를 휘두르는 시늉을 해 보였다.

나는 혀를 찼다.

"골프?"

"때때로 테니스. 가끔은 그냥 술 취한 상태로 집무실에서 자고 있고 그래. 노인네 맘대로지."

"막장이구나."

"보편적인 풍경이야."

그 말에 나는 깔끔하게 희망을 접었다.

오히려 이젠 놈이 왜 갑자기 출근을 했는지 궁금해졌다.

그리고 난 오래 걸리지 않아서 그 의문을 해결할 수 있게 되었다.

"수현 씨! 우리 마스터께서 보고서 보셨는데, 이따 점심 같이할 수 있겠냐고 물어보시네? 괜찮지?"

"……저야 영광이죠."

고미정의 평가 결과를 보고받은 클랜 마스터가 나를 직접 보고 싶다고 한 것이었다.

'그럼 나 때문에 출근을 했다는 건가?'

이상했다.

'그렇게 회사 일에 진심인 사람은 아닌 것 같은데…….'

일단은 두고 볼 일이었다.

블랙핑거 클랜의 마스터, 심혁필.

리무진 뒷좌석에 앉아서 태블릿을 쥐고 있던 노인은 심기가 불편했다.

"쯧. 무슨 놈의 보고서가 이따위야? 어이, 김 비서! 인사팀장한테 전화 좀 넣어 봐. 신입 평가를 대체 어떻게 하길래 그냥 다 만점을 준 거냐고!"

그 말에 조수석의 비서가 깍듯하게 대꾸했다.

"마스터, 그 보고서는 인사팀장이 아니라, 고미정 채굴1팀장이 올린 겁니다."

심혁필의 늙은 눈이 꿈뻑거렸다.

"그래? 이게 우리 고 팀장이 올린 거야?"

"예, 그렇습니다."

"흐음. 그렇다면야……."

심혁필은 하얀 턱수염을 어루만지며 다시금 문서를 훑어보았고.

보고서의 두 번째 장에 시선이 이르렀을 때.

"……허, 제기랄."

주름진 입술 사이에서 욕설이 비집고 새어나왔다.

그리고 불만이 '백수현'이라는 이름을 향해 쏟아지기 시작했다.

"이 어린놈의 새끼가 고 팀장과 겨루어서 압도적으로 이겼다는 말인가? 정말로?"

"그렇다고 합니다. 인사팀장도 배석해서 지켜보았다는 이야기를 들었습니다."

"고 팀장이 이렇게 칭찬을 하는 건 처음 보는군. 한데 첨부 영상이 없어. 어째서지?"

"그게 대결 평가 중에 카메라가 파손되었다고 합니다."

"엥? 왜?"

"두 사람의 대결이 워낙 격렬했던 탓에 그만……."

"뭐야? 끄으응!"

심혁필은 매우 불만스럽다는 표정으로 태블릿을 휙 던져놓았다.

그 모습에 비서와 운전기사는 서로의 눈을 바라보며 소리없는 한숨을 내쉬었다.

"에잉……!"

혀를 쯧쯧 차며 차창 밖을 노려보는 심혁필의 모습은 누가 보아도 잔뜩 심술이 오른 영감쟁이였고.

그를 가장 가까운 곳에서 보필해 온 두 사람은 당연히 그 이유를 잘 알고 있었다.

'그 백수현이라는 친구를 질투하시는군.'

'젊고 실력 좋은 남자 헌터가 들어온다는 게 싫으신 거야.'

아이러니한 일이었다.

한 클랜의 마스터라면 당연히 실력자를 반기는 것이 정상이었으니까.

하지만 심혁필은 그렇지 않았다.

몇 년 전까지만 해도 베테랑 헌터였던 노인은 어린 유망주 헌터들을 시기하고 질투하곤 했다.

쇠약해진 자신과 비교하는 것이었다.

'제기랄, 나도 육체 강화 특성만 있었다면 여전히 팔팔하게 활동할 수 있었을 텐데.'

안타깝게도 심혁필에게는 육체를 강화하는 특성이 없었고, 현역 헌터로서의 영광은 모두 옛일이 되고 말았다.

그리고 그런 까닭에, 블랙핑거 클랜은 젊은 남자 헌터들을 기용하지 않는 경향이 있었다.

이는 블랙핑거 클랜이 스캐빈저 집단인 덕분이었다.

스캐빈저는 말 그대로 청소부, 게이트 공략보다는 내부 자원 채취를 주 업무로 삼고 있었다. 즉, 채굴 장비를 운용할 수만 있다면 어떤 헌터든지 투입할 수 있었던 것이다.

'그래서 어지간하면 젊은 남자를 합격시키지 않았던 것인데.'

'고미정 팀장이 멋대로 움직였군.'

비서와 운전기사는 내심 혀를 찼고…….

"쓰읍, 아무래도 내가 직접 봐야겠어. 그렇게 대단한 놈이라면 내 눈으로 보고 결정해야겠지."

노인은 누런 이를 드러내며 웃었다.

그러자 앞좌석에 앉은 두 사람은 즉시 반응했다.

"그럼 바로 차 돌리겠습니다, 마스터."

"골프장 부킹도 즉시 취소하겠습니다."

"그래그래."

리무진이 방향을 바꿔 합정역으로 향하는 사이, 심혁필은 관자놀이를 톡톡 두드리며 생각했다.

'백수현, 그놈을 어떻게 요리해 볼까?'

심술궂은 노인에게 썩 알맞은 아이디어가 떠오른 것은 클랜 하우스에 다 왔을 때였다.

'오, 그래! 그 게이트에서 본보기를 보여 주면 되겠군!'

인천 월미도에 열린 D등급 게이트 '적색 오크의 항구'.

대한민국 최고의 레이드 클랜 중 하나인 무진 그룹의 루키들이 게이트 보스를 공략하긴 했지만 깔끔하게 마무리되지 않아서 여전히 위험한 것으로 평가되는 게이트였다.

'그렇잖아도 내 아들 재진이를 보내서 사전 정리를 할 참이었는데……'

심혁필은 '백수현'을 그곳에다 집어넣어 볼 작정이었다.

그런 다음 맛있게 요리할 것이다.

'어디 살아서 돌아올 수 있는지 보자고.'

노인은 다섯 손가락에 끼운 붉은 색의 반지들을 매만지며 날카롭게 웃었다.

꿈

나는 입안에 남은 기름기를 느끼며 잠시 생각에 잠겼다.

'심혁필이라.'

얼핏 들어 본 기억이 있는 이름이었다.

슬쩍 인터넷을 검색해 보니 4년 전의 심혁필은 SR급 헌터로서 나름 이름을 떨치던 유명 헌터였다.

'헌터로서 콜네임은 power_pill. 레벨은 60 중후반으로 추측되고, 은퇴 당시엔 국내 순위 87위의 랭커였다…….'

하지만 육체 강화 스킬을 갖추지 못한 그는 노쇠화로 인해 일선에서 물러나, 블랙핑거 클랜을 설립해서 지금에 이르렀다고 한다.

난 내심 이 노인이 무슨 이야기를 할지 궁금했다.

하지만 식사 시간은 허무하게 끝나고 말았다.

―자네가 백수현인가?

―예.

―그래. 참 잘생겼군. 마치 내 젊은 시절을 보는 것 같아.

―……감사합니다.

―식기 전에 식사 들게. 내 그냥 얼굴이나 한번 보고 싶어서 불렀어.

대화는 그것으로 끝.

아무런 말없이 스테이크를 썰어서 먹은 뒤, 다 먹었으면 그만 가 보라는 것이었다.

식사시간이 끝난 뒤, 고미정 팀장은 약간 당황한 얼굴이 되어 있었다.

"이상하네. 왜 굳이 얼굴을 보겠다고 하신 거지?"

하지만 그녀는 애써 나에게 웃음을 지어 보였다.

"그래도 이런 일 자체가 없었으니까 수현 씨한텐 좋은 일이지! 마스터에게 얼굴 도장도 찍었고, 남은 건 탄탄대로 아니겠어?"

"⋯⋯."

"라이선스는 오후 중으로 발급될 거고. 소속은 아직 정해지지 않았지만 곧 발령 날 거야."

나는 아무렇지 않게 대답했다.

"감사합니다."

하지만 사실 난 심혁필의 속셈을 어느 정도 읽어 낼 수 있었다.

확실히 전직 SR급 헌터답게 정신 파동의 갈무리가 깔끔했기에 그리 많은 것을 알아낼 순 없었지만.

-그 '항구'가 저 녀석의 무덤이 되었으면 좋겠군.

노인이 나에게 선명한 적의를 가지고 있다는 것만큼은 눈치챌 수 있었다.

그는 게이트를 이용해서 나를 궁지에 몰아넣을 생각인 듯했다.

'항구라고? 그게 정확히 어딜 말하는 걸까?'

정확히는 알 수 없었다.

하지만 후보군을 추려 낼 방법이 있으니 곧 알 수 있게 될 터였다.

어쨌거나 그 음험한 노인네와의 만남을 마친 나는 잠시 동안 대기했고…….

"자, F1급 라이선스. 축하해."

드디어 그것을 다시 손에 넣게 되었다.

바로 헌터 라이선스였다.

〈대한민국 헌터 면허증〉

일련번호 : 24-7-95150

이름 : 백수현(beast.C)

등급 : F1

소속 : 블랙핑거

발급일자 : 2023-07-28

'이게 얼마 만에 만져 보는 건지.'

운전면허증과 비슷하게 생긴 플라스틱 카드에는 F1이라는 등급이 박혀 있었다.

친구들이 지어 준 'Zero9'이라는 콜네임을 쓰던 시절.

짐승같은
누군비

나는 이것보다 한 단계가 높은 N3급을 소유하고 있었다.

'아련하네.'

지금은 그 자리에 'beast.C'라는 콜네임이 박혀 있었다.

그것은 내가 클로저스 클랜을 부활시킨 뒤에 사용할 콜네임을 의미했다.

"……."

위변조 방지 처리로 반짝거리는 면허증을 바라보며 나는 생각을 정리했다.

'일단 이걸로 첫 단추는 꿰어졌어.'

최하위 자격인 F등급이긴 해도, 이것이 있으면 제대로 된 게이트에 들어갈 수 있었다.

D등급 이상의 게이트에 들어간다는 것은 진정한 헌터로서 다시 걸음을 옮긴다는 의미였다.

나는 반드시 이 세계의 모든 게이트를 폐쇄하고, 야수계에서 그랬듯 또 하나의 '거신의 조각'을 얻어 낼 것이다.

'그리고 영하 누나를 찾아낸다.'

그때였다.

"수현 씨?"

고미정 팀장이 나에게 말을 걸어왔다.

어쩐 일인지 살짝 붉어진 얼굴이 불길했다.

"있지, 마스터께서 오늘은 첫날이니까 그만 퇴근해도 된다고 하시네?"

"그래요?"

"응, 내일 간단한 임무 하나를 줄 테니까 그것부터 해 보자고 그러시더라. 역시 마스터도 수현 씨가 맘에 드신 모양이야."

간단한 임무라.

그 '항구' 게이트를 말하는 거겠지.

"감사한 일이네요."

노인네의 음험한 속내를 알고 있는 나는 그저 시큰둥하게 대꾸했고, 고미정은 움찔하는 기색을 보였다.

얻어낸 면허증을 아공간 주머니 속에 넣어 놓고 몸을 일으켰다.

'집에 가라면 얼른 가야지.'

사장님이 퇴근하라는데 신입 사원이 따르지 않을 이유가 없었으니까.

나는 고개를 숙이고 돌아섰다.

"그럼 먼저 들어가겠습니다, 팀장님."

"아, 저기! 수현 씨!"

황급히 나를 따라 나오는 고미정 팀장.

그녀는 얼굴을 붉히며 이렇게 제안하는 것이었다.

"오늘 나도 일찍 퇴근할 건데, 우리 맥주나 한잔할까? 아, 그래! 아까 평가에 대해서 해 줄 이야기도 있고! 어, 또……."

맥주?

설마 이거 데이트라도 하자는 건가?

'세상에, 아까 나한테 그렇게 얻어맞고도 이런 소리가 나오다니.'

이 여자도 참 여러 가지 의미에서 대단한 사람이었다.

나는 애써 표정을 관리하며 입을 열었다.

"죄송하지만 제가 술을 못해서요."

"그래? 그러면 커피라도?"

"커피도 안 마십니다."

"그, 그랬지? 혹시 저녁엔 시간 어때? 내가 축하의 의미로 맛있는 거 사 줄게! 요 앞에 정말 맛있는 일식집이 있거든?"

"다이어트 중입니다."

"……."

연거푸 거절당한 고미정의 얼굴이 살짝 일그러졌다.

이쯤 되자 나도 표정 관리가 힘들 정도였다.

얼른 도망가야지.

"다음에 사 주십시오. 그럼 내일 뵙겠습니다."

고미정에게서 돌아선 나는 곧바로 클랜 하우스를 빠져나왔다.

그리고 아직 사옥 안에 있는 신우에게 전화를 걸었다.

용건은 간단했다.

"퇴근하고 회기역 파전 골목으로 와. 난 '이코' 만나고 있을 거야."

-오오! 좀 기다렸다가 나랑 같이 가면 안 돼? 이코 오빠 놀라서 까무라치는 거 나도 보고 싶은데!

"그럼 무단 조퇴하든가."

-흠, 솔깃한데? 지금 이유는 모르겠는데, 고미정 팀장이 완전히 미쳐서 날뛰고 있거든. 진짜 역대급이야.

"그건 오빠가 미안해."

-……?

이코.

본명은 '경재현'.

헌터가 아닌 일반인 중에서 나와 가장 가까웠던 친구.

녀석은 국내외의 게이트에 대한 정보를 다루는 '정보 상인'이었다.

그러니 한번쯤 믿어 볼 만했다.

'심혁필이 나의 무덤으로 삼고 싶어 하는 그 게이트…….'

어쩌면 그곳에 대한 실마리를 얻어 낼 수 있을지도 모른다.

⌄

회기역 파전 골목.

그 한복판에 들어선 나는 혀를 내두르고 있었다.

'여긴 엄청 바뀌었네.'

내가 지구에 있던 시절까지만 해도 이곳은 평범한 먹자골목이었다.

근처의 대학생들과 직장인들이 막걸리와 파전을 먹으러 오는 곳에 불과했다.

하지만 지금은…….

'레이드 대행, 백업 파견, 게이트 구조 출동, 의무 지원…….'

각종 게이트 관련 업체들이 간판을 내걸고 성업 중이었다.

한때는 먹자골목이었던 곳이 이젠 헌터 골목이 되어 버린 것이다.

어제 신우를 통해 그간의 사정을 전해 들은 나는 내심 놀라지 않을 수 없었다.

'정말 이게 다 이코 녀석의 작품이란 말이지?'

회기역 파전 골목을 이렇게 변신시킨 것은 바로 내 친구 이코였다.

내가 없는 4년 사이, 녀석은 자신의 사업체를 몇 배로 확장시키는 것에 성공했다.

물론 거대 클랜들의 규모에는 미치지 못하겠지만, 아마추어 헌터들에게 푼돈이나 받으며 정보를 팔던 시절과는 상전벽해 수준으로 뒤바뀐 것이다.

"짜식, 많이 컸네……."

나는 거리의 헌터들 사이로 보이는 간판 없는 점포 하나를 향해 걸어갔다.

이곳이 이코의 '본점'이었다.

짤랑.

문을 열고 먼지가 뽀얀 가게 안으로 들어선 순간.

"죄송하지만 브레이크 타임이에요."

어디선가 남자의 무성의한 목소리가 들려왔다.

나는 피식 웃었다.

"이 자식이? 브레이크 타임은 무슨 놈의 브레이크 타임이라고. 너, 파전은 만들어 본 적이나 있냐?"

"……?"

침묵이 잠시 이어지고, 가게 안쪽에서 총알이 철컥 장전되는 소리가 들려왔다.

그리고 녀석이 물었다.

"짜장면을 회 쳐서 닭발과 무치면 무슨 맛이지?"

"……."

이 자식은 변한 게 하나도 없네.

나는 한숨을 내쉬며 대꾸했다.

"오징어 튀김을 겨자 케이크에 찍어 먹는 맛. 야, 인마! 이거 좀 그만해! 할 때마다 삼류 스파이 영화 찍는 것 같다고! 4년이나 흘렀는데 유치하게 정말……."

수수께끼에 답을 댄 내가 불만을 토로하자, 가게 안쪽에서 긴 샷 건을 든 남자가 천천히 걸어 나왔다.

큰 키에 동그란 안경을 쓴 남자.

"지금 내가 귀신을 보는 건가? 너, 너 뭐야? 진짜 최원호냐?"

짐승 같은 누명비

도무지 믿을 수 없다는 그 표정을 향해 나는 싱긋 웃었다.

"그래, 이코. 나야."

"대체 어떻게? 넌 차원 역류에 휘말렸었는데?"

"하지만 이렇게 돌아왔지. 4년 사이에 좀 늙었네, 이코."

……텅!

떨어뜨린 샷 건이 가게 바닥과 부딪치고 총알들이 와르르 나뒹굴었다.

그리고 놈이 나에게 뛰어들었다.

"저, 정말로 그 영구란 말이냐? 세상에, 세상에! 도대체 이게 어떻게 된 거냐고! 이 자식아!"

"으윽! 놔라, 인마! 어휴, 이 홀아비 냄새! 컥!"

녀석의 품에 갇힌 나는 비명을 내질렀지만 그게 그렇게 싫진 않았다.

제법 번듯하게 사업을 키운 친구와 재회하는 일은 가슴속에서 뿌듯하고도 벅찬 감정을 불러일으켰기 때문이다.

'경재'현이라는 이름 때문에 '이코'노미로 불리던 녀석.

"씨바! 원호! 너 진짜 영구구나! 씨바아알! 너 도대체 어떻게 살아난 거야? 어? 4년 전에 차원 역류에 휘말린 게 아니었던 거야?"

이놈은 정보 상인답게 내가 돌아온 사정부터 대해 캐묻고 있었다.

하지만 나는 고개를 저었다.

"미안하지만 그 이야기는 노코멘트야."

"어? 왜?"

"다른 사람은 몰라도 넌 안 돼. 적어도 지금은."

"……."

나의 말에 이코는 잠시 턱을 긁적이며 생각하는가 싶더니.

"흐음, 아직은 내가 그 정보를 다룰 때가 아니라는 건가?"

요령 있게 상황을 짚어 냈다.

"그래."

나는 고개를 끄덕였다.

신우에게는 야수계의 존재와 그곳에서 내가 돌아올 수 있었던 비결을 말해 주었지만…….

'이코에게는 말해 주지 않는 것이 나아.'

친구를 믿지 못해서가 아니라, 이 녀석이 정보상인이기 때문이었다.

모든 정보에 값어치를 매기는 것이 이코의 버릇이자 생활이고 업무였다.

하지만 지금 내가 가진 정보는 녀석이 감당할 수 있는 것이 아니었다.

'알려 준다 한들 제대로 써먹지도 못할 것이고, 어쩌면 잘못된 선택으로 인해 모두 위험에 빠질 수도 있어.'

그러니 깔끔하게 비공개로 남겨 놓겠다는 생각이었다.

녀석은 그런 내 의도를 정확하게 파악했다.

"뭔진 몰라도 언젠가는 알려 주겠지?"

"물론이지."

"그래. 그럼 됐어. 영구 자식, 이렇게 살아서 나타난 것만으로도⋯⋯. 크흐흑! 훌쩍!"

"어? 야, 우냐? 너 울어?"

"닥쳐!"

갑자기 눈동자가 벌겋게 되더니 얼굴을 가리며 돌아서는 이코.

현장에 신우가 합류한 것은 그때였다.

"오빠들! 나 왔다! 재회의 소감은⋯⋯? 어라? 이코 오빠, 지금 우는 거야? 감격해서? 갬성 터짐?"

"너, 너도 닥쳐!"

그러나 울보 이코는 한동안 우리 남매에게 놀림을 받아야만 했다.

※

"흠, 그러니까 클랜을 만들기 위해서 블랙핑거에 들어갔단 말이지? 근데 거기 마스터가 뭔가 계획 중이고⋯⋯."

"맞아. 선명하진 않지만 그 영감이 '항구'라는 키워드를 흘렸어."

"흐음, 항구라⋯⋯."

테이블에 손끝을 톡톡 두들기던 이코는 곧 뭔가를 떠올렸는지 노트북을 꺼내서 나에게 보여 주었다.

"자, 이거 봐. 일단 지금 현재 한국에 열려 있는 게이트들의 목록이야. 차원통제청이 공개하고 있는 자료지."

"많네. 이게 다 몇 개야?"

"요즘은 1천 개 내외로 관리하고 있어."

"……!"

"네가 있던 4년 전엔 대충 200개 정도였나? 게이트 산업이 그만큼 커졌단 얘기야. 뭐 아무튼."

이코의 손가락이 키보드를 두드려 '항구'를 검색했다.

그러자 리스트가 갱신되며 십수 개의 게이트들이 떠올랐다.

　-안개에 잠긴 폐허 항구.

　-저주 받은 항구 도시.

　-항구를 잃은 뱃사람의 무덤.

　…….

그중에서 이코가 골라낸 것은 D등급 게이트 '적색 오크의 항구'였다.

녀석은 의기양양하게 말했다.

"내 생각이 맞다면, 지난달에 열렸던 이 게이트일 확률이 커. 아니, 거의 기정사실이라고 할 수 있지."

거침없는 호언장담에 나와 신우는 눈빛을 교환했다.

'꽤 자신 있나 본데?'

'이코 오빠가 요즘 물이 올랐어.'

적색 오크의 항구라……

나는 안경 너머의 자신만만한 눈동자를 바라보며 질문했다.

"좋아. 그렇다면 그 근거는?"

그러자 녀석은 손바닥을 척 펼치며 말했다.

"여기서부터는 유료 정보야. 정보료는 2천만 원."

"뭐? 2천?"

무슨 놈의 가격이 그새 이렇게 됐어?

나는 헛웃음을 짓고 말았다.

"하, 칼만 안 들었지 강도가 따로 없네. 4년 만에 돌아온 친구한테 이러기냐?"

"지인 할인 들어간 거야. 인마."

"새끼, 금방 부자 되겠네."

나는 별수 없이 신우에게 눈짓했다.

그러자 동생은 한숨을 내쉬며 신용카드를 내밀었다.

"일시불로 해 줘. 울보 오빠. 아, 그리고 마력 차폐 금고가 하나 필요한데, 서비스로 줄 수 있지? 개인용 대형 사이즈로."

내 아공간을 채우고 있는 마력석을 보관할 금고를 깔끔하게 얻어 내는 신우.

"오우, 일시불 플렉스."

카드를 쥔 이코 녀석이 눈을 빛냈다.

"신우, 너 혹시 이직했니? 그냥 오빠랑 같이 일하자니까? 내가 잘 챙겨 줄게!"

"몇 번이나 말했지만 정보 일은 적성에 안 맞는다고."

"쳇. 그냥 나한테 철벽 치는 것 같은데."

"눈치 챙겨."

어? 이 녀석들, 나 없는 사이에 살짝 심상찮은 분위기가?

계산을 마친 이코가 나에게 말했다.

"분석의 근거는 간단해. 언론에 공개되지 않았지만 이 게이트의 공략 주관사가 '무진 그룹'이었거든?"

그 말에 나는 입을 딱 다물었다.

무진 그룹.

명실상부 대한민국 1위로 손꼽히는 레이드 클랜.

내가 몸담았던 '이스케이프'와 '붉은손' 역시 세계적으로 인정받는 레이드 클랜이었지만.

무진 그룹은 한 단계 더 높은 수준으로, 전 세계의 클랜들을 모두 줄 세우더라도 수위에 든다고 평가되는 클랜이었다.

이들은 1군의 전원이 SR급 이상의 랭커들로 구성되어 있었고……

본명이 알려지지 않은 클랜 마스터 '올노운(Allknown)'은 SSR급으로서 대한민국의 톱 랭커이자, 지구 세계의 최강자들인 '세븐 스타즈'의 일원이었다.

그만큼 절대적인 이름값을 가진 클랜이었다.

'그런 무진이 고작 D등급 게이트를 공략했다고?'

내가 미심쩍은 얼굴로 눈썹을 들어 올리자 이코가 싱긋 웃음을 보였다.

"무진의 3군이 움직였다는 뜻이야. 무진 그룹에서 키우는 유망주들. 레벨은 15 이상 30 이하로 알려져 있지."

3군이라……

"음, 그건 그럴 수 있겠네. 확실한 거야?"

"100% 확실해. 자, 그럼 다음은 뭐겠어?"

"……?"

"생각해 봐. 위대하신 무진 그룹에서 지저분한 채굴 업무 따위를 하겠냐?"

나는 고개를 끄덕였다.

"외주를 줬다? '적색 오크의 항구'의 자원 채취를 블랙핑거에게 맡겼다는 이야기야?"

"맞아. 바로 그거지. 근거는 이거야."

타다닥!

이코의 손가락이 다시 재빨리 움직여 데이터를 추려 냈다.

'차원통제청에 신고된 D등급 게이트 출입 통계.'

특히 바다 쪽의 게이트들에 관한 정보였다.

우린 그 최근 목록에서 블랙핑거 클랜이 눈에 띄게 줄어든 상태라는 것을 확인할 수 있었다.

명탐정 이코의 눈이 빙긋 웃었다.

"뭘 의미하는 것 같아? 내 생각은 적색 오크의 항구 쪽으로 파견하기 위해서 인원을 미리 뺐다는 거야. 이건 어쩌면 신우가 확인해 줄 수 있을지도 모르겠는데?"

동생이 고개를 끄덕였다.

"맞아! 채굴3팀이 무슨 갯벌 게이트를 담당하고 있었는데 전원 철수했다는 이야길 들었어! 그런 거였구나?"

"딱딱 맞아떨어지지?"

이코는 눈을 가늘게 뜨며 손가락을 톡톡 두드렸다.

"문제는 내부 사정이 전혀 알려지지 않았다는 거야. 심혁필이 뭔가 꿍꿍이가 있다는 것은 게이트에 문제가 있다는 뜻이기도 한데……. 과연 그게 뭘까?"

깊게 고민했지만 그 비밀은 녀석도 알아낼 수가 없었다.

"흠, 이건 딱히 단서가 없네. 미안."

이코는 안경을 고쳐 쓰며 나에게 겸연쩍은 표정을 지어 보였다.

하지만.

"……아니야. 이미 충분히 도움이 됐어."

이코의 이야기를 듣는 동안, 내 머릿속에 뭔가 번쩍 떠오른 생각이 있었다.

나는 아까 녀석이 그랬던 것처럼 씨익 웃으며 입을 열었다.

"짚이는 게 하나 있거든."

짐승같은
누렁비

그러자 이코의 얼굴에 물음표가 찍혔다.

"오호, 그게 뭔데?"

"그건……."

기회를 잡은 나는 받았던 것을 그대로 되돌려 주었다.

"여기서부턴 유료 정보야. 정보료는 3천만 원."

"뭐? 이 자식, 이렇게 반격을……?"

"지인 할인 좀 해 줘?"

"푸하하하하!"

"허어……."

폭소를 터트리는 신우와 입을 벌린 채 굳어 버린 이코.

나는 두 사람 앞에서 의미심장한 미소를 짓고 있었다.

"정보료는 농담이고. 네가 정 궁금하면 알려 줄게. 난 정
보 상인은 아니니까."

장난으로 하는 말이 아니었다.

난 정말 호언장담할 수 있었다.

그러자 이코는 이마를 짚으며 피식피식 웃었다.

"내가 이렇게 당하는 날이 오네. 진짜 궁금한데? 대체 뭔
데?"

"그럼 말해 줄게. 첫 번째 단서는……."

"어, 아니야. 잠깐만……."

내 말을 막은 이코.

그러더니 녀석은 신우를 향해 다시 손을 내미는 것이었다.

"카드 줘 봐. 결제 취소해 줄 테니까."

"응? 정말이야? 오빠?"

"그래. 내가 정보상으로서 자존심이 있는데. 게다가 신우 앞에서 무전취식을 할 순 없지. 네 동생이 날 뭐라고 생각하겠어?"

나는 이코를 말렸지만 녀석은 기어이 결제를 취소했다.

"이렇게 해야 돼. 이 업계의 룰이란 말이야."

……하여간 못 말리는 녀석이다.

"자, 정보료는 지급했고. 그럼 이제 말해 봐. 그 게이트가 뭐가 널 기다리고 있는지."

나는 천천히 이야기를 시작했다.

그리고 잠시 후, 나의 설명과 짧은 갑론을박이 오간 뒤.

"……그래, 그렇군. 무슨 말인지 알겠어. 확실히 일리가 있는 말이야."

이코는 한 사람의 정보 상인으로서 고개를 끄덕이고 있었다.

깊은 생각에 잠겼던 녀석은 진심으로 놀랐다는 표정이었다.

"후아. 최원호, 너 정말 4년 사이에 무슨 일을 겪은 거냐? 혹시 게이트의 신이라도 만나고 왔어?"

"신은 무슨……. 아까 말했잖아. 그건 지금 알려 줄 수 없다니까."

"아니, 도대체 어디서 뭘 했길래 이런 소름 돋는 통찰력이 생겼느냐 말이야! 무슨 게이트의 지옥 같은 곳에서 50년쯤 구르다가 온 녀석 같은데? 대체 뭐지?"

……무서운 놈.

불과 6년의 오차에 나야말로 약간 소름이 돋는 기분이었다.

❦

D등급 게이트 '적색 오크의 항구'.

그곳에서 나를 노리는 함정은 아마도 '미니 보스'일 것이다.

"울프 라이더 계열의 오크 워리어. 레벨은 20 내외. 단궁과 기병창으로 무장했을 확률이 높아. 그 미니 보스가 게이트 안에 남아 있을 거야."

"……."

나의 말에 이코는 말없이 눈을 깜빡였다.

앞뒤 없이 호언장담만 하지 말고 어서 근거를 대라는 눈빛이었다.

타다닥!

이번엔 내가 노트북을 두들기기 시작했다.

"첫 번째 근거. 자, 무진 그룹은 예나 지금이나 검술에 미친놈들이지?"

엔터를 탁 때리자 헌터들의 단체 사진이 떠올랐다.

마치 무협지 속의 협객들처럼 고고한 흰색 의복과 깔끔한 장검으로 모양을 맞춘 정예들.

이들이 바로 대한민국 1위 클랜 '무진 그룹'의 1군 헌터들이었다.

사진을 본 이코가 의문을 표시했다.

"그치. 널리 알려진 사실인데. 그게 뭐?"

나는 빙긋 웃었다.

"검술 보병은 장창 기병과 상성이 나빠. 아니, 최악이지. 그러니까 이 검술 덕후들은 울프 라이더를 무시했을 거야."

"무시해? 무진 3군이 미니 보스를?"

"그래. 사냥하지 않고 앞으로 달렸을 거라고. 틀림없이."

울프 라이더는 인간 기병과 비슷한 존재다.

일단 기동력이 좋고, 보병이 접근하기 전에 더 멀리서 더 빠르게 찌를 수 있는 이점을 가지고 있다.

한마디로 검술 계열 헌터들의 완벽한 카운터펀치였다.

"자, 어때? 남겨진 울프 라이더는 여전히 게이트 안에 있겠지?"

그러자 이코는 의아하다는 듯 미간을 찡그렸다.

"아니, 그래도 무리해서라도 잡는 게 나을 텐데? 공략 보상이 있잖아? 역상성이긴 해도 무진은 무진인데…….."

나는 고개를 가로저었다.

"아니지. 무진 3군이 고작 D등급 게이트의 추가 보상에 신경을 쓰겠어? 오히려 빠르게 공략하는 쪽이 더 이득이라고 생각했을걸. 공략 시간을 줄여서 실력을 과시할 수 있으니까."

나는 다시 한번 노트북 자판을 두드려 자료를 검색했고…….

[뉴스 오브 헌터] 무진 그룹의 루키들, D등급 타입 어택에 출
사표!

무진 3군이 레이드 시간 단축에 욕심을 내고 있다는 것을
확인할 수 있었다.

게이트의 명칭은 언급되지 않았지만, 무진 그룹의 루키들
이 게이트를 빠르게 공략하기 위해 최선을 다하고 있다는 소
식이었다.

이코는 침음을 흘리며 고개를 끄덕였다.

"기사가 나온 시기를 보니, 얼추 타이밍이 맞네. 일리가
있……. 어?"

수긍하던 녀석이 순간 눈살을 찌푸렸다.

"야, 인마! 제일 중요한 걸 설명을 안 하네? 너 그 게이트에
울프 라이더 오크가 있을 거라고 어떻게 장담할 수 있는데?"

"있을 거라니까."

"그러니까 그건 어떻게 장담하느냐고! 무슨 근거로!"

"……쳇."

'적색 오크의 힝구'에 울프 라이더 오크가 미니 보스로 등
장하리라는 예측.

나는 그 부분을 자연스럽게 생략하고 설명 중이었다.

왜냐면 설명할 수 없었으니까.

'야수계에서 이미 다 경험해 봤다는 것을 어떻게 설명할 수 있겠어?'

······어쩐담?

잠시 말을 고르던 나는 이코에게 조심스럽게 사기를 치기 시작했다.

"사실 난 게이트 이름만 듣고도 내부 구조를 대충 그릴 수 있어. 구조에 대한 노하우가 있거든."

경험이 아니라 노하우가 있다는 식으로 포장을 한 것이다.

입을 쩍 벌리는 이코.

"아니, 그건 또 뭔 소리야?"

"그러니까······."

나는 아무렇지 않게 '적색 오크의 항구'에 대해 이야기하기 시작했고.

"자, 자, 잠까아아안!"

이코의 눈이 회까닥 뒤집혔다.

"너 허언증 생겨서 나타난 건 아니지? 그 말에 책임질 수 있어?"

"믿기 싫으면 나중에 확인해 보든가."

"그럼 지금 나한테 그 정보 팔아! 당장 10억 준다! 그러니까 딴 데 가서 누설하면 절대 안 돼!"

빠른 이해를 위해 거짓말을 하긴 했지만, 내가 모든 게이트의 구조를 알고 있는 것은 사실이다.

'잠깐. 그러고 보니 이것도 더 활용해 볼 수 있는 가능성이 있겠는데?'

잠시 생각에 잠겼던 나는 씨익 웃으며 말했다.

"10억 말고. 나하고 일 하나 같이하자."

"……일?"

-으하아암! 잘 잤다! 완전 꿀잠이었어!

수혼검에 깃든 해태의 혼이 깨어난 것은 우리가 파전 골목에서 돌아와 저녁을 차리고 있을 때의 일이었다.

된장찌개를 보글보글 끓이던 신우가 반색했다.

"오오! 드디어 그 강아지가 깨어난 거야?"

"인마, 강아지가 아니라 해태라고. 서울의 마스코트 모르냐?"

"원래 귀여우면 다 강아지야."

"그럼 넌 평생 강아지 될 일 없겠네. 오빠로서 너의 귀여움에 ×를 눌러 조의를 표한다."

"……."

그렇게 신우와의 입씨름에서 승리를 거둔 나는 수혼검을

향해 질문을 던졌다.

"거긴 어때? 머물 만해? 마력 작용이 불편하다거나 의식 휘발이 일어난 곳은 없어?"

그러자 해태는 즉시 응답했다.

-전혀! 가장 사나운 맹수는 어떤 환경이든 적응할 수 있거든!

"어……."

야수계에서 지낸 44년 동안, 나는 꽤 많은 수혼검과 대면했다.

그 덕분에 정말 다양한 캐릭터를 가진 에고 소드를 만나 보았다고 자신할 수 있었다.

'처음엔 검에 갇힌 것을 답답하게 여기고, 주인에게 반항하는 것이 보통이었지.'

그러다가 주인에게 동화되거나, 아니면 아예 돌아서는 것이었다.

하지만 이 해태 녀석은 뭔가 특이했다.

다른 놈들이 야생 맹수에서 사냥 도구로 서서히 길들여지는 식이었다면…….

-이 서늘한 몸뚱이! 이 날렵한 칼날! 최고의 영물이자 맹수인 나에게 완벽한 보금자리야!

'……이 녀석은 정말 그냥 강아지 같은데?'

아까 신우의 말이 맞을지도 모르겠다는 생각마저 들 정도였다.

"크흠! 어이, 댕댕. 아니, 해태야."

–응? 왜?

"이제 안정화됐으니까 이것부터 물어보자. 너, 어쩌다가 거기에 들어가 있었던 거야? 혹시 갇혀 있었어?"

이 해태의 영혼이 '중세 좀비의 창궐지'의 디멘션 하트에 묶여 있었던 이유.

녀석을 입수한 그때부터 궁금했었으나 당시엔 미처 알아내지 못한 부분이었다.

그 디멘션 하트가 '게이트'라는 이상 현상의 근원을 이루는 아티팩트인 만큼.

이 해태 녀석의 존재는 게이트라는 거대한 수수께끼를 풀 단서이기도 했다.

–아하, 그건 말이지.

수혼검 속에 든 해태의 영혼은 잠시 뜸을 들였고.

"……."

"……."

나와 신우는 숨을 죽이고 대답을 기다렸다.

그리고 녀석에게 돌아온 이야기는 놀라운 것이었다.

–난 원래 그곳에서 태어났어. 모든 해태는 그 '백란석'에서 태어나는 존재니까.

"……!"

백란석(白卵石).

외견은 평범한 흰 돌처럼 보이지만 내부에는 알 수 없는 종류의 마력을 머금고 있는 특별한 마력석.

그것은 야수계에서도 제대로 비밀을 밝혀내지 못한 특별한 암석이었다.

'백란석이 영물에게 힘을 보탤 수 있다는 이야기가 있긴 했지만, 정말 알처럼 사용될 줄이야.'

지구에서는 제대로 입수조차 하지 못한 암석이었다.

"그게 뭐야? 맥반석 같은 건가?"

그러니 신우가 모르는 것도 전혀 이상한 일이 아니었다.

나는 돌에 대해서 짧게 설명했고, 신우는 당황한 표정이 되었다.

"그, 그럼 모든 디멘션 하트가 그 백란석이라는 돌을 재료로 삼아서 만들어진다는 거야? 그렇다면 이거 완전 특종인데?"

동생의 추측에 나는 고개를 저었다.

"아냐. 수인 헌터들이 디멘션 하트에 대해 연구한 것에 따르면, 디멘션 하트들은 모양이 비슷할 뿐, 다 다른 재료로 세공되어 있었어. 어떤 것은 통짜 다이아몬드이기도 했지."

"다이아몬드? 대박……!"

그러니까 디멘션 하트가 백란석이라는 사실보다는 이 해태가 든 백란석이 우연히 디멘션 하트로 사용되었다는 것에 주목해야 했다.

나는 곧바로 질문했다.

"그렇다면 넌 누가 게이트를 만들었는지 알고 있겠네? 안에서 봤을 테니까. 그 백란석을 디멘션 하트로 삼은 존재 말이야."

하지만 이번의 대답은 시원치 않았다.

-그건 몰라. 난 분명히 바다의 정기를 먹고 백란석에 잉태되어 있었는데 어느 순간 어둠이 스며들었어. 그건 끝을 알 수 없는 심대한 어둠이었지…….

"그래서?"

-정신을 차려 보니까 그 게이트라는 것에 마력을 쪽쪽 빨리고 있었어. 날 담은 백란석도 박살 나기 직전이었고! 태어나지도 못하고 죽을 뻔했다니까?

……결국 누가 게이트의 근원을 만들었는지는 모른다는 건가.

-그 이후로는 계속 어둠에 잠겼다가 나왔다가 하는 상황이었어. 그러다가 '죽은 왕'을 만난 거야.

"역병 군주?"

-응! 걔가 나한테 꺼내 주겠다고 하길래 그냥 그런가 보다 했는데, 거기서 백란석을 방패처럼 내밀 줄은 몰랐지! 뭐, 덕분에 '주인'을 만날 수 있었지만.

나는 그 말에 움찔했다.

"……주인? 누구? 나?"

-네가 내 주인 아니야? 그럼 저 여자애인가?

"아, 아니야. 내가 너의 주인이지."

이렇게 순순히 주인을 따르는 수혼검은 여태껏 본 적이 없었기에 잠시 당황했던 것이다.

정말 특이한 녀석이었다.

'어쨌든 게이트의 기원에 대해선 이 녀석도 아는 게 없다는 결론이네. 아쉬운데.'

하지만 소득이 전혀 없는 것은 아니었다.

─······정신을 차려 보니까 그 게이트라는 것에 마력을 쪽쪽 빨리고 있었지. 날 담은 백란석도 박살 나기 직전이었고!

녀석의 이야기 중에서 특히 의미심장한 부분이었다.

나는 그 다음 상황을 상상하고 있었다.

'만약 해태를 담은 백란석, 그 디멘션 하트가 자연적으로 깨졌다면 어떻게 됐을까?'

즉, 게이트가 미공략 상태로 초기화된 상황에서 근원이 붕괴되는 경우라면?

분명 게이트가 순순히 폐쇄되진 않았을 것이다.

'어쩌면 게이트 폭발이나 역류가 일어났을 수도.'

창덕궁은 서울 한복판에 있으니 그것은 역사에 기록될 재앙으로 남게 될 것이다.

생각만 해도 끔찍한 일.

"……."

어쨌거나 차원 역류에 대한 가설 하나를 얻은 셈이다.

정보를 머릿속에 담아 둔 나는 해태가 든 수혼검을 집어 들었다.

그러자 녀석이 반응했다.

-오오, 주인의 묵직한 존재감이 느껴져. 따뜻하면서 직선적이야. 그리고 보기보다 나이가 많구나?

"거참 특이한 평가네."

피식 웃은 나는 떠오르는 시스템 메시지들을 바라보았다.

[알림 : 신비한 존재 '해태의 혼'과 아티팩트 '비어 있는 수혼검'이 하나로 합쳐져 아티팩트 '수혼검'이 되었습니다.]

[안내 : 아티팩트 '수혼검'의 명칭을 변경할 수 있습니다.]

새로운 이름을 지어 주는 것.

그것이 수혼검을 만드는 과정의 마지막 절차였다.

"너, 따로 이름 같은 것 있어?"

-이름? 아니? 그런 거 없는데. 하나 지어 줘!

그렇다면…….

"'해청(海靑)'이라고 하자. 간단하게."

-바다처럼 푸르다는 뜻이구나?

"맞아. 풍기는 마력을 보니 그게 좋겠어."

이건 야수계에서도 잘 알려지지 않은 내용인데, 수혼검의 이름은 앞으로 검의 성장 방향에도 영향을 미치는 요소였다.

해청이란 이름은, 녀석의 성장 방향까지 고려해서 붙인 이름이었다.

-좋아. 난 해청이야! 앞으로 잘 부탁해, 주인!

"그래. 나도 잘 부탁한다, 해청."

환영하듯 시스템 메시지가 떠올랐다.

〈해청(海靑)〉

[무기][Lv. 1] 소멸의 위기에 처했던 어린 해태의 혼을 머금은 장검.

사뭇 예리하지만 아직은 미숙한 부분들이 있어서 지속적인 관리가 필요하다.

효과 : 근력 +2, 민첩 +2

귀속 권능 : 해태의 굉소

일단 스탯 추가치가 하나씩 더 붙었고, 무기 귀속 권능이 하나 생겼다.

'……해태의 굉소.'

일단 '굉소'란 크게 웃는다는 뜻일 텐데. 이건 어떤 권능일까?

해태는 지구는 물론이고 야수계에서도 제대로 알려지지

않은 영물이었다.

그러니 이 권능이 무엇인지는 당사자의 설명을 들어야만
했다.

－헤헤, 아주 대단한 건 아니고……. 적들에게 순간적인 경
직을 불러일으키는 충격파야. 아직은 범위가 좁지만 앞으로 더
노력할게!

"흠, 그런 거구나. 알았어."

나는 해청을 검집에 갈무리하고 툭툭 두들겼다.

"조만간 한번 사용해 보자고."

～

기회가 온 것은 이튿날 아침이었다.

헉헉거리는 신우 녀석을 데리고 아침 러닝을 뛴 뒤, 출근
준비를 하고 있던 그때.

－……백수현 헌터 맞습니까?

모르는 번호로 전화가 걸려왔다.

"예, 맞는데요. 누구시죠?"

－어, 그래. 나 블랙핑거 특수팀장 '심재진'인데.

전화를 받은 나는 눈가를 좁혔다.

얼굴 한 번 본 적 없는 아저씨가 반말이 참으로 자연스러
웠으니까.

그나저나 '심'재진이라면?

'심혁필과 혈연관계인가?'

심 씨가 그리 흔한 성씨는 아니니 말이다.

"……안녕하십니까, 심 팀장님."

─별로 안녕하진 못해. 마스터가 오늘 널 인천으로 인솔하라고 하셨거든. 3시간 뒤에 동인천역으로 와라. 지각하면 재미없을 거야.

"……."

─네가 할 수 있는 만큼 최대한으로 전투 준비 갖추고 와. 까딱하다간 뒈질 수도 있으니까.

전화 너머로 피식 웃는 소리가 들려왔다.

─고미정 팀장 말로는 네가 그렇게 잘 싸운다던데, 어디 실력 한번 보자고. 하지만 D등급 게이트는 만만하지 않을 거야.

전화는 그렇게 끊겼다.

"……재밌네. 만만하지 않을 거라고?"

나는 샤워를 마치고 나온 신우에게 물었다.

"야, 특수팀은 뭐 하는 부서냐? 얼마나 특수한 팀인데?"

"응? 특수팀? 방금 심재진 팀장이 오빠한테 전화한 거야? 거긴 채굴 들어가기 전에 정찰 작업 하는 팀인데?"

"강해?"

"평균 레벨은 20 정도. 팀장인 심재진이 이 클랜의 2인자야. 마스터의 외동아들이거든."

"딱히 특수하지도 않네. 정찰팀이면서 직속 친위대라는 거 아냐?"

"맞아. 하지만 블랙핑거에서 그나마 유일하게 전투력을 가지고 있는 팀이야. 뭔가 예감이 안 좋은데……."

"그럼 좋게 만들면 되지."

나는 생각에 잠겼다.

'어쨌든 예측은 맞아들어가기 시작했어.'

그렇다면 이제 '적색 오크의 항구' 게이트 안에서 이루어야 할 목표에 집중할 차례였다.

가장 중요한 것은 내 실적을 채우는 것이고…….

가능하다면 한 가지를 더 해 두고 싶었다.

'저 블랙핑거의 간부들에게 한 방 크게 먹여 주는 것.'

더러운 꼴을 봤으니 그만큼 갚아 주자는 생각이었다.

"필요할 때 꺼낼 테니까 좀 쉬고 있어."

-응, 주인!

해청을 아공간 주머니에 집어넣은 나는 외투를 입으며 피식 웃었다.

"진짜 오랜만이네, D등급 게이트는."

　　　　　　　　❦

나는 신우와 함께 1호선 지하철에 몸을 실었다.

근데 가만 생각해 보니 이거 웃기네.

"야, 동인천이 어디 가까운 곳도 아닌데 차량이라도 지원해 줘야 하는 거 아니냐? 이스케이프에서는 항상 그랬는데."

"하지만 여긴 '헬'랙핑거거든? 맘에 안 들면 이스케이프 가서 차원 역류에서 돌아왔다고 고백하세용."

"에이 씨, 이렇게 돈 아껴서 어디다 쓰는 거야?"

"몰라서 그래? 클랜 마스터 골프채 사고, 간부들 상여금 뿌리는 데다 쓰는 거지. 원래 이렇게 개 같은 회사라니까?"

"개들에게 실례 아니냐?"

"……인정."

동생과 나는 피식 웃고 말았다.

역시 어떻게든 저들에게 엿을 먹여 줘야겠다는 생각이 들었다.

'최대한 크고 아름다운 엿으로.'

─이번 역은 오류, 오류역입니다…….

"오빠, 동인천 도착하면 내가 깨워 줄 테니까 좀 더 자. 어제 데이터 보느라 늦게 자는 거 같더라. 아침에도 운동하고."

"괜찮아."

뜻밖에도 신우 역시 나와 마찬가지로 동인천역으로 호출되어 가는 중이었다.

이유는 간단했다.

고미정 팀장이 신우를 부려먹기 위해서 불러낸 것이었다.

"하, 그 여자가 진짜 오빠한테 푹 빠지긴 했나 봐. 자진해서 아침부터 외근이라니, 그 정도로 금사빠일 줄은 몰랐는데."

"그러게 말이다."

"근데 나까지 불똥이 튈 줄이야……. 아오!"

따지고 보면 신우는 나 때문에 팔자에 없는 인천 외근을 하는 셈이다.

나는 턱을 괴며 입을 열었다.

"힘드냐?"

"힘들지. 누구든 안 그렇겠어?"

칙칙하기 그지없는 월급쟁이의 표정.

그 위로 내가 없는 사이에 녀석이 겪은 고생이 파노라마처럼 흐르고 있었다.

……짠한 녀석.

"그럼 오늘 사표 써."

"응? 뭐라고? 사표?"

내가 툭 던진 말에 신우의 표정이 기묘하게 일그러졌다.

나는 전철 좌석에 비스듬히 앉은 채 킥 웃었다.

"웃는 거야, 우는 거야? 하나만 해. 너무 못생겼으니까."

"사표라며! 당장 그래도 되는 거야? 내가?"

"어제 이코랑 얘기한 대로 진행되면 돈 걱정은 필요 없잖

아. 윤수 병원비든 뭐든 말이야."

어제 파전 골목에서 우린 꽤 재밌는 결론을 도출했다.

내가 가진 게이트 노하우는 일시불로 값을 매길 수 없다는 것. 그러니 돈를 주고받기보다는 서로의 '미래'를 걸고 거래하자는 것.

'이코가 클로저스의 외부지원팀을 총괄하고, 나는 이코에게 게이트 보상을 나눠 준다.'

그게 어제 우리가 합의한 거래의 결론이었다.

"이제 클랜 설립부터 이코가 주도할 거야. 넌 세컨드 헌터를 맡아서 같이 준비해."

"내, 내가 세컨드 헌터?"

클랜의 2인자를 의미하는 말이었다.

신우의 눈동자가 격렬하게 흔들렸다.

"오빠, 나 F3급이야. 최하위 등급 헌터라고. 그런 사람이 무슨 세컨드를……."

"회복되면 어차피 등급은 돌아올 거야. 그리고 세컨드가 뭐 별거냐? 얼굴 마담으로 귀찮은 일 맡아서 하는 거지."

"그래도 분에 넘치는 일인 것 같아."

"생각이나 해 봐. 어쨌든 사표는 쓰고. 오늘 일 끝나면 그회사 더 나갈 일도 없을 거야. 영업이 안 될 테니까."

블랙펑거 클랜은 더 이상 영업할 수 없을 것이다.

단호한 말에 신우가 의아한 표정을 지었다.

"무슨 말이야? 거기 클랜 하우스에 폭탄이라도 심어 놨어? 대체 뭘 하려고?"

"폭탄은 아니지만 그만큼 큰 사건이 터지긴 할 거야."

"……?"

"넌 그냥 팝콘이나 뜯으면 돼."

　　　　　　　　　　◟◞

동인천역에서는 한 무리의 헌터들이 인원과 장비를 점검하고 있었다.

"……."

어쩐지 인상이 좋지 않은 헌터들 사이로 침묵과 긴장감이 감도는 한가운데에 각자 딴청을 피우는 세 사람이 있었다.

이들 사이에서는 몹시 어색한 공기가 흐르는 중이었다.

"크흠."

유난히 화장기가 짙은 여자는 채굴1팀장 고미정.

"후으으으……."

그 옆에서 작게 한숨을 내쉬는 배불뚝이 중년 남자는 특수팀 '심재진'이었다.

"……."

그리고 마지막으로 무표정한 얼굴로 침묵을 지키는 소녀가 있었다.

블랙핑거 클랜이 아닌 무진 그룹의 루키 헌터이자 6팀장인 'w1nterpr1ncess'. 세간에서는 '겨울공주'라고 불리는 슈퍼 루키가 두 스캐빈저와 함께하고 있었던 것이다.

"흐음."

그녀가 얼음을 깎아 만든 듯한 눈동자를 스르륵 움직였다.

"……심재진 팀장님은 두세 번 뵀지만, 이쪽 분은 처음 뵙는 것 같네요. 누구시죠?"

냉기가 풀풀 흐르는 질문에 고미정은 황급히 허리를 굽혔다.

"전 블랙핑거의 채굴1팀장 고미정이라고 해요!"

"아, 네에. 1팀장이시군요."

"하하, 말씀으로만 듣던 '겨울공주'님을 뵙게 되다니! 너무 영광이네요! 혹시 사인 좀 해 주실 수 있을까요?"

"사인? 전 연예인이 아닌데요. 헌터죠."

"그, 그렇죠……."

삽시간에 어색해진 분위기.

두 팀장은 눈빛으로 소리 없는 대화를 시작했다.

'야, 재진아, 쟤 원래 저러냐?'

'아이 씨, 선배! 내가 나오지 말라고 했는데 왜 나오고 지랄이야!'

'걱정되니까 나왔지! 백수현 걔 내 꺼란 말이야!'

'헛소리 좀 하지 마! 우리 아버지가 그 새끼 조지라고 눈치 주는 거 모르겠어? 애인 삼고 싶으면 조용히 하든가! 왜 동

네방네 소문을 내고 난리야!'

'그런 거 아니거든!'

두 중년 남녀의 뜨거운 눈빛 교환에 소녀가 고개를 기울였다.

"두 분이 꽤 친밀한 관계이신가 봐요."

"예? 아니, 그런 건 아닌데……."

"통하는 동료가 있다는 건 좋은 일이죠. 부럽네요."

"예에……."

콜네임을 증명하듯 얼음장처럼 냉기를 풍기면서도, 묘하게 붕 뜬 느낌을 풍기는 소녀, 겨울공주는 자신이 주도해서 공략한 이 게이트에 대해 설명하기 위해 이곳에 온 참이었다.

채굴팀의 헌터들이 전부 집합하면 주의 사항을 전달한 뒤 돌아갈 것이다.

"흐음, 슬슬 올 때가 됐는데. 신입이란 놈이 정말 지각을 하는 건 아니겠지……?"

심재진이 시간을 확인하며 중얼거리던 그때.

저벅저벅.

"……?"

소녀는 자신을 향해 걸어오는 남녀의 모습을 발견하고 눈을 깜빡였다.

두 사람 중에서도 특히 남자 쪽.

'뭐지?'

여유로운 미소를 띤 남자의 걸음걸이에서 무언가 이상한 점을 발견한 것이었다.

겨울공주는 미간을 가볍게 찌푸렸다.

'뭔가 인간이 아닌 것이 다가오는 듯한 느낌…….'

성큼성큼 다가오는 남자에게서 느껴지는 위압감과 위화감…… 흡사 사람이 아니라 맹수가 걸어오는 것 같았다.

그러나 남자는 마력을 사용하지 않았고, 동작에도 특별한 것이 전혀 없었다.

다른 사람들과 마찬가지로 평범하게 걸어오는 중이었다.

단지 기세가 그렇게 느껴질 뿐.

'이게 무슨 작용이지?'

난생 처음 느껴보는 감각에 겨울공주가 생각에 빠져 있던 그때.

"심재진 팀장님이십니까?"

"어, 그래. 네가 백수현이냐? 빨리빨리 다녀야지, 이 새꺄!"

남자와 심재진이 요상한 인사를 나누었다.

심재진 팀장은 쯧 혀를 하며 그를 위아래로 훑어보았다.

"……뭐, 허우대는 멀쩡해서 잘생기긴 했네."

대화를 듣고 돌아선 고미정이 반색했다.

"왔구나! 수현 씨! 근데 한채미 헌터랑 같이 왔네? 설마 미리 만나서 온 거 아니지?"

"방금 역에서 만났습니다. 우연히도요."

"그래, 그럴 리가 없지!"

두 사람이 미리 만난 정도가 아니라, 한 지붕 아래에서 같이 사는 사이라는 것을 고미정은 꿈에도 알지 못했다.

"한채미 헌터는 이리로. 지금부터 업무 지시할 테니까 똑바로 들어."

그녀가 최신우에게 이런저런 지시를 내리기 시작한 그때.

"큼, 저희 측은 다 모였습니다. 무진 측에서 게이트 상황을 설명해 주시면 곧바로 진입하겠습니다."

"……그러죠."

이번 게이트 진입의 진정한 목적.

블랙핑거 클랜의 마스터 심혁필이 획책한 술수가 서서히 정체를 드러내기 시작했다.

⌄

"게이트의 구조는 방사형입니다. 출발점으로부터 부채꼴 형태를 이루며 퍼져 나가는 형태……."

게이트에 대한 브리핑이 진행되는 동안, 나는 인상을 찌푸리고 있었다.

'……이 녀석들, 뭐지?'

불길한 시스템 메시지가 눈앞에서 반짝이고 있었다.

[알림 : 특성 '야성'이 직관을 발휘하고 있습니다. '위험한 적들의 징조'를 포착했습니다.]

야성 특성이 읽어 낸 것처럼, 무언가 심상치 않은 위험이 가까이에 와 있었다.

"야, 신입. 집중해, 집중."

내가 가만히 얼굴을 찌푸리고 있자 눈을 부라리며 면박을 주는 심재진.

그의 얼굴엔 묘한 웃음기가 흐르고 있었다.

썩 좋지 못한 흉계가 머릿속에 들어 있다는 방증이었다.

하지만 놓치고 있는 게 있었다.

'저 배불뚝이 아저씨 혼자는 별 위험이 안 돼.'

무장 상태나 마력 흐름으로 보자면, 고미정 팀장이 차라리 더 강할 것 같았다. 그렇다면 남은 건……

'특수팀 휘하의 헌터들인가?'

총 네 명으로 구성된 특수팀 헌터들.

그들은 모두 여자들이었는데, 유난히 말수가 없을 뿐이지 평범한 헌터들처럼 보였다.

하지만 나는 오히려 점점 더 수상함을 느끼는 중이었다.

'풍기는 마력의 느낌이 이상해.'

야수계에서 지구로 돌아왔던 그 순간, 나는 '피비린내'를 느꼈다.

지구의 마력이 주는 고유한 느낌이었다.

하지만 이들에게서는 그게 느껴지지 않고 있었다.

마치 땀 냄새 가득한 사람들 사이에서, 무색무취의 외계인들을 마주친 것처럼 섬뜩함만 느껴졌다.

'……이것들 뭐지?'

경계를 늦추지 말고 봐야겠다.

어쨌거나 겨울공주의 게이트 브리핑은 끝나 가고 있었다.

"총 다섯 군데의 대형 리젠 포인트에서는 시간당 서른 마리가량의 몬스터가 쏟아져 나오는 것으로 추산되며……."

나는 내심 고개를 끄덕이고 있었다.

'확실히 무진은 무진이야.'

브리핑은 일목요연했고 군더더기도 없었다.

몇 군데를 제외하면 거의 정확했고, 딱히 긴장한 티도 나지 않는 모습은 꽤 인상적이었다.

'솔직히 무진 그룹의 헌터를 이렇게 금방 직접 대면하게 될 줄은 몰랐는데.'

새하얀 무복과 허리에 찬 장검은 내가 기억하던 그대로였다. 무진의 마스터 '올노운'이 만든 규칙이었다.

'그땐 마스터 헌터들이 정말 괴물들처럼 보였지.'

그랬는데 지금의 나는 그를 아득히 추월했다가 되돌아온 참이었으니, 상당히 복잡 미묘한 감정이었다.

4년 전, 이스케이프의 루키들과 경쟁했던 녀석들은 어떻게 됐을까?

'다들 성공적으로 무진 2군에 진출했을라나?'

내가 잠시 다른 생각에 잠겨 있던 그때.

"결론적으로 게이트 내부에는 아직 중요 몬스터 일부가 남아 있는 상태입니다. 블랙핑거 측에서 필요하시면 저희 무진이 다시 진입해서 정리 작업을 진행할 수도……."

"아, 아닙니다. 저희도 그 문제를 해결할 병력을 편성했습니다. 하하하!"

브리핑이 끝나고, 내가 예측했던 그 잔여 몬스터에 대한 이야기가 흘러나오고 있었다.

결론적으로 그 예측 역시 정확하게 맞아떨어졌다.

'역시 미니 보스 구간을 건너뛰고 최종 보스로 직행했던 거네.'

그리고 심재진은 야비한 웃음을 지으며 그 문제를 알아서 해결하겠다고 떠들고 있었다.

"저희 마스터의 새로운 명령이 내려왔거든요. 블랙핑거도 '전투팀'을 편성했습니다. 유망한 전투팀이지요."

동시에 나를 슬쩍 바라보는 놈의 눈길.

슬슬 알 만했다.

'아, 전투팀이라는 이름으로 나를 고기 방패로 내세워서 위험하게 만들겠다?'

웃기는 계략.

"……."

하지만 나는 잠자코 모르는 척 순진한 표정으로 앉아 있었고.

"흐흐."

심재진은 혼자서 의미심장한 웃음을 짓고 있었다.

그런데 겨울공주가 뜻밖의 이야기를 꺼냈다.

"그렇군요. 그렇다면 그 전투팀을 저에게 소개해 주시겠어요? 몇 가지 중요한 주의 사항을 자세히 전달하고 저는 가 보겠습니다."

"……그 전투팀을요?"

"네."

소녀의 말에 심재진의 표정이 살짝 굳어졌다.

난처해진 것이다. 방금 말한 '전투팀'이라는 게, 고작 나 하나를 의미하는 것이었으니까.

"쯔읍."

잠시 생각하던 심재진은 나에게 고갯짓을 보내 왔다.

"어이, 백수현이."

"예, 팀장님."

나는 여전히 태연한 얼굴을 유지하며 응답했다.

심재진이 콧잔등을 긁으며 겨울공주에게 말했다.

"이 친구한테 말씀하시면 됩니다. 전투팀의…… 팀장이니까요."

그 말에 나는 하마터면 웃음을 터트릴 뻔했다.

'졸지에 팀장 달았네? 입사 하루 만에.'

나름 맞는 말이라고 할 수도 있다.

유일한 팀원은 팀장이라고 할 수도 있는 법이잖아?

하지만 겨울공주는 그딴 합리화를 해 줄 턱이 없었고, 사정없이 이맛살을 찌푸렸다.

"무슨 말씀이죠? 이분이 전투팀장이라뇨? 아까 처음 보는 사이처럼 인사하지 않으셨나요? 신입이라고도 하셨던 것 같은데."

무진의 검술만큼이나 예리한 지적.

"예? 아, 아니. 그게 말이죠…….."

별안간 궁지에 몰린 심재진 팀장은 난처한 얼굴로 뒤통수를 벅벅 긁기 시작했다.

그 모습에 나는 웃음을 참느라 거의 미쳐 버릴 지경이었다.

겨울공주는 싸늘했다.

"심재진 팀장님, 저희 무진 그룹은 일 처리를 소홀히 하는 클랜과 거래하지 않는다는 것, 잘 알고 계신다고 생각했는데요? 앞에서 제가 말씀드린 내용이 가볍게 느껴지셨나요?"

"아, 아닙니다! 그럴 리가요!"

"그럼 왜 말도 안 되는 말씀을 하시죠? 전투팀이 있기나 한 건가요?"

그녀는 하청을 주고받는 갑을 관계를 십분 이용하며 심재진을 몰아세우고 있었다.

나는 속으로 미소를 지었다.

'이 친구 꽤 마음에 드는데?'

하지만 바로 그때.

"심 팀장, 무슨 일인가?"

의외의 인물이 불쑥 나타났다.

말 한마디만으로 상황을 해결할 수 있는 사람.

"아, 아버…… 아니! 마스터!"

어제 나와 점심을 함께 먹었던 그 노인이 느릿느릿 걸어오고 있었다.

블랙핑거 클랜의 마스터, 심혁필이 갑자기 모습을 드러낸 것이다.

착한 일을 하는 뉴비 (1)

머릿속에서 자연스럽게 생각이 흘렀다.

'야성 특성이 감지한 위험 요소.'

그게 '심혁필'을 의미하는 것일까?

하지만 전직 랭커 출신이라고는 해도 고작 한 사람에 불과했다.

고미정보다야 강하겠지만 나는 지지 않을 자신이 있었다.

싸워서 이길 수 있다는 것이 아니라, 몸을 피하는 정도는 충분히 가능하다는 뜻이다.

그렇다면…….

'어쩌면 이 상황 전체가 하나의 위험일 수도 있겠어.'

정신을 바짝 차려야겠군.

"허허."

심혁필은 나를 비롯한 헌터들을 스윽 둘러보더니, 마지막으로 겨울공주를 향해서 빙긋 미소 지었다.

"겨울공주님이 직접 오셨구먼? 반갑습니다. 나 심혁필입니다."

"무진 그룹 6팀장입니다. 직접 뵙게 될 줄은 몰랐네요. 심혁필 마스터."

"허허허."

이것도 꽤나 재밌는 광경이다.

한국 최고의 클랜인 무진 그룹의 루키와 랭커 출신 스캐빈저 마스터의 만남.

그리고 노장은 루키를 상대로 노련미를 발휘하기 시작했다.

"……아, 그런 오해가 있었군요. 다 내 불찰입니다. 해명하지요."

있지도 않은 전투팀에 대한 이야기를 간단히 전해 들은 심혁필은 나를 가리키며 간단하게 말했다.

"우리 블랙핑거 클랜은 이 친구를 시작으로 해서, 앞으로 전투팀을 양성할 계획입니다. 그래서 팀장이라는 얘기가 나온 거지요. 허허허."

"그렇습니까? 하지만 오늘 전투는요? 한 사람으로 전투팀을 꾸릴 순 없으실 텐데요."

"아, 그것도 무진에서 걱정할 필요는 없습니다."

노인네는 제 가슴을 툭툭 쳐보였다.

"내가 직접 들어갈 생각이니까요."

……심혁필이 직접.

그 말에 겨울공주가 놀란 얼굴로 고개를 기울였다.

"마스터께서 직접요? 어, 전투 업무는 예전에 은퇴하셨다고 들었는데…….."

"허허! 그렇긴 합니다만, 그래 봐야 D등급 게이트잖습니까? 이 친구의 실력이 워낙 기대가 되기도 하고 해서 이렇게 직접 와 봤지요."

"이분이 상당한 실력자인 모양이네요."

겨울공주가 공치사를 했지만 나는 심혁필을 의심스러운 눈초리로 바라보고 있었다.

'직접 들어갈 필요까지 있나?'

보름달 여우의 권능이 뭔가 알아낼 수 있을 것도 같았지만…….

[알림 : 권능 '보름달 여우의 눈'이 아무것도 읽어 내지 못했습니다.]

별다른 수확은 없었다.

일단 심혁필의 정신 파동은 갈무리가 잘된 편이고.

지금은 나에 대해 깊은 생각을 하지 않고 있는 탓인 듯했다.

겨울공주는 선선히 고개를 끄덕였다.

"그렇군요. 제가 괜히 블랙핑거 클랜을 못 미덥게 생각했네요. 마스터께서 직접 오실 줄은 몰랐습니다. 사과드리겠습니다."

소녀는 깍듯하게 고개를 숙였다.

겨울공주가 무진의 유망주라고는 해도, 상대는 랭커 출신의 까마득한 선배였으니.

오해에 대해 유감을 표하는 것은 당연한 일이었다.

"허허, 아닙니다. 그럼 브리핑을 마저 해 주시길."

그렇게 상황은 정리되었고, 겨울공주는 나와 심혁필에게 게이트 내부 상황을 상세하게 알려 준 후 인사를 남기고 사라졌다.

"그럼 수고하세요, 백수현 헌터."

"아, 예."

그건 좀 뜻밖이었다.

내 가명을 기억해 줄 거라고는 전혀 기대하지 않았는데.

'뭐 어쨌든.'

이제 정말로 게이트에 입장할 시간이었다.

D등급 게이트부터는 위험 단계로 분류된다.

그 때문에 E등급 '중세 좀비의 창궐지'와는 달리, 일반인의 접근 자체가 철저히 통제되어 있었고.

일반인이라고는 취재를 위해 나온 기자들 서너 명만이 전부였다.

차원통제청 소속 출입통제관이 헌터들을 향해 손짓했다.

"헌터님들! 출입 전에 라이선스 제시해 주십쇼! 미지참하신 분은 게이트 출입이 절대로 불가합니다!"

하지만 그 절차는 심혁필이 나서자 너무나 간단하게 정리되었다.

"김 주사, 오랜만이야. 잘 지내셨나?"

"어? 심혁필 사장님? 오랜만에 뵙네요! 여긴 어쩐 일로? 설마 게이트에 직접 들어가시려고요?"

"허허, 오랜만에 바람 쐬는 거지."

심혁필이 출입통제관과 떠들기 시작하자 기자들의 시선이 몰렸다.

베테랑은 그것도 놓치지 않았다.

"아이고, 영웅일보의 최 기자 아닌가? 지난주에 임 국장이랑 라운딩 한 번 했는데, 자네 칭찬을 많이 하더군!"

"하하! 감사합니다. 이거 마스터가 직접 나오시다니. 오랜만에 기삿거리 되겠는데요? 한국 게이트 채굴 사업의 미래가 밝습니다!"

"으허허허허! 고마워!"

"……."

어찌나 화기애애한지, 라이선스 검사도 제대로 안 하는 것 같았다.

야수계의 수인종 헌터들이 공략을 앞두고 바짝 긴장하는 것과는 사뭇 다른 풍경이었다.

'하긴 채굴 업무를 하다 보면 게이트에 반복적으로 드나들 게 될 테니 관계자들과 안면이 생기는 것도 당연한 일이겠 구나.'

아마 알음알음 뇌물도 얼마간 찔러가며 기름칠까지 해 뒀 을 것이다.

이런 일은 정부 측이나 언론사 측이나 제 편으로 만드는 것이 유리할 테니까.

어쨌거나 절차는 그렇게 대강 마무리되었고.

"전원, 정렬!"

심재진의 지휘에 맞춰 블랙핑거 클랜의 헌터들이 '적색 오 크의 항구'의 입구 앞에 섰다.

그러자 시스템 메시지가 떠올랐다.

[안내 : D등급 게이트 '적색 오크의 항구'에 입장할 수 있습니다. 입장하겠습니까?]

슉, 슈욱!

앞선 헌터들이 하나둘씩 사라지기 시작했다.

[정보 : 동시에 입장할 수 있는 인원은 2명입니다. 다음 차례는
10초 후에 입장해 주세요.]

시간이 조금 걸리는 사이.

나는 슬쩍 고개를 돌려 신우를 바라보았다.

"……."

동생 녀석은 나에게 뭔가 하고 싶은 말이 있는지 인상을
찡그리고 있었다.

하지만 앞뒤로 고미정과 심혁필에 둘러싸여 있었기 때문
에 입을 열 수 없는 상황이었다.

그때 고미정이 나를 향해 머쓱한 표정을 지어 보였다.

"수현 씨, 원랜 내가 같이 들어가서 도와주려고 했는데.
우리 마스터께서 오신 김에 직접 보시겠다고 하시네."

"……."

"그러니까 그냥 마스터랑 같이 다니면 돼. 알겠지? 몸조심
하고."

고미정의 눈빛에 서운함이 깃들었다.

흡사 연인을 전장으로 떠나보내는 여인처럼 말이다.

그래서 난 표정을 관리하기가 쉽지 않았다.

'어제 그렇게 얻어맞고 데이트도 거절당했으면서 왜 나랑

썸이라도 타는 것처럼 구는 건지.'

애잔함마저 느껴질 정도였다.

어쨌거나 고미정이 게이트에 들어오지 않는다는 것은 알았다.

그건 신우도 마찬가지일 터.

잠시 나와 눈을 맞춘 동생이 짧은 입모양으로 말했다.

-조. 심. 해.

나는 그 의미를 금세 알 수 있게 되었다.

마지막으로 나와 심혁필이 게이트에 입장할 차례가 된 순간.

"백수현 헌터, D등급 게이트는 처음이겠지?"

등 뒤에서 노인네가 웃음기를 띤 채 말했다.

하지만 나는 대답 대신 곧바로 보름달 여우의 권능부터 전개했다.

그러자 노인의 생각이 전해져 왔다.

-필요하다면 이놈도…….

역시 심혁필은 정신 파동의 갈무리가 깔끔했기에 그리 많은 것을 읽어 내진 못했다.

하지만 또 한 가지는 확실히 알 수 있었다.

-확실하게 목줄을⋯⋯.

늙은이가 나에게 해코지를 하려고 한다는 것.

신우와 고미정의 경고는 아마도 이것을 의미하는 듯했다.

'나한테 목줄을 채우고 싶단 말이지?'

그렇다면 목 줄기를 물어뜯어 줄 수밖에.

　[알림 : 특성 '야성'이 반응하고 있습니다.]

　[알림 : 분노에 의해 퓨리 에너지가 충전되고 있습니다!]

날 짐승 취급하려고 한다면 그대로 갚아 줄 생각이었다.

기회는 멀리 있지 않았다.

나는 심혁필을 향해 빙긋 웃으며 고개를 끄덕였다.

"아, 예. D등급 게이트는 처음입니다. 아마추어 헌터들은
E등급까지만 출입이 가능하니까요. 긴장되네요."

물론 당연히 거짓말이다.

나는 수백 개의 D등급 게이트를 섬멸한 경험을 가지고 있
었고.

심지어 이 게이트에 대해서도 속속들이 알고 있었다.

하지만 이 노인네는 그것을 알 턱이 없었다.

"그래, 많이 배워. 어린 것들은 늘 배우려는 마음을 가져
야 해. 우선 게이트에서 살아남는 법부터 말이지⋯⋯."

그저 미묘한 웃음을 띠며 나의 어깨를 툭 치며 앞으로 밀었다.

마치 죄수를 다루는 것처럼 말이다.

'하, 이 새끼가 진짜…….'

[알림 : 퓨리 에너지가 완전히 충전되었습니다!]

그래, 더는 못 참겠다.

[안내 : 어지러움에 주의하십시오.]

마침 기회도 찾아왔다.

게이트가 시퍼런 빛을 토해 내며 우릴 집어삼킨 그 순간.

"씨바, 내가 예순여섯 살인데. 여기서 뭘 더 배우란 거야?"

나는 이빨을 드러냈다.

"응? 지, 지금 나한테 말한 겐가?"

뒤로 돌아갈 수 없는 푸른 빛 속에서, 나는 대답 대신 손을 뻗었다.

쫘악.

"……!"

움켜쥔 것은 노인의 주름진 손이었다.

바로 내 어깨를 툭툭 건드렸던 그 손을 낚아챈 것이다.

"이, 이놈이! 뭐 하는 거야!"

심혁필은 황급히 내 손을 털어 내려 했지만 그럴 수는 없었다.

게이트 안으로 들어가는 짧은 순간이었지만, 내가 권능을 사용하기에는 충분한 시간이었으니까.

[권능 : '제거자 불곰의 주먹'.]

꽈드득.

"아악!"

손아귀에 괴력이 맺히자 노인이 새된 비명을 내질렀다.

하지만 나는 양심의 가책을 전혀 느끼지 않았다.

-이 개자식······!

-얼굴부터 뭉개 놓으려고 했는데!

-당장 죽여 버려야겠어!

고통에 의해 정신 파동의 갈무리가 흐트러졌는지, 나에 대한 생각이 적나라하게 들려오고 있었던 것이다.

'아, 내 얼굴을 뭉개려고 했다?'

아이디어 나쁘지 않네.

"······그대로 되돌려 주마."

김자형의 손목을 날려 버린 '처형자 재규어의 발톱'이 손끝을 날카롭게 벼리는 권능이었다면.

이 '제거자 불곰의 주먹'은 주먹의 악력을 순간적으로 배가하여 파괴력을 끌어 올리는 권능이었다.

그러니 꽤나 그럴싸한 모양을 만들 수 있었다.

"아주 그럴싸하게 돌멩이에 찍힌 모양이 될 거야."

콰직! 퍼억!

"컥……."

노인의 손목이 뚝 부러지고, 동시에 무시무시한 스트레이트가 얼굴에 꽂혔다.

아마 어지간한 헤비급 복서의 펀치 정도는 될 것이다.

그렇게 얼굴로 내 주먹을 고스란히 받아 낸 심혁필의 몸이 휘청였다.

그러고는 다리가 풀리며 자세가 무너지기 시작했다.

그리고 곧 사방이 밝아지는 것과 함께 게이트 내부의 모습이 드러났다.

[알림 : D등급 게이트 '적색 오크의 항구'에 입장했습니다.]

나는 즉시 노인의 팔을 놓으며 태연하게 앞으로 돌아섰다.

등 뒤에서 '털썩' 하며 심혁필의 몸이 쓰러지는 소리가 들려왔다.

'이제 모르는 척하면 끝.'

굳이 몸을 피할 필요도 없다.

이 상황에선 딱 여기까지만 해 두어도 충분했으니까.

"음, 듣던 대로 초원 지형부터 시작이군. 그럼 서북 방향으로…… 어? 아버지? 왜 그러십니까?"

대열을 돌아보던 심재진 팀장이 최초 목격자가 되었다.

나도 그 시선을 따라 자연스럽게 뒤로 돌아섰다.

그리고 놀란 사람을 연기하기 시작했다.

"괜찮으십니까? 마스터? 어라? 기절하셨는데요? 코피가 엄청 나옵니다!"

"엉? 기절? 코피까지? 이런! 설마 게이트 현기증 때문에 넘어지셨나? 아버지!"

잔뜩 당황한 얼굴로 헌터들 사이를 헤치며 이쪽으로 걸어오는 심재진.

나는 그를 등지고 심혁필을 향해 상체를 숙인 채 보이지 않도록 권능을 전개했다.

'코피도 출혈은 출혈이지.'

그러니 김자형에게 사용했던 그 권능을 사용하지 못할 까닭이 없었다.

[권능 : '흡혈뱀의 기생충'.]

쉬익!

손끝에서 생겨난 작고 검은 뱀이 노인의 피 묻은 뺨에다 어금니를 박은 뒤 연기로 흩어졌다.

그리고 나는 재빨리 암시를 밀어 넣었다.

〈너는 현기증 때문에 넘어졌다.〉

바로 다음 순간.

"……정말 기절하셨잖아?"

다가온 심재진이 한숨을 푹 내쉬었다.

"왕년의 랭커가 게이트 현기증도 못 이기실 줄이야. 세월이 무상하구먼."

"손목도 꺾이신 것 같은데요."

"뼈까지 약해지셨네."

심재진은 자신의 아버지가 현기증으로 인해 기절하면서 얼굴을 처박은 것으로 상황을 이해했다.

그것은 정확히 내가 의도한 그대로였다.

"이봐! 누가 와서 좀 옮겨 드려! 일단 야영지부터 만들어야겠네."

노인은 헌터들에 의해 바르게 눕혀지고 치료를 받기 시작했다.

하지만 금방 상태를 회복하긴 어려울 듯했다.

짐승 같은 누렁비

'특수팀 헌터들 중에는 힐러가 없는 것 같군.'

흡혈뱀의 권능도 제대로 들어갔으니, 깨어나더라도 아까의 상황을 제대로 기억해 내긴 힘들 터.

그러니 나는 지금부터 목표에 집중할 수 있었다.

무엇보다 중요한 것은 게이트 공략 실적을 올리는 것이고.

두 번째는 블랙핑거의 간부들에게 엿을 먹여 주는 일이었다.

'아주 크고 실한 엿으로.'

날 뭉개보겠다고 덤볐다가 거꾸로 뭉개진 늙은이는 시작에 불과했다.

내 머릿속에서는 이 게이트를 십분 이용할 계획이 착착 돌아가고 있었다.

'이 게이트는 오늘 폐쇄될 거야. 또 가능하다면……'

나는 이번 기회를 이용해서 블랙핑거라는 클랜 자체를 박살 내 버릴 생각이었다.

　

❦

　

게이트는 역시 완전히 완료된 상태였다.

　

〈적색 오크의 항구〉

[게이트] 피처럼 붉은 얼굴을 자랑하는 오크 부족이 숲과 항구를

점령하고 있습니다.

그들로부터 지역을 탈환하고 운송 작전을 파괴하십시오.

등급 : D등급

미션 :

1. 최대한 많은 적을 처치하십시오.(완료됨)

2. 항구에 정박된 화물선을 파괴하십시오.(완료됨)

3. 게이트 보스 '항구의 지배자'를 제거하십시오.(완료됨)

현재 상태 : 공략이 완료되었습니다. 입장 인원에 제한이 없습니다.

하지만 블랙핑거 클랜은 부지런히 움직였다.

낙엽을 모으고 담요를 덮어서 만든 침상에 심혁필이 눕혀지고 야영지가 꾸려지는 사이.

"……일단 아버지가 깨어나실 때까지는 자리를 지켜야겠군."

심재진은 이곳에서 움직이지 않기로 결정했다.

하지만 나는 예외였다.

"어이, 백수현. 이리 와 봐."

심재진이 나를 향해 손짓했다.

"예, 팀장님."

나는 아무것도 모르는 얌전한 얼굴을 가장하며 다가갔다.

놈은 턱을 긁적이며 입을 열었다.

"어째 상황이 좀 이상하게 되긴 했는데……. 뭐, 어차피 네가 해야 할 일은 처음부터 정해져 있었어. 그러니까 넌 시키는 대로 하면 돼."

시키는 대로 해라?

'……이건 도저히 그럴 자신이 없는데.'

하지만 거짓말은 잘하니까.

"예, 알겠습니다!"

최대한 우렁차게 대답했다.

그러자 심재진은 비릿한 웃음을 지으며 어깨를 으쓱거리는 것이었다.

"하, 새끼…… 마음 약해지게시리 기합 하나는 좋네."

하지만 여전히 번들거리는 눈동자는 음흉하기 그지없었다.

그는 나에게 명령을 전달했다.

"넌 지금부터 북동쪽으로 이동하면서 정찰 임무를 수행해. 아까 들어서 알겠지만 그쪽엔 무진 그룹이 남겨 놓은 잔여 몬스터들이 있을 거야."

그 말대로였다.

앞서 무진 3군의 팀장, 겨울공주는 이렇게 경고했었다.

ᅳ북동쪽 풀숲에는 '울프 라이더 오크'의 군락지가 있는 것으로 판단됩니다. 채굴 작업하실 때 공격을 받을 수 있

으니 주의하시고요. 아무래도 미리 제거하는 쪽이 안전하
겠죠.

내가 이코에게 이야기했던 대로, 울프 라이더 타입의 오크
들이 남아 있었던 것이다.

겨울공주는 아는지 모르는지 언급하지 않았지만 남은 놈
들 중에서는 미니 보스도 섞여 있을 터.

'뉴비에겐 엄청나게 위험한 상황이지.'

이 게이트에 대해 이미 알고 있는 나는 그것을 장담할 수
있었다.

하지만 심재진은 나에게 터무니 없는 것을 주문했다.

"넌 그 오크 놈들이 움직이는 걸 감시하고, 만약 이쪽으로
올 것 같은 기미가 보이면 놈들의 발목을 잡아. 그냥 그것만
하면 돼. 알겠냐?"

······놈들의 발목을 잡는다.

이게 고작 '그냥 그것만'의 범위는 아닌 것 같은데.

"크흠!"

내가 물끄러미 그를 바라보자 심재진은 헛기침을 하며 설
명을 추가했다.

"거기서 죽을 각오로 싸우라는 게 아니야! 듣자 하니 울
프 라이더들이 진을 치고 있다던데! 내가 알려 주는 대로만
하면 시간을 끄는 것 정도는 쉽게 할 수 있을 거라고! 알아

듣겠어?"

"알겠습니다."

"새끼가 죽상은……. 표정 풀고 잘 들어! 저 울프 라이더
오크는 말이지……."

나는 혹시나 싶은 마음으로 심재진의 공략법 설명에 주의
를 기울였다.

하지만 놈은 기대를 저버리지 않았다.

'그냥 날 엿먹이려는 수작이네.'

심재진 팀장이 알려 준 공략법은 대단히 위험한 것이었다.

울프 라이더 오크들은 본능 자체가 대단히 공격적이고 난
폭한 개체들인데.

특히 자신들의 파트너인 늑대들이 공격받을 때는 그 전투
본능이 2배 이상 증폭되는 효과가 있었다.

그러니 인간 기병들을 상대하듯이 그들이 타고 있는 늑대
를 노리는 것은 절대 금물이었다.

여기까진 심재진도 잘 알고 있었다.

하지만 문제는 다음이었다.

"그러니까 넌 그 녀석들의 주둔지 뒤쪽으로 우회해서 '사
육장'으로 가는 거야. 거기 있는 '새끼 늑대'들을 노려!"

오크들이 키우는 새끼 늑대들.

"그중에서 가장 작은 놈 한 마리만 잡아서 반대 방향으로
움직이면 돼. 그럼 놈들도 널 섣불리 공격하지 못할 거다. 무

슨 말인지 알겠냐?"

즉, 새끼 늑대를 인질을 잡아서 어그로를 잡아 두고 있으라는 뜻이었다.

사실 이 지시 자체는 나쁜 작전이 아니었다.

치사하게 보이기는 해도, 울프 라이더들을 혼란에 빠뜨려 순식간에 사냥할 수 있는 작전이었다.

하지만…….

'이건 팀이 제대로 갖춰졌을 때나 써먹을 수 있는 공략법이야.'

내가 기껏 어그로를 끌더라도, 마무리를 지어 줄 타격팀이 없으면 무의미할 수밖에 없었다.

오히려 분노로 눈이 돌아간 오크들에게 난도질을 당할 가능성이 컸다.

결론적으로 나 혼자서는 반쪽 짜리에 불과한 공략.

'그런데 이 방법을 추천했다?'

좋게 봐주자면 무지한 것이고.

나쁘게 보자면 날 죽이려는 속셈이었다.

'……아마 후자겠지.'

울프 라이더 오크에 대해 이렇게 잘 알고 있으면서 양동 작전의 중요성을 모른다는 것은 전혀 앞뒤가 맞지 않는 일이었다.

이건 꽤 많은 게이트 경험을 갖춘 헌터가 획책한 흉계이

리라.

'심혁필······.'

용의자로는 저기 기절해 있는 은퇴 랭커가 유력했다.

놈은 획책한 함정에다 날 빠뜨려 놓고 그것을 직접 감상하고 싶었던 모양이다.

물론 지금은 나에게 역습을 당해서 낙엽 더미 위에서 침을 질질 흘리며 뻗어 있는 신세였지만.

"어때? 작전에 이의 있냐?"

심재진이 어깨를 으쓱거리며 묻고 있었다.

나는 당장 놈의 죽통을 후려치면서 '이의 있소!'를 외치고 싶었다.

하지만 대신 각오에 찬 뉴비의 얼굴을 연기해 줬다.

"알겠습니다. 팀장님께서 지시하신 작전에 따라, 실수 없이 울프 라이더들을 잡아 두도록 하겠습니다."

그러자 심재진은 흡족하게 웃었다.

"그럼 가 봐."

하지만 나도 여기서 그대로 당해 줄 생각은 없었다.

"저, 그런데요, 팀장님. 죄송하지만 제가 딱 한 사람만 데리고 가도 될까요?"

"뭐? 왜? 혼자서 해! 인마!"

"혹시라도 문제가 생기면 상황을 알릴 전령이 필요하잖습니까."

"이 새끼가 빠져 가지고 시작도 안 했는데 실패할 생각부터……!"

"그치만 아까 심혁필 마스터께서 저와 동행하려고 하셨던 것도 그런 이유라고 하셨는데요? 안전에 만전을 기하겠다는 생각이신 듯했습니다만?"

"……아버지가?"

내가 당장 확인할 수 없는 심혁필의 이름을 팔아먹자 대번에 입을 다무는 심재진.

'인성은 개나 준 지 오래지만 아버지한텐 철저하게 복종한다는 건가?'

웃기는 놈이네.

나는 싱긋 웃으며 쐐기를 박았다.

"제일 약한 전력으로 데리고 가겠습니다. 대신 발만 좀 빠른 사람으로 부탁드릴게요."

나는 특수팀의 헌터 한 사람과 함께 북쪽으로 출발했다.

언뜻 보기에는 평범한 여성 헌터.

"특수팀의 '장유민'이라고 합니다."

"전 백수현입니다. 반갑습니다."

"네."

고개를 끄덕이는 장유민은 신우와 비슷한 또래.

무장 상태나 전투 흔적으로 보아, 레벨 20 내외의 N등급 헌터로 보였다.

하지만 표정이 없어서 섬뜩한 그 얼굴은 분명 무언가 심상찮은 느낌을 풍기고 있었다.

'역시 마력의 냄새가 전혀 없어.'

이렇게 바로 옆에서 걷고 있는데도 말이다.

'……뭘까?'

전혀 실마리가 없는 상황만큼은 사양하고 싶었다.

그래서 나는 그녀를 떠보기 위해서 움직였다.

"장유민 선배님, 제가 D등급 게이트는 처음이라서요. 혹시 위험해지면 어떻게 대처하는 게 좋을까요?"

보름달 여우의 권능을 사용하는 것과 함께 '나'에 대한 생각을 유도하려는 것이었다.

그러자 장유민이 반응했다.

"그럴 일은 없을 겁니다. 걱정하지 마세요."

틀에 박힌 것처럼 너무나 뻔한 대답.

하지만 나는 무어라 말할 수가 없었다.

─죽여라. 죽여라. 죽여라. 죽여라. 죽여라. 죽여라. 죽여라. 죽여라……

장유민에게서 미친 사람처럼 느껴지는 정신 파동이 들려왔기 때문이다.

'죽여라? 뭐야? 이게?'

등줄기에 소름이 쫙 끼쳤다.

지금 장유민의 머릿속에는 '죽여라'라는 키워드만 가득 차 있었다.

나는 다른 말을 던지면서 몇 번을 더 시도해 보았지만 매번 마찬가지였다.

─죽여라.

장유민으로부터 들려오는 정신 파동은 그게 전부였다.

그러니까 나는 지금 나를 죽일 궁리만 하고 있는 사람과 함께 걷고 있는 중이라는 뜻이었다.

"……."

물론 싸워서 질 것 같지는 않았지만 아무렇지 않을 수는 없는 일이었다.

쫘악.

나는 슬그머니 아공간을 열어 해청의 손잡이를 쥐었다.

동시에 드는 생각.

'아니, 애초에 사람이 이렇게 한 가지 생각만 하면서 다른 행동을 취할 수가 있나?'

무엇보다 의아한 부분이었다.

나는 지금까지 보름달 여우의 눈을 셀 수 없이 사용해 보았지만 이런 경우는 처음이었다.

한 가지 생각만으로 사로잡혔으면서 이렇게 멀쩡하게 움직이고 있다니.

'……보름달 여우의 권능을 좀 더 깊게 사용할 수 있으면 뭔가 더 알 수 있을 텐데.'

어쨌거나 지금 여기서 내가 먼저 공격을 취하는 것도 방법이기는 했다.

하지만.

"백수현 씨, 이쪽으로 가야 합니다."

"……."

최소한 지금까지의 장유민은 표정이 없을 뿐, 아무렇지 않게 나를 대하고 있었다.

그러니 나 역시 다짜고짜 공격을 할 수는 없었다.

'하지만 결정적인 순간이 온다면 분명 다른 행동을 취할 거야.'

그게 어떤 순간이 될지는 알 수 없다.

하지만 나는 장유민이 언제든 공격해 올 수 있다는 것을 염두에 두고 움직여만 했다.

'아니면 내가 이 여자를 시험해 보거나.'

……타이밍이 나올까?

나는 머릿속으로 계획을 점검했다.

일단 내 목표는 이 게이트에서 몬스터를 최대한 많이 잡는 것이었다.

'1백 마리를 한 번에 다 채우는 게 목표이긴 한데. 아마 안 될 거야.'

우선 울프 라이더 오크가 1백 마리나 남아 있을 것인지가 의문이었고.

설령 그렇다 한들, 기마 형태의 몬스터를 다대일로 상대하는 것은 위험한 일이었다.

진영을 짜서 돌진하는 놈들은 숫제 탱크나 다름없었으니까.

그러니 울프 라이더 오크들을 사냥할 가장 안전한 방법은 각개격파였다.

즉, 하나씩 끌어내서 패는 것이 가장 무난했다.

하지만 나는 그럴 생각이 없었다.

'각개격파는 너무 오래 걸려서 블랙핑거 놈들이 딴죽을 걸 확률이 높아.'

무엇보다도 더럽게 번거로운 일이었다.

대신 나는 게이트 안의 장치를 이용해서 단숨에 오크들을 몰살시킬 생각이었다.

'그리고 디멘션 하트를 찾아서 이 게이트를 폐쇄하는 것.'

여기까지가 애초의 내 계획이었다.

'그럼 이 흐름 속에서 장유민을 시험해 볼 타이밍이 나와야 하는데.'

……가능할까?

잠시 생각하던 나는 꽤 괜찮은 아이디어 하나를 떠올릴 수 있었다.

'아까 심재진이 제안했던 늑대 사육장 쪽에는 오크들의 감시가 딱 적당해.'

그곳으로 가면 장유민을 시험할 수 있겠다는 생각이 든 것이었다.

-죽여라. 죽여라. 죽여라. 죽여라. 죽여라. 죽여라. 죽여라. 죽여라…….

여전히 미친 여자처럼 '죽여라'만 떠올리고 있는 장유민.

하지만 나는 그녀를 향해 아무렇지 않게 고갯짓을 했다.

"장유민 선배님, 저랑 함께 오크들의 주둔지를 우회해서 뒤로 들어가죠."

"……?"

"우리 중 한 사람이 새끼 늑대들을 확보한 다음, 울프 라이더들을 감시하면 좀 더 안전할 테니까요."

내가 그렇게 제안하자 장유민은 흐릿하게나마 처음으로 감정을 드러냈다.

"죄송하지만 저는 전령 역할로 백수현 씨와 동행하는 겁니다. 제 도움을 받을 생각은 접어 두시는 것이……."

생각할수록 희한하다.

분명 장유민에게는 날 죽이겠다는 생각밖에 없었다.

하지만 의사소통에는 아무런 문제가 없는 기이한 상황.

그러니 회유와 협박 역시 충분히 가능했다.

"그래요? 그럼 어디 전령 역할만 해 보세요. 과연 그렇게 될지 모르겠지만."

"그게 무슨 말입니까?"

여자가 의문을 표한 그 순간.

"……잘 들어."

나는 장유민을 향해서 기세를 쏟아붓는 것과 함께 엄포를 놓았다.

"만약 당신이 날 돕지 않으면 난 새끼 늑대를 납치해서 심혁필이 있는 곳을 향해 달릴 거야. 그럼 모든 울프 라이더들이 내게 따라붙겠지?"

"……!"

"너희 특수팀이 그걸 막을 수 있을까? 난 아니라고 보는데. 아마 심혁필도 위험해지겠지?"

그렇잖아도 늑대가 공격받는 것에 민감하게 반응하는 울프 라이더들이다.

'그런 사나운 오크들이 미친 듯이 몰려드는 상황에서, 고

작 네다섯 명으로 기절한 클랜 마스터를 지키면서 반격을 가한다?'

절대로 불가능한 일이었다.

즉, 심혁필이 기절한 그 시점부터 이 판은 내가 좌지우지할 수 있게 된 것이었다.

"……."

여전히 무감정한 얼굴로 나를 바라보는 장유민의 눈동자.

그런데 그 속에서 또 하나의 흐릿한 감정이 피어오르고 있었다.

"……?"

뜻밖에도 그것은 '기쁨'의 빛이었다.

그와 동시에 나는 장유민의 정신 파동에 약간의 변화가 일어났다는 것을 포착할 수 있었다.

작지만 큰 변화.

-죽여라, 죽여라, 도와줘, 죽여라, 죽여라, 죽여라, 도와줘, 죽여라…….

'뭐야? 도와줘?'

이게 뭐지?

내가 그렇게 의문을 가진 순간.

"……생각해 보니 백수현 씨와 함께하는 게 좋을 것 같습니다. 협력하겠습니다."

갑자기 태도를 바꾼 장유민은 그대로 돌아서서 오크 주둔 지를 향해 걷기 시작했다.

그리고 '도와줘'는 다시 들려오지 않았다.

대체 뭐지?

B등급 이하의 게이트가 작명되는 규칙은 무척 단순했다.

예를 들어서 '피에 굶주린 오우거 동굴'이라면?

'……기본적으로 흡혈 속성의 오우거가 등장하는 동굴 지형의 게이트라는 것을 추측할 수 있지.'

누구라도 쉽게 짐작할 수 있는 대목이었고, 지구의 헌터들은 이 점에 착안해서 최초 공략을 준비하고는 했다.

하지만 나는 이보다 훨씬 많은 것을 알고 있었다.

나는 야수의 왕이자, 수인 헌터들의 총지휘관으로서 게이트 공략의 최전선에 있었고.

수없이 많은 게이트를 폐쇄하며 그 정보들을 온몸으로 습득했다.

그러니 내가 모르는 게이트는 없다고 봐도 무방했다.

지금 이 '적색 오크의 항구'의 경우.

'기본적으로 숲 지형이고, 보스 몬스터는 숲이 끝나고 등

장하는 항구 지형에 숨어 있지.'

그리고 숲과 항구가 마주하는 해안 지역에는 오크들이 바위 절벽을 파내서 만든 은신 동굴들까지 있다.

결론적으로 이곳은 숲, 항구, 동굴의 삼박자를 갖춘 게이트였다.

각 지형마다 몬스터들의 구성과 배치가 달랐고, 숨겨진 도전 과제와 보상 역시 따로 준비되어 있었다.

'하지만 무진 그룹의 루키들은 딱 항구 쪽만 공략하고 끝냈어.'

이 게이트의 미션 자체가 항구 지형 쪽에만 편중되어 있었으니까.

게이트의 빠른 공략을 노리는 입장에서는 굳이 따로 손을 댈 필요가 없었던 것이다.

결과적으로 '적색 오크의 항구'는 공략이 완료된 상태였지만 잔여 몬스터가 상당히 많이 남아 있는 상태.

울프 라이더 오크의 군락지가 바로 그 경우였다.

"백수현 씨, 뭔가 접근하고 있습니다. 기척을 줄이세요."

"……네."

그래서 장유민과 나는 조심스럽게 움직일 수밖에 없었다.

목표로 삼은 오크 기지가 지척에 있었지만 느릿느릿 기어가는 상황.

그 탓에 답답해서 복장이 터질 것 같은 기분이었다.

하지만 주목할 만한 변화도 있었다.

　-죽. 여. 라……. 죽, 여, 라…….

장유민에게서 들려오는 괴이한 정신 파동.

그녀의 살인 욕구가 서서히 가라앉는 듯한 느낌이 있었던 것이다.

여전히 날 죽이고 싶어 하는 것 같기는 했지만, 분명 강도가 약해졌다는 것이 느껴졌다.

나는 계속해서 생각했다.

'아까는 내가 윽박지르니까 정신 파동이 흔들렸고. 지금은 출발 지점에서 멀어지면서 약해지는 것 같은데?'

거기서 두 현상의 공통점 하나가 드러났다.

'심혁필.'

아무래도 그 늙은이와 관련이 있는 것 같았다.

내가 윽박지르면서 '도와줘'라는 단어가 나왔을 때는, 심혁필의 안전을 놓고 협박한 상황이었다.

그리고 지금 출발 지점에서 멀어지고 있다는 것은, 심혁필이 누워 있는 곳에서 멀어지고 있다는 것과 같았다.

즉, 장유민의 이상한 정신 파동은 심혁필과 연관되었을 때마다 변화를 일으킨 셈이었다.

'또 한 번 건드려 봐?'

하지만 바로 그때.

"백수현 씨, 앞뒤가 막혔습니다. 오크 정찰병들이 접근하고 있습니다."

장유민이 무미건조한 목소리로 위기 상황을 알리고 있었다.

나는 속으로 한숨을 푹 내쉬었다.

'심혁필한테 영혼이라도 빼앗긴 건가? 다 죽어 나가도 눈하나 깜빡 안 하겠어, 아주.'

동시에 나는 곧바로 움직였다.

그렇잖아도 답답한 상황이었는데 오크가 가까이 있다?

그럼 당장 써먹어 줘야지.

더구나 진로의 앞뒤가 막혔다면 내가 원했던 바로 그 상황이었다.

'자, 이빨을 드러내 보라고.'

저벅저벅.

"……백수현 씨?"

나는 장유민의 부름을 귓등으로 흘리는 것과 함께 숲속으로 나섰다.

그러자 놈들의 시선이 쏟아졌다.

취이잇!

끄끼이이잇!

모가지가 비틀어진 돼지가 내는 듯한 울음소리와 함께.

"침입자! 인간! 죽여라!"

"아니! 산 채로 잡아서 바비큐를 할 것이다! 취이잇!"

놈들이 괴성을 지르며 달려들었다.

하지만 나는 피식 웃었다.

'돼지들이 바비큐 타령을 하고 있네.'

앞에서 둘.

뒤에서 셋.

오크는 도합 다섯 마리였다.

'……그렇다면 이렇게 움직이는 게 가장 적절하겠네.'

머릿속으로 계산을 마친 나는 인벤토리에서 해청 대신 '바람의 회색 망토'를 꺼내 들었다.

의도치 않게 창덕궁의 좀비 게이트를 닫으며 얻은 5억 원짜리 아티팩트.

신우는 얼른 팔아서 돈으로 바꾸자고 했지만 굳이 급하게 팔 필요는 없었다.

'좀 쓴다고 닳는 것도 아니잖아?'

나는 회색 망토를 어깨 뒤로 걸치면서 마력을 움직이기 시작했다.

그 순간, 돌풍이 시작되었다.

슈우우우우ㅡ!

나는 한때 이 아이템을 이용해서 '바람의 칼날'을 만들어서 쓰고는 했다.

하지만 지금은 오크들을 밀어낼 수조차 없을 만큼 약한 바람.

나도 알고 있다.

'지금의 내 마력은 바람을 무기로 쓸 수준이 안 된다는 것.'

하지만 전투는 다른 방식으로 할 수 있다.

싸움은 무작정 힘으로 밀어붙이기만 하는 것이 아니니까.

오히려 가장 적은 힘으로 적을 쳐서 승리를 거두는 것.

그것이 수없이 많은 사선을 넘나들며 내가 배운 싸움의 요령이었다.

부웅!

회색 망토 끝에서 일어난 돌개바람에 주변의 수풀들이 일제히 흔들리며 나뭇잎을 쏟아 냈다.

그리고 일어난 흙먼지가 단숨에 공중으로 날아올랐다.

거친 모래 알갱이들이 향한 곳은 오크들의 얼굴이었다.

"취이잇! 아프다!"

"꾸웍! 꾸웍! 눈에 들어갔다!"

앞의 두 마리가 눈을 가리며 비명을 내질렀다.

개중에서도 가장 미숙한 녀석들.

나는 그놈들을 향해 쇄도하며 처형자 재규어의 권능을 발동했다.

두 손의 끝부분이 마치 칼날처럼 예리하게 변한 그 순간.

……쉭!

나는 거침없이 손끝을 휘둘러 두 놈의 얼굴을 베어 버렸다.

"꿰이이익!"

"치이잇!"

노린 곳은 바로 눈이었다.

가리고 있던 손가락들까지 함께 썰어 버리면서 안구를 찢은 것이다.

그러자 등 뒤에서 분노의 울부짖음이 들려왔다.

"끄꿰이이이익!"

"잡아라! 산 채로 구울 것이다!"

뒤를 막고 있던 세 마리는 비교적 베테랑이었는지 눈에 흙먼지가 튀는 것을 참아 내며 나에게 달려들었다.

하지만 나는 놈들을 맞상대하지 않았다.

오히려 권능을 거두는 것과 함께 쓰러진 두 놈을 훌쩍 뛰어넘었다.

그리고 공을 차는 축구 선수처럼 다리를 뒤로 당겼다.

극한까지 전개되는 '미친 토끼의 앞발'.

빠아아악!

"꾸웍!"

피범벅이 된 두 오크 중에서 체구가 작은 놈이 비명을 내지르며 나가떨어졌다.

……바로 수풀 속으로.

나를 따라 나오지 않고 장유민이 숨어 있던 곳이었다.

"꿰이이이익! 이, 인간! 여기 또 하나가!"

"이런."

난데없이 장유민과 뒤엉키게 된 오크는 기절할 것처럼 고함을 질러 댔다.

장유민은 비명을 지르지는 않았으나, 내가 무엇을 의도했는지는 정확하게 알게 되었을 것이다.

"취익! 저기 인간 하나가 더 있다!"

"그렇다면 하나는 죽여라! 죽여서 구울 것이다!"

"꿰이이익!"

전투 도끼를 뽑아 든 오크 정찰병 세 마리가 확실하게 의사를 표현해 준 덕분이었다.

이로써 그녀가 숨어 있다는 것이 드러났다.

"백수현 씨, 무슨 짓을 하는 겁니까?"

결국 수풀 속에서 뛰쳐나온 장유민이 나를 향해 검을 뽑으며 미미한 분노를 드러냈다.

"……."

나는 대답 대신 해청의 칼자루를 쥐며 대결에 대비했다.

이렇게 확실하게 자극을 줬으니, 그녀가 여기서 당장 나를 죽이겠다고 달려드는 것도 이상하지 않았다.

하지만 뜻밖에도 칼끝은 나를 향하지 않았다.

"경험 부족이라고 생각하겠습니다."

"응?"

그렇게 간단하게 이야기를 마무리한 장유민은 그대로 몸을 돌려 오크들과 싸우기 시작했다.

어안이 벙벙해졌다.

'경험 부족이라고?'

이 여자, 대인배야? 아니면 정말 정신이상자야?

나는 얼굴을 찌푸린 채 서 있었고.

"취잇!"

"끄으윽!"

"……컥!"

세 마리의 오크 정찰병은 장유민의 손에 순식간에 정리되었다.

그 과정을 지켜본 나는 머릿속이 복잡해질 수밖에 없었다.

'제법 잘 싸우는데?'

그녀의 무위가 그다지 나쁘지 않다는 사실이 나를 당혹시켰다.

그리고 또 하나.

-죽, 여……. 라…….

이상하게도 장유민의 기이한 정신 파동이 다시 한풀 더 꺾이는 기세였던 것이다.

골치가 아파진다.

'그냥 이 여자의 정신세계가 약간 이상한 건데, 내가 괜히 트롤링 하고 있는 거 아냐?'

아무런 일도 일어나지 않는다면 나만 헛짓거리를 하는 셈.

야성 특성의 위험 감지를 예민하게 받아들여서 과잉 행동을 하는 것은 아닌지 고민스러웠던 것이다.

하지만 이런 나의 고민은 금세 해결되었다.

"다시 가죠."

15분 뒤.

슬슬 늑대 사육장이 가까워졌을 무렵.

"……주, 죽어. 죽어어어어!"

별안간 장유민이 눈동자가 뒤집힌 채 나에게 달려들었던 것이다.

"끄으윽……."

심혁필은 이마를 감싸 쥔 채 몸을 일으키고 있었다.

"무, 물! 여기 물 좀 다오!"

"아, 아버지! 일어나셨습니까?"

후다닥 달려간 심재진이 아공간에서 식수를 꺼내 공손하

게 내밀었다.

그것을 홱 낚아채서 꿀꺽꿀꺽 마시려던 심혁필은.

"끄아아악!"

부러진 손목에서 격통을 느끼고 몸을 웅크렸다.

손목이 부러졌다는 것을 미처 제대로 깨닫지 못한 탓이었다.

"이, 이런 제기랄."

노인은 이마를 감싸 쥔 채 멍하니 욕지기를 내뱉었다.

"재진아, 내가 어떻게 된 거지? 손목은 왜……?"

"아, 그게요. 아버지가 게이트 현기증 때문에 쓰러지신 것 같은데요."

"게이트 현기증? 내, 내가?"

"예, 얼굴을 부딪치셨는지 코피가 나고 있었고요. 그 손목은 몸통에 깔리면서 부러지신 듯합니다."

"……말도 안 돼."

"하하, 뭐 워낙 오랜만에 게이트에 들어오셨으니까요. 그러실 수도 있죠. 너무 마음에 담아 두실……."

"시끄러워!"

아들의 입을 다물게 한 심혁필은 다른 손으로 물을 마신 뒤, 퉤 뱉어 냈다.

입안에서 비릿한 피 맛이 감돌고 있었다.

그리고 뒤늦게 찾아온 기억의 파편들이 이음새를 맞추기

위해 머릿속에서 움직이는 것이 느껴졌다.

노인은 생각했다.

'그래, 아까 그 건방진 녀석에게 잘 배워 두라고 말하면서 게이트를 통과했지.'

그러다가 넘어진 건가? 게이트 현기증 때문에?

"흐음."

방금은 민망함 때문에 받아들이지 못했지만, 잠시 생각해 보니 그럴 수도 있겠다는 생각이 들었다.

'근데 뭔가 괘씸한 점이 있어서 내가 죽여 버리겠다고 마음을 먹었던 것 같은데…….'

하지만 '백수현'에 대한 노인의 기억은 거기까지였고, 더는 이어지지 못했다.

최원호가 흡혈뱀의 기생충을 이용해서 주입한 암시가 효력을 발휘한 덕분이었다.

그 때문에 노인은 가장 결정적인 부분을 건너뛰고서 다음을 생각하고 있었다.

"흐음, 그럼 그 녀석은? 백수현이, 그놈은 지금 어디 있나?"

"아, 백수현은 아까 북동쪽으로 정찰을 나갔습니다. 장유민 헌터와 함께요."

"정찰? 장유민이랑 같이 갔다고?"

잠시 생각하던 심혁필의 얼굴에 음흉한 미소가 떠올랐다.

"그렇다면 손쉽게 요리할 수 있겠어."

노인은 다섯 손가락을 차지하고 있는 반지들을 매만지며 고개를 끄덕였다.

'장유민이는 작업이 거의 다 끝나서 이미 내 수족이나 다름없으니까.'

[알림 : 특성 '뉴 타입'이 반응하고 있습니다.]
[알림 : 불완전한 스킬 '피의 지배'가 작동합니다.]

츠츠츠츠츠─!

다섯 중 섬뜩한 빛을 번쩍이며 능력을 드러내기 시작하는 검지의 반지.

조용하던 장유민이 최원호에게 달려든 것은 바로 그 무렵이었다.

칼을 든 장유민과 몸싸움을 벌이고 있었지만 나는 안도의 한숨이 저절로 나왔다.

'내가 트롤은 아니었구나.'

하지만 의문점은 여전히 해결되지 못한 상태였다.

이 여자는 왜 잠잠하다가 갑자기 공격성을 드러낸 걸까?

아까 '도와줘'와 정신 파동의 변화는 무슨 의미였을까?

그리고 가장 결정적으로······.

아무런 원한도 없는 나를 왜 이렇게 죽이고 싶어서 눈알까지 돌아간 것일까?

"심혁필."

나는 유력한 용의자를 떠올리며 한 가지 가능성을 떠올리고 있었다.

'정신 지배 스킬 같은 걸 썼나?'

아마도 그런 듯했다.

하지만 가능성을 증명하기 위해서는 우선 장유민을 쓰러뜨려야만 했다.

제법 무위를 가진 상대를 죽이지 않고 제압하는 것이 쉽진 않겠지만.

"아까 '도와줘'라는 이야기까지 들었는데, 뭐라도 해 봐야겠지."

기왕 마음을 먹었으니 최선을 다할 생각이었다.

"해청, 한번 맞춰 볼까?"

ー응, 주인!

실전에 나선 칼날이 웅웅 울기 시작했다.

녀석이 깨달은 '해태의 굉소'.

이 기술이 결정적인 순간에 매듭을 지어 줄 것이다.

아직 성장이 전혀 이뤄지지 않은 레벨 0의 수혼검이었지만 해청은 꽤 준수한 검이었다.

　'무게 중심도 좋고, 강성과 연성의 균형도 나쁘지 않아.'

　해청의 영혼이 검 내부에서 자리를 잘 잡았다는 의미다.

　하지만 나는 고전 중이었다.

　"크아아악! 죽어어어어!"

　"……아우 씨, 개빡세네!"

　나를 죽이겠다고 눈이 돌아간 채로 미쳐 날뛰는 이 여자가 상당히 강적이었던 것이다.

　'확 몰아쳐서 목숨을 거두자면 어렵지 않겠지만.'

　적당히 힘을 써서 제압하는 것은 훨씬 더 어려운 일이었다.

　"하아아…….."

　나는 장유민을 향해 입을 열었다.

　"너, 뭐가 뭔진 모르겠지만, 나중에 나한테 진짜 맛있는 거 사 줘야 된다?"

　하지만 돌아오는 것은 거센 검격이었다.

　쾅!

　"세상에 이런 배은망덕은 어디에도 없을 거야."

　가만있자.

'생각해 보니까 고미정보다 장유민이 훨씬 더 강하겠는데?'

장유민이 광기에 사로잡혀서 방어를 신경 쓰지 않는 것을 고려한다고 해도, 둘을 붙여 놓는다면 스무 합 안에 장유민이 승리를 거둘 듯했다.

좀 이상한 일이었다.

고미정은 엄연히 R3급 라이선스 소지자로서 최소 레벨 30을 달성한 헌터였다.

아무리 레이드를 손 놓고 있느라 전력이 약화되었다고 하더라도 이렇게까지 차이가 벌어질 수는 없었다.

'이건 장유민이 비정상적으로 강한 거라고 봐야겠지.'

장유민은 싸움에 미친 여자처럼 과감하게 달려들고 있었다.

왼쪽으로 달려드는가 싶으면 왼쪽이었고.

오른쪽이다 싶으면 오른쪽이었다.

그야말로 직진 일변도.

만약 내가 마음먹고 반격하려고 했다면 벌써 시체가 되어 누워 있었을 것이다.

하지만 나는 불굴의 의지를 가지고 장유민을 상대했다.

이렇게 패기가 넘쳐흐르긴 해도, 어차피 스탯은 변하지 않았을 터.

'계속 받아 주다 보면 언젠가는 체력이 바닥나게 돼 있어.'

그에 반해 내 체력은 고갈될 염려가 없었다.

최대한 간결하게 동작을 작게 줄이는 노하우 덕분이기도 했지만.

[알림 : 특성 '야성'이 반응하고 있습니다. 상대의 분노에 감응하여 퓨리 에너지가 충전되고 있습니다.]

"죽어어어어어!"

미쳐 날뛰는 장유민에게서 흘러나오는 분노의 감정.

그것을 야성 특성이 거울처럼 복사하며 퓨리 에너지를 실시간으로 채우고 있었던 것이다.

분노라는 감정의 특징이기도 했다.

'상대가 화를 내면 나도 똑같이 화가 치밀어 오르는 게 당연한 거니까.'

끝도 없이 계속해서 채워지는 활력은 양심의 가책마저 불러일으킬 지경이었다.

'야성 특성은 진짜 사기적인 능력이야.'

그나저나, 이 여자는 대체 무엇 때문에 오늘 처음 본 나에게 이렇게 큰 분노와 살의를 쏟아 내고 있는 걸까.

"곧 알 수 있게 되겠지."

내가 눈가를 좁히며 장유민을 향해 살짝 다가선 그 순간.

"허억, 허억."

여자가 쥔 칼끝이 가늘게 흔들리는 것이 보였다.

격전으로 인해 체력이 바닥나기 시작한 것이다.

나는 그 빈틈을 놓치지 않았다.

'간다.'

이번에 발동한 것은 야성이 아니었다.

[알림 : 특성 '무의'가 반응하고 있습니다.]

[정보 : 마력 체계가 신체를 극한까지 활성화시킵니다. 한계를 뛰어넘어서 움직일 수 있습니다.]

무의(武懿).

'싸움을 아름다움의 경지까지 끌어올렸을 때 도달하는 영역.'

무술 계열의 특성에서 이룰 수 있는 최고의 경지였다.

그만큼 마력 소모량이 어마어마했기에 오래 쓸 수는 없었다.

'하지만 효과는 확실하지.'

콰직.

땅을 박찬 순간, 지표면이 우그러지는 소리가 났다.

나는 그대로 돌진했다.

장유민은 검을 당기며 비스듬하게 물러서서 방어 자세를 취하려 했다.

하지만 그보다 내가 훨씬 더 빨랐다.

"……!"

가까스로 검을 세워 막긴 했으나, 여자는 그대로 충격을 받아들일 수밖에 없었다.

아니, 반응했다기보다는 엉겁결에 갖다 댄 것에 가까웠다.

그리고 나는 다음 동작으로 진입했다.

해청을 당기는 것과 함께 한껏 자세를 낮추며…….

"지금!"

－알았어!

녀석에게 굉소를 주문한 것이다.

기이이이이잇－!

칼날은 고막을 찢을 것처럼 날카로운 괴성을 터트렸다.

"크으윽……!"

장유민은 손을 가늘게 떨며 본능적으로 물러서려 했다.

하지만 나는 그 움직임을 예상하고 있었다.

발을 성큼 내디디며 간격을 좁힌다.

'딱 목을 베기 좋은 거리지만.'

나는 해청의 방향을 돌려서, 칼날이 아닌 손잡이가 그녀를 향하도록 만들었다.

그리고 한 번 더 땅을 찍어 밟으며 돌진했다.

무의 특성을 통해 가속된 움직임은 발사된 탄환처럼 장유민의 품속을 파고들었다.

콰직.

"……커흡! 쿨럭!"

역수로 쥔 해청의 손잡이가 장유민의 명치에 박히면서 비명과 기침을 자아냈다.

나는 멈추지 않고 그녀의 손목을 향해 발끝을 차올렸다.

무의 특성에 귀속된 여러 스킬 중에서도 가장 초급 단계에 해당하는 '맨손 격투술'.

하지만 지고한 경지에 도달한 특성은 그것을 보이지 않는 속도까지 끌어 올릴 수 있었으니.

빠각!

한 방에 여자의 손목이 부러지고, 쥐고 있던 장검이 땅바닥에 나동그라졌다.

"……후우."

나는 장유민의 목을 단숨에 움켜잡았다.

흰자를 보이며 뒤집힌 그녀의 눈은 참으로 괴이했다.

하지만…….

"쿨럭! 도, 도와줘. 죽어어어! 도와주세요! 아아악!"

이제 그녀는 아까의 그 구조 메시지를 입 밖으로 내뱉기 시작한 상태였다.

오히려 '죽어라'라는 명령이 약해지면서 일부나마 제정신이 드러나기 시작한 것이다.

하지만 진짜 작업은 이제부터 시작이었다.

나는 한숨을 푹 내쉬었다.

"진짜 특급 호텔에서 풀코스로 얻어먹을 거다. 각오해라."

쿵!

장유민의 목을 쥔 나는 그녀를 그대로 밀어붙여 땅바닥에 메다꽂았다.

그리고 또 하나의 권능을 전개하기 시작했다.

[알림 : 특성 '야성'이 반응하고 있습니다.]

[권능 : '배신자 하이에나의 그림자'.]

앞서 내가 군이 '무의' 특성을 이용한 것은 퓨리 에너지를 아껴 두고 이 권능을 사용하기 위해서였다.

'야수계에서도 꽤나 논란이 되었던 힘이지.'

〈배신자 하이에나의 그림자〉

[권능] 마나 또는 퓨리 에너지를 공격적인 정신 파동의 형태로 투사한다. 일정한 범위 내에서 정신 마법을 부여하거나 파훼할 수 있다.

앞서 고미정이나 심혁필에게 사용했던 '보름달 여우의 눈'이 단순히 무슨 생각을 하는지 들여다보는 권능이었다면.

이것은 직접적으로 타인의 내면 세계를 침투해서 의식을

통제하는 힘이었다.

야수계의 수인 헌터들은 이 권능을 두고 '악마의 권능'이라고 칭하곤 했다.

'강력하면서도 섬세하게 조작할 수만 있다면 타인을 노예로 삼을 수 있었으니까.'

그리고 그만큼 에너지를 어마어마하게 집어삼키는 권능이었다.

'지금은 내가 워낙 쪼렙이라서 제대로 쓰진 못할 거야.'

하지만 그래도 필요한 만큼은 가능할 것이다.

슈우우욱!

권능이 개시되었다.

나에게서 시작된 시커먼 그림자는 공간을 점유하며 퍼져나갔다.

동시에 쭉쭉 빠져나가는 퓨리 에너지.

그렇지 않아도 마력을 많이 소모했기에 내가 느끼는 탈력감은 어마어마했다.

하지만 마나와 달리 이 힘은 보충될 수 있는 종류의 것.

"그아아아악!"

눈앞에서 발광을 하는 장유민이 내 힘의 원천이 될 수 있었다.

[알림 : 특성 '야성'이 반응하고 있습니다. 상대의 분노에 감응하

여 퓨리 에너지가 충전되고 있습니다.]

나는 장유민에게로 권능의 영향력을 최대한 집중시키기 시작했다.

'원래는 꽤나 폭력적인 권능이라서 후유증이 심각하게 남는 건데, 그래도 그런 걱정은 안 해도 되겠어.'

내면 세계를 지배하겠다는 것이 아니라, 지금 이 정신이 어떻게 지배당하고 있는지 구조만 살펴보면 되는 일이었으니까.

'곁에서 둘러보기만 하면 돼.'

어쩌면 이 배신자 하이에나의 권능과 비슷한 메커니즘일지도 모른다.

나는 그렇게 다양한 가능성을 염두에 두며 힘을 전개했고.

"뭐야, 이게?"

곧 눈살을 찌푸릴 수밖에 없었다.

장유민의 내면을 살피던 내가 발견한 것은 일종의 '구속구'였다.

마치 수갑을 채운 것처럼 단단한 지배력이 그녀를 휘어잡고 있었던 것이다.

배신자 하이에나의 그림자보다는 훨씬 조잡하지만 비슷한 원리.

'대체 어떻게?'

장유민이 벌떡 몸을 일으킨 것은 바로 그 순간이었다.

그녀는 잔뜩 갈라진 목소리로 나에게 소리쳤다.

"어서! 지금 당장 날 죽여 줘어어어!"

❦

"젠장, 너무 멀리까지 가 버린 것 같구먼."

심혁필은 인상을 찌푸리고 있었다.

"명령 입력이 잘 되질 않아. 흐음, 지금 장유민이가 제대로 활동하고 있기는 한 건가? 다시 한번 해 봐야겠어."

자신의 붉은 반지에다 손가락을 올린 노인은 연신 마력을 쏟아 내고 있었고.

"아버지, 뭐가 잘 안 되십니까? 좀 도와드릴까요?"

"닥치거라. 집중이 안 되잖아!"

"예……."

심재진은 예민해진 심혁필에게 괜한 구박을 당하고 있었다.

하지만 그러면서도 심재진은 심혁필의 마력 운용을 유심히 지켜보는 중이었다.

그의 시선을 느낀 노인이 거칠게 소리쳤다.

"나중에 다 가르쳐 줄 테니 귀찮게 굴지 말거라!"

"아, 알겠습니다."

"명색이 '신인류'라는 녀석이……. 에잉, 쯧쯧."

신인류, 또는 '뉴타입'.

심재진을 비롯한 몇몇 마력 각성자들이 가지고 있는 특성이자, 인류 사회의 이면에서 은밀하게 활동하는 비밀단체였다.

이들은 게이트에서 마력석을 캐내는 것에서 그치지 않고 더 깊은 비밀들을 찾아내기 위해서 수단과 방법을 가르지 않았다.

그리고 최근 신인류는 결실 하나를 거두는 것에 성공했다.

[알림 : 불완전한 스킬 '피의 지배'가 작동 중입니다.]

[안내 : 혈액을 주고받은 개체의 정신을 지배할 수 있습니다. 아티팩트에 저장된 혈액을 주기적으로 교체해야 합니다.]

그것이 바로 이 스킬이었다.

심혁필은 마음에 드는 몇몇 헌터들의 피를 채취해서 특수하게 제작된 반지에 저장한 뒤, 그들에게 자신의 피를 마시도록 강요했다.

마시지 않겠다고 저항하는 이들은 심재진을 시켜 속이고 몰래 마시게 만들었다.

그리고 연구 끝에 만들어진 '피의 지배' 스킬을 사용해서 정신을 지배하기 시작했다.

이렇게 만들어진 것이 '특수팀'이었다.

신인류를 자처하는 심혁필과 그의 아들인 심재진이 강제로 만들어 낸 꼭두각시들.

그렇기에 장유민은 심혁필의 분노에 발맞춰 최원호를 죽이려 했던 것이다.

하지만 노인이 기절하면서 명령의 주체가 잠시 사라진 꼴이 되었고.

오히려 두 사람이 오크 부락을 향해서 이동하며 거리가 벌어지자 장유민의 원래 의식이 일부 드러난 상황이었다.

─도와줘.

그 메시지는 장유민의 내면세계가 요동칠 때마다 최원호에게 보내는 SOS 신호였다.

신인류에게 의지를 빼앗긴 그녀가 보내는 간절한 구조 요청이었던 것이다.

"설마 지금 점점 더 멀어지는 건가? 어째 장유민이의 신호가 약해지는데?"

눈살을 찌푸리며 혀를 끌끌 차는 심혁필.

그러자 심재진이 다른 특수팀 헌터들을 가리켰다.

"아버지, 괜히 힘 빼지 마시고 애들 보내서 백수현을 폐기 처분하시죠. 그걸 어디다 쓰겠습니까?"

"전투력이 괜찮다잖나! 그래서 겸사겸사 거두려고 하는 것 아니야!"

노인은 가래침을 퉤 뱉은 뒤 몸을 일으켰다.

"그래, 가만히 있기도 심심하니 슬슬 뒤를 따라가 봐야겠어. 네가 앞장서."

"예, 아버지!"

심재진이 어깨를 으쓱거리며 앞으로 나섰고, 심혁필은 느긋하게 아들을 따라 걷기 시작했다.

그리고 노인에게 복종할 수밖에 없는 특수팀의 헌터들이 무표정한 얼굴로 뒤를 이었다.

하지만 다음 순간.

"……응?"

그들은 발걸음을 멈출 수밖에 없었다.

"뭐, 뭐얏!"

별안간 노인이 찢어질 듯한 고함을 내질렀으니까.

심혁필의 시선은 다섯 반지 중 하나에 못 박은 것처럼 고정되어 있었다.

파사삭.

부서지고 있었다.

장유민을 통제하던 반지 아티팩트가 가루가 되어 파스스 바스러지고 있었던 것이다.

"이, 이건……!"

노인은 분노와 충격을 동시에 느끼며 고개를 들어 올렸다. 그의 눈앞으로 시스템 메시지들이 떠올랐다.

[알림 : 지배 대상 '장유민'과의 연결이 끊어졌습니다. 통제력을 행사할 수 없습니다.]

[알림 : 불완전한 스킬 '피의 지배'가 약화됩니다.]

다음 권으로 이어집니다

이윤규 대체역사 소설

개혁군주

조선의 황혼기를 전성기로 바꿀
전후무후한 개혁 군주가 나타났다!

교통사고를 당하고
건륭 60년의 어린 순조로 깨어난
대통령 후보 공보

6년 뒤 정조의 사망과 함께 시작된 세도정치로 인해
조선이 서서히 몰락한다는 사실을 깨달은 그는
정조를 설득해 나라를 개혁하기로 결심하는데⋯⋯

정조의 건강부터 동아시아 세력 개편까지
뜯어고칠 것은 많지만, 시간은 단 6년뿐!

예정된 파멸을 뛰어넘기 위해서는
모든 것을 뒤엎어야 한다!
조선을 미래로 이끌기 위한 분투가 펼쳐진다!

만렙닥터

13월생 현대 판타지 장편소설

리턴즈

인생 2회 차 경력직 신입
칼솜씨도, 인성도 '만렙'인 의사가 돌아왔다!

만성 인력난에 시달리는 흉부외과에 들어온 인턴
메스도 잡아 본 적 없는 주제에
죽을 생명을 여럿 살려 내기 시작한다?

"이 새끼, 꼴통 맞네."
"죄송합니다."
"잘했어!"
"네?"

출세만을 좇으며 살았던 전생
이렇게 된 이상 인생도 재수술 한번 가자!

무데뽀(?) 정신으로 무장한 회귀 의사
이제부터 모든 상황은 내가 집도한다!

꿈의 도약, 로크에서 하십시오
(주)로크미디어에서 신인 작가를 모십니다

즐거운 세상, 로크미디어는 꿈을 사랑하고 도전을 두려워하지 않는 작가 분들의 참신한 작품을 기다리고 있습니다. 21세기 장르 문학계를 이끌어 갈 차세대 선두 주자 (주)로크미디어에서 여러분의 나래를 활짝 펴 보시길 바랍니다.

모집 분야 판타지와 무협을 포함한 장르 문학
모집 대상 아마추어 작가, 인터넷 작가
모집 기한 수시 모집
작품 접수 시 유의 사항
1. 파일명은 작가명_작품명.hwp형식을 갖춰 주십시오.
1. 파일에 들어갈 내용은 다음과 같습니다.
   - 성명(필명인 경우 실명을 밝혀 주세요), 연락처, 이메일 주소
   - 제목, 기획 의도
   - A4용지 1장 분량의 등장인물 소개
   - A4용지 2장 분량의 전체 줄거리
   - 본문
1. 작품이 인터넷에 연재되고 있다면, 게시판명과 사이트의 구체적이고 정확한 주소를 기재해 주십시오.

선택된 작품은 정식 계약 후 출판물로 간행되어 전국 서점에 유통됩니다.
작가 분은 (주)로크미디어의 전폭적인 지원하에 전속 작가로 활동하시게 됩니다.
※ 자세한 내용은 로크미디어 홈페이지(rokmedia.com)를 참조하세요.

(03920)서울시 마포구 성암로 330 DMC첨단산업센터 3층 318호
(주)로크미디어 편집부 신간 기획 담당자 앞
전화 : 02) 3273-5135
www.rokmedia.com   이메일 : rokmedia@empas.com

The Final
더 파이널

유성 퓨전 판타지 장편소설

「아크」「로열 페이트」「아크 더 레전드」
작가 유성의 새로운 도전!

회귀의 굴레에 갇혀 이계로의 전이와 죽음을 반복하는 태영
계속되는 죽음에도 삶에 대한 의지를 불태우던 어느 날

갑자기 시작된 침식으로 이계와 현대가 합쳐진다!

두 세계가 합쳐진 순간,
저주 같던 회귀는 미래의 지식이 되고
쌓인 경험은 태영의 힘이 되는데……

이계의 기연을 모조리 흡수해
누구도 넘볼 수 없는 전사로 우뚝 서다!